Danke, Mom –
dafür, dass du an mich glaubst.

NEW YORK TIMES UND *USA TODAY* BESTSELLER AUTORIN

AURORA ROSE REYNOLDS

Falling FOR COLTON

ROMANCE EDITION

Falling FOR COLTON

Aurora Rose Reynolds

8712 Niklasdorf, Austria
in Zusammenarbeit mit Bookcase Literary Agency

Aus dem Amerikanischen von Carina Köberl

1. Auflage
Covergestaltung: © Sturmmöwen
Titelabbildung: © miami beach forever
Korrektorat: Romance Edition

Printed in Germany

ISBN-Taschenbuch: 978-3-903278-21-9
ISBN-EPUB: 978-3-903278-22-6

www.romance-edition.com

1. Kapitel

Gia

Wahrheit

Als ich spüre, wie mein Handy erneut in meiner Schürzentasche vibriert, hole ich es heraus. Unbehagen macht sich in meinem Bauch breit, als ich sehe, dass es dieselbe Nummer ist, die mich in den letzten zwei Stunden mindestens fünfmal kontaktiert hat. Mich ruft nie jemand an, also muss etwas passiert sein. Ich richte meinen Blick nach vorn in die Kita-Gruppe und warte darauf, dass Maya ihn erwidert. Sobald ich mir ihrer Aufmerksamkeit sicher bin, zeige ich auf die Tür und lasse sie auf diese Weise wissen, dass ich kurz nach draußen verschwinde. Nachdem sie genickt hat, gehe ich in die Hocke, damit ich den fünf Kindern in die Augen sehen kann, die in einem Halbkreis um mich herum versammelt sind. »Leute, ich komme gleich wieder. Malt einfach weiter, und wenn ihr etwas braucht, fragt Miss Maya«, leite ich sie leise an, um die übrigen Kids nicht zu stören.

»Okay, Miss Gia«, stimmt Ben zu. Er ist einer meiner Lieblinge.

Zärtlich wuschle ich über seinen roten Schopf und mache mich auf den Weg zur Tür. Sobald ich im Gang angekommen bin, lehne ich mich gegen die Wand und wähle die Nummer, die mich die ganze Zeit angerufen hat. Dann warte ich, dass jemand abhebt.

»Hallo«, begrüßt mich die Stimme einer unbekannten Frau nach dem dritten Signalton.

»Hi, hier spricht Gia Caro. Jemand hat mich von dieser Nummer aus angerufen?«

»Oh, Gott sei Dank. Ned, es hat funktioniert! Du hast sie gefunden«, ruft sie aus und klingt dabei erleichtert. Ich höre am anderen Ende der Leitung ein paar Schritte und wie die Frau jemandem mitteilt, sie werde gleich wieder da sein. »Hi, Gia. Mein Name ist Nina. Mein Ehemann und ich wohnen neben deiner Grandma.«

»Meiner Grandma?«, flüstere ich und spüre Übelkeit in meinem Magen aufsteigen. Schmerz entfaltet sich in meiner Brust wie eine rote Blume. »Meine Grandma ist tot.«

»Entschuldige, Liebes?«

Ich räuspere mich und umklammere das Handy fester. »Meine Grandma ist vor mehr als zehn Jahren verstorben.«

»Oh, du liebes Bisschen«, murmelt sie, und ich vernehme erneut ihre Schritte. »Ist deine Grandma Mrs Genevria Ricci?«

»Ja.«

»Oh, du liebes Bisschen.« Sie atmet tief ein. »Deine Grandma ist am Leben«, offenbart sie mir einen Moment später.

Ich lasse mich an der Wand entlang nach unten gleiten, bis mein Hintern unsanft auf dem Boden aufkommt und meine Füße unter mir wegrutschen. »Ich ...« Tausende Fragen machen mir die Kehle eng.

»Gia, bist du noch da?«

»Ja, ich bin hier«, gebe ich endlich zurück.

»Ich weiß nicht, wie ich dir das sagen soll, Liebes, aber deiner Grandma geht es nicht so gut.«

Ihre Worte wirken auf mich wie Säure auf empfindlicher Haut. Ich brauche jedes Quäntchen Willenskraft, das ich in mir habe, um nicht lauthals zu schreien. »Was stimmt nicht mit ihr?«

»Sie ist schon eine Weile nicht mehr sie selbst. Vor ein paar Jahren wurde bei ihr eine Demenz festgestellt. Im letzten Jahr wurde sie immer vergesslicher, und manchmal nimmt sie ihre Umgebung nicht mehr wahr. Als wüsste sie nicht, was um sie herum geschieht. Mein Mann Ned und ich glauben, dass sie jemanden braucht, der sich rund um die Uhr um sie kümmert.«

»Ich komme zu euch«, verspreche ich ohne nachzudenken. »Ein paar Tage werde ich benötigen, um hier alles abzuklären, aber ich komme. Könnt ihr sie noch ein wenig länger im Auge behalten?«

»Natürlich können wir das.« Sie hält inne, und als sie fortfährt, ist ihre Stimme sanfter. »Sie hat dich vermisst.«

Schuldgefühle und Bedauern überfluten mich, aber ich schiebe das alles für den Moment zur Seite. Ich werde später noch genug Zeit haben, mich um diese Gefühle zu kümmern. Jetzt muss ich mich darauf konzentrieren, was getan werden muss. »Ich rufe bei euch an, wenn ich auf dem Weg bin.«

»Alles klar, meine Liebe«, stimmt sie leise zu, bevor ich auflege und das Handy an meine Brust drücke.

Den Kopf an die Wand gelehnt, schließe ich die Augen und ziehe die Luft durch die Nase ein, damit ich nicht anfange zu weinen.

»Gia?« Als ich die Lider öffne, entdecke ich Maya, die ihren Kopf durch den Türspalt geschoben hat. »Bist du okay?«

»Ja, sorry.« Wie benebelt stehe ich auf und wandere zurück in das Gruppenzimmer.

»Bist du sicher, dass du okay bist?«, fragt sie nochmal.

»Jepp«, lüge ich. »Würde es dich stören, ein paar Minuten auf die Kinder aufzupassen? Ich möchte kurz mit Jana sprechen?«

»Kein Problem.« Während sie mich mit besorgtem Blick mustert, sehe ich, wie sie sich auf die Innenseite ihrer Wange beißt.

Ich mag Maya. Sie ist erst seit ein paar Wochen hier, aber die Kinder vergöttern sie bereits. Das sagt mir alles, was ich über ihren Charakter wissen muss. Kinder können in Leuten lesen wie in Büchern. Normalerweise erkennen sie, welche Art Mensch jemand ist, sogar wenn dieser so tut, als wäre er jemand anderes.

Mit einem, wie ich hoffe, beruhigenden Lächeln in ihre Richtung mache ich mich auf den Weg zum Büro im vorderen Gebäudeteil. Die Daydreamer-Kita ist eine der größeren Tageskrippen in Chicago. Wir haben sieben Gruppen für ältere Kinder und eine für Babys. Alles in allem, sind es über hundert Kinder. Ich arbeite seit fünf Jahren hier – seit dem Tag, an dem ich das College mit dem Schwerpunkt in frühkindlicher Entwicklung abgeschlossen habe. Mein ursprünglicher Plan war, im öffentlichen Schulsystem zu unterrichten, aber schon nach kurzer Zeit wollte ich hier nicht mehr weg.

Als ich mich dem Büro nähere, steigt mir ein Geruch von Lavendel in die Nase. Jana, die Besitzerin, nutzt immer irgendeine Art von Kräuterduft, um sich zu entspannen oder klarer denken zu können. Manchmal auch, um energiegeladener zu sein. Sie schwört auf die Kraft ihres Diffusers und hat mehr als nur einmal versucht, mich davon zu überzeugen, mir selbst einen anzuschaffen. Ganz nehme ich ihr die Sache mit den Ölen jedoch nicht ab. Sobald ich um die Ecke biege, sehe ich sie an ihrem Tisch sitzen. Ihr Blick klebt regelrecht am Computerbildschirm. Ihr dunkelrotes Haar ist in einem Pferdeschwanz zusammengebunden und ihre Brille thront auf ihrem Kopf.

»Hey, du.« Nachdem ich an ihrer offenen Tür geklopft habe, um ihre Aufmerksamkeit auf mich zu lenken, dreht sie sich lächelnd in ihrem Sessel um. »Hast du kurz Zeit?«, will ich wissen, während ich hineingehe und mich auf dem Stuhl ihr gegenüber niederlasse.

»Wenn du vorhast zu kündigen, kannst du gleich wieder aufstehen und gehen.« Sie zeigt lachend zur Tür, und ein frischer Schwall an Tränen füllt meine Augen. »Oh, Gott. Kündigst du wirklich?«, fragt sie mich mit entsetztem Ton.

»Ich muss eine Weile die Stadt verlassen und weiß nicht, wie lange ich weg sein werde«, erkläre ich betreten. Dabei versuche ich die Tränen wegzuwischen, die mir über die Wangen laufen.

»Was ist passiert? Ist alles okay?« Sie steht auf, um sich mit einer Box Kleenex neben mich zu setzen.

Ich ziehe ein Taschentuch aus der Box und trockne mir damit die Augen. Dann bricht es aus mir heraus und ich erzähle ihr von dem Anruf, den ich gerade erhalten habe.

Am selben Abend sitze ich meiner Stiefmutter gegenüber und warte ihre Reaktion ab. Warte darauf, dass sie meine Frage beantwortet und zugibt, dass sie mich angelogen, mich bewusst von meiner einzigen, lebenden Verbindung zu meiner Mutter ferngehalten hat. Obwohl ich weiß, dass mein Warten vergeblich ist, harre ich aus. Stillschweigend flehe ich sie an, mir in die Augen zu sehen und ehrlich zu sein.

Als meine Mom starb und mein Dad Colleen geheiratet hat, versuchte ich zu verstehen, wie er zwanzig Jahre seines Lebens mit meiner Mom verbringen und nach ihrem Tod so schnell weitermachen konnte. Ich fand keine Erklärung, aber ich liebte meinen Dad, also unterstützte ich ihn. Ich versuchte sogar, eine Beziehung zu Colleen aufzubauen, weil ich wusste, es würde ihn glücklich machen, doch es hat nie funktioniert, denn sie war nie an mir oder meinem Leben interessiert. Meinem Dad ist das fehlende Band zwischen uns nicht aufgefallen. Ein Band, das sich nie entwickelt hat. Nicht mal, nachdem mein Dad starb; damals war ich erst sechzehn Jahre alt.

»Warum hast du mir gesagt, sie sei gestorben?«, wiederhole ich die Frage, die ich ihr gestellt habe, sobald wir an unserem Tisch in dem schicken Restaurant Platz nahmen, das sie für unser Treffen ausgesucht hat.

Wie immer sieht sie perfekt aus. Ihr blondes Haar steckt in einem festen Dutt, ihr Make-up ist niveauvoll, ihr Hosenanzug feminin und akkurat. Colleen ähnelt meiner Mom überhaupt nicht. Mom trug immer bodenlange, blumige Röcke mit farbenfrohen Oberteilen und so viel Schmuck, dass man sie aus mehreren Kilometern Entfernung kommen hören konnte. Ich habe nie verstanden, wie mein Dad von einer Frau, die so voller Energie und Leben war, zu einer übergehen konnte, die so kalt wirkt wie ein toter Fisch.

»Sie war nicht richtig im Kopf«, meint sie endlich, legt ihre Serviette gefaltet auf ihren Schoß und greift nach ihrem Wasserglas. Meinem Blick ausweichend, nimmt sie einen Schluck.

»Sie ist meine Großmutter.«

»Sie wollte, dass du bei ihr wohnst.« Ihr Blick trifft meinen und ich beobachte, wie sie ihre Lippen fest zusammenpresst. »Stell dir vor, wie es wäre, bei dieser Frau zu leben.« Ihre Mundwinkel kräuseln sich, und ich schüttle den Kopf.

Ihre Meinung überrascht mich nicht. Colleen hat immer schon jeden verurteilt. Seit jeher hielt sie sich für etwas Besseres. Ähnlich wie meine Mom war oder *ist* meine Großmutter anders als die meisten Frauen heutzutage. Grandma baute ihr eigenes Gemüse an, machte Marmelade, wenn bestimmte Früchte gerade reif wurden, nähte ihre eigenen Kleider, strickte ihre eigenen Pullover ... Nachdem meine Mom verstorben war, wollte sie mir all diese Dinge ebenfalls beibringen. Nach dem Tod meines Dads dachte ich mit sechzehn Jahren, ich würde mich auf sie verlassen können. Aber mir wurde gesagt, sie sei eine Woche nach der Beerdigung meines Vaters ebenfalls von uns gegangen.

»Du solltest mir danken, dass ich dich davor bewahrt habe. Welche Art von Leben wäre das denn gewesen?«

»Dir *danken*?«, flüstere ich voller Unglauben.

»Ich hätte nach dem Ableben deines Vaters die Verantwortung für dich nicht übernehmen müssen.«

»Du hast recht. Das hättest du nicht. Aber du hättest auch eine ganze Menge Geld weniger gehabt, wenn du das abgelehnt hättest. Ich habe das Testament gelesen. Dort stand, dass du das Geld nur bekommen würdest, wenn du einige Bedingungen erfüllst. Dazu zählte die Übernahme meines Sorgerechts«, erinnere ich sie.

Ihre Nasenflügel blähen sich.

Bevor sie meinen Vater geheiratet hat, hatte sie nichts besessen. Sie mag in ausgefallener Kleidung herumstolziert sein und sich ausgedrückt haben, als hätte sie die ganze Welt bereist. Damals schon hatte sie einen teuren Geschmack. Aber sie stammte nicht aus einer reichen Familie und hatte auch kein Geld, als sie meinen Vater heiratete. Sie war seine Sekretärin gewesen. Auf diese Art lernten sie sich kennen. Ich weiß nicht, ob mein Dad bereits eine Affäre mit ihr hatte, als meine Mom noch am Leben war.

»Dein Vater und ich waren verheiratet. Was das Seine war, wurde das Meine.«

»Das erklärt immer noch nicht, warum du mich von meiner

Großmutter ferngehalten hast. Warum du mir vorgelogen hast, sie wäre tot, obwohl sie sehr wohl am Leben ist.«

»Dein Vater hätte nicht gewollt, dass du bei dieser Frau in Tennessee wohnst.«

»Das weißt du nicht«, gebe ich leise zu bedenken.

Sie richtet sich auf. »Doch, das weiß ich. Ich habe getan, was ich tun musste, um seine Wünsche zu ehren. Hätte ich dir nach dem Tod deines Vaters gesagt, dass sie deinen Umzug zu ihr nach Tennessee will, wärst du gegangen. Du wärst dorthin gezogen, hättest die Schule geschmissen und wärst am Ende schwanger in einem Wohnwagen mit fünf Kindern gelandet. Mit einem Ehemann, der dich betrügt, wann immer er kann. Ich habe dich vor diesem Leben bewahrt.«

»Bist du verrückt?«, frage ich und würde am liebsten über den Tisch langen und meine Hände um ihren schlanken Hals legen.

»Dein Vater hat mir alles über diese Stadt erzählt. Er hat mir anvertraut, wie sehr er sie gehasst hat.«

»Er hat sie nie gehasst. Er hat sich dort in meine Mom verliebt.«

»Und sich gewünscht, es wäre nie passiert«, sagt sie, als würde sie mir bloß mitteilen, welche Farbe der Himmel hat oder wo sie ihre Schuhe gekauft hat.

Die Aussage ist nonchalant, aber der Schmerz, den sie in meinem Herzen hinterlässt, ist verheerend. Denn ich weiß, dass sie die Wahrheit spricht. Ich habe meinen Vater mehr als nur einmal nach dem Tod meiner Mutter sagen gehört, dass er wünschte, er hätte sich nie in meine Mom verliebt. Es schien, als sei er nie über ihren Verlust hinweggekommen. Aber vielleicht war noch etwas anderes der Grund dafür. Vielleicht hat er sie tatsächlich nie geliebt.

»Ich will nicht mit dir streiten, Gia«, seufzt Colleen und reibt sich die Stirn, als wäre ein Gespräch mit mir zu viel für sie.

»Ich verlasse in ein paar Tagen die Stadt. Grandma braucht mich. Ich weiß noch nicht, wann ich wiederkomme.«

»Du bist jetzt erwachsen, also kannst du tun, was du willst. Ich kann dich nicht aufhalten.« Colleen winkt meine Aussage ab, als würde sie ihr nichts bedeuten. Als würde *ich* ihr nichts bedeuten.

Es sollte nicht wehtun, aber das tut es dennoch.

»Okay.« Mit den Händen auf dem Tisch, schiebe ich meinen Stuhl zurück und stehe auf. Ich schaue sie nicht an, während ich mich entferne. Zu sehr muss ich mich darauf konzentrieren, nicht umzukippen. Meine Beine zittern, als ich mir meinen Weg durch das volle Restaurant zur Tür bahne. Überraschenderweise schaffe ich es nach draußen zu meinem Jeep, ohne auf dem Parkplatz auf die Knie zu fallen. Sobald ich hinter dem Steuer sitze, lasse ich den Kopf nach hinten gegen die Lehne sinken.

Ich wünschte, meine Mom wäre hier, um mir einen Rat zu geben und mir zu sagen, dass alles wieder gut wird. Und ich wünschte, mein Dad wäre hier, damit ich ihn anschreien und ihm klarmachen könnte, was für ein Arschloch er ist, weil er mich mit diesem Miststück allein gelassen hat.

»Reiß dich zusammen, Gia. Durch diese Scheiße musst du jetzt durch«, flüstere ich mir zu.

Ich starte den Motor und mache mich auf den Heimweg. Als ich dreißig Minuten später in meine Einfahrt einbiege, sehe ich, dass es meine beste Freundin bereits nach Hause geschafft hat, und muss lächeln. Nachdem ich den Jeep abgestellt und mir meine Taschen geschnappt habe, stelle ich sicher, dass der Alarm an ist, damit mein Auto nicht geklaut wird. Wäre nicht das erste Mal. Meine Nachbarschaft ist okay, Verbrechen passieren hier dennoch ziemlich oft. Autodiebstahl insbesondere.

»Du hast lang nach Hause gebraucht«, begrüßt mich meine beste Freundin seit Kindheitstagen und hält mir mit einer Hand die Fliegengittertür zu unserem Haus auf. In der anderen entdecke ich ein Glas Wein. Wie es aussieht, ist Natasha schon vor einer Weile hier gelandet. Sie hat ihr Make-up bereits entfernt, ihr aschblondes Haar in einem Dutt zusammengefasst und ihre Arbeitskleidung gegen Jogginghosen und einen übergroßen Hoodie getauscht.

»Ich habe mich mit Colleen getroffen«, erkläre ich, während ich an ihr vorbeigehe und ihr das Weinglas aus der Hand nehme.

»Und, was hatte der Fisch zu der ganzen Situation zu sagen?«, fragt Natasha und benutzt dabei den Spitznamen, den sie Colleen im Alter von zwölf Jahren verpasst hat, nachdem sich diese die Lippen hatte machen lassen.

»Sie meinte, sie hätte mich davor bewahrt, fünf Kinder und einen Ehemann zu bekommen, der mich betrügt.«

»Ach du Schande. Hat sie nicht«, knurrt Nat auf dem Weg zum Kühlschrank, aus dem sie die Flasche Wein holt.

»Doch natürlich.« Ich werfe mich auf die Couch und nehme einen riesigen Schluck Wein, bevor ich fortfahre. »Sie meinte außerdem, mein Dad hätte gewollt, dass sie mich von meiner Grandma fernhält.«

»Warum sollte er das gewollt haben?« Sie runzelt die Stirn, schnappt sich die Fernbedienung und macht den Fernseher aus.

»Keine Ahnung, aber ich glaube ihr. Er hat sich mit Grandma nie gut verstanden, und nachdem meine Mom verstorben war, wurde die Beziehung zwischen den beiden noch schlechter.«

Mit der Weinflasche in der Hand kommt Natasha zur Couch und setzt sich neben mich. Dann nimmt sie mein Glas, füllt es wieder auf und reicht es mir zurück. »Aber dir zu sagen, dass deine Grandma tot ist? Das ist sogar für sie extrem.«

»Ich weiß«, seufze ich und nehme einen weiteren Schluck, in der Hoffnung, dass der Alkohol schnell wirkt und die Anspannung in meinen Schultern löst.

»Du gehst also wirklich nach Tennessee?«

Als mein Blick ihren trifft, spüre ich erneut Tränen hochkommen. »Ja, das habe ich vor.«

»Wie lang bleibst du weg?«

»Keine Ahnung. So lange, wie ich dort sein muss.« Ich zucke die Achseln. »Nina meint, Grandma hätte Demenz. Ich kann nicht abschätzen, wie schlecht es ihr geht oder was ich tun muss.«

»Du hast gerade erst eine Beförderung bekommen«, erinnert mich Natasha.

Diese Neuigkeiten bekam ich erst vor ein paar Wochen. Jana hat mir meine eigene Kita-Gruppe angeboten, außerdem zwei Dollar mehr die Stunde. Damit hatte ich nicht gerechnet. Der Gedanke an meine eigene Gruppe hat mich viel glücklicher gemacht als das zusätzliche Geld. Ich habe hart daran gearbeitet, zu beweisen, dass ich meine eigene Gruppe leiten kann, umso mehr habe ich mich darauf gefreut, meine Kleinen zu betreuen und mir allerhand Übungen für sie auszudenken.

»Hält Jana diese Position für dich frei?«

Aus meinen Gedanken gerissen, beiße ich mir auf die Unterlippe und schüttle den Kopf. »Sie hat mir gesagt, dass immer ein Job auf mich warten wird, ganz egal, wann ich zurückkomme. Aber sie kann mir nicht garantieren, dass ich meine eigene Gruppe bekomme, weil das der Person gegenüber nicht fair wäre, die für mich übernimmt.«

»Du hast so hart dafür gearbeitet.«

»Ich weiß, aber es geht um meine Grandma. Wir standen uns mal nahe. Wirklich, *wirklich* nahe. Und sie braucht mich. Meine Mom würde von mir erwarten, dass ich zu ihr fahre. Ich würde mir das nie verzeihen, wenn ich es nicht täte.«

»Das ist wahr«, stimmt sie mit traurigem Ton zu und ich entdecke auch in ihren Augen Tränen. »Ich bin nur selbstsüchtig, weil ich dich vermissen werde.«

»Du wirst mir auch fehlen, aber ich komme ja wieder.« Ich wische mir die Tränen mit dem Ärmel meines Pullovers von den Wangen.

»Das hoffe ich.«

»Auf jeden Fall ... Na ja, außer ich finde einen scharfen Cowboy und verliebe mich«, scherze ich und wir lachen beide, weil wir wissen, dass das niemals passieren wird.

»Wenn du einen scharfen Cowboy findest, checkst du aber unbedingt ab, ob er einen scharfen Kumpel hat. Wir haben einen Plan, erinnerst du dich?«

»Wie könnte ich den je vergessen?«, frage ich, lehne den Kopf an ihre Schulter und erinnere mich an den Deal, den wir gemacht haben, als wir sieben waren. Dieser besagt, Typen zu finden, die beste Freunde sind, uns gleichzeitig zu verloben, zu heiraten, nebeneinanderliegende Häuser zu kaufen und gemeinsam schwanger zu werden, damit unsere Kinder als beste Freunde aufwachsen können. Genau wie wir.

»Ich kann nicht fassen, dass du nach Tennessee gehst. Fahren die dort überhaupt mit dem Auto oder bewegen sie sich nur zu Pferd fort?«

»Du bist dämlich.« Ich schließe belustigt die Augen. »Ich hab dich lieb«, flüstere ich.

»Ich dich auch. Immer. Und wann immer du mich brauchst – ich bin da.«

»Danke«, kriege ich aus meiner engen Kehle heraus.

Seit ich mich erinnern kann, war Natasha die einzige Konstante in meinem Leben. Sie war diejenige, die bei der Beerdigung meiner Mutter neben mir saß und meine Hand hielt. Als bei meinem Dad der Tumor diagnostiziert wurde, der ihm das Leben kostete, war sie immer an meiner Seite. Sowohl im Krankenhaus als auch an seinem Bett, bis er seinen letzten Atemzug nahm. Sie ist meine Familie, so wie ich ihre bin.

»So, jetzt hören wir auf mit diesem traurigen Scheiß. Ich schlage vor, wir trinken diese Weinflasche aus und öffnen dann noch die andere, die im Kühlschrank steht.«

»Klingt gut«, stimme ich zu, während sich Natasha erhebt, in die Küche geht und ein weiteres Glas holt. Als sie wenig später zur Couch zurückkehrt, füllt sie mein Glas ein weiteres Mal bis zum Rand und dann ihr eigenes.

»Lass uns anstoßen.« Sie hebt ihr Glas und ich tue es ihr gleich. »Auf die Tatsache, dass du herausgefunden hast, dass deine Grandma noch lebt, auf neue Abenteuer und hoffentlich auf scharfe Cowboys.«

Mit ihr anstoßend lache ich und nehme dann einen Schluck Wein. Darauf hoffend, dass alles in Ordnung sein wird, wenn ich in Tennessee ankomme.

Während ich auf den Highway biege, der mich nach Lookout Mountain und Ruby Falls führen wird, schaue ich mir die Umgebung an. Mit den weitläufigen Farmen, den sanften, mit Bäumen bedeckten Hügeln und dem wunderschönen, während der Sommermonate bestimmt gern besuchten See ist das Land atemberaubend schön. Das völlige Gegenteil der Stadt, in der ich mein ganzes Leben verbracht habe. Alles wirkt offen und einladend. Außerdem sind die Leute in der Gegend sehr freundlich. Zumindest gehe ich davon aus, da mir bereits viele in meinem Jeep zugewunken haben.

Als ich an der Ausfahrt nach Ruby Falls ankomme, wähle ich Ninas Nummer. Nach meiner Abfahrt aus Chicago habe ich gestern und heute Morgen kurz mit ihr gesprochen. Ich wollte sie wissen lassen, dass ich mich auf dem Weg befinde und nach einer rund zehnstündigen Fahrt am Nachmittag ankommen sollte. Ich konnte deutlich spüren, wie erleichtert sie darüber war, dass ich tatsächlich mein Wort halten und kommen würde. Als ich sie fragte, ob ich am Telefon mit meiner Großmutter reden könnte, meinte sie, sie würde versuchen, sie an den Apparat zu holen. Aber dazu ist es nicht gekommen. Anders als Natasha mache ich mir keine Sorgen darüber, dass ich vielleicht getäuscht wurde. Vielmehr sorge ich mich um den Geisteszustand meiner Grandma. Ich weiß, dass sie mit mir sprechen würde, wenn sie klar denken könnte. Besonders nach so vielen Jahren.

»Gia«, begrüßt mich Nina sofort, nachdem sie abgehoben hat.

»Ich habe gerade den Highway verlassen. Es sollte nicht mehr lang dauern, bis ich ankomme.«

»Ned, sie ist fast hier«, ruft sie und der Klang hallt in meinem Wagen wider.

»Na, dann sag ihr, sie soll auflegen. Weiß sie nicht, dass es verboten ist, beim Fahren mit dem Handy zu telefonieren?«, schimpft er, und ich muss lächeln.

»Das Handy ist mit dem Bluetooth von meinem Auto verbunden«, kläre ich Nina auf. Ich höre, wie sie diese Information umgehend an ihren Mann weitergibt, der irgendetwas über Technologie grummelt. Schmunzelnd halte ich an einer roten Ampel und betätige den Blinker. »Mein Navi sagt, dass ich in weniger als zehn Minuten da sein werde.«

»Dann bis gleich, Liebes. Fahr bloß vorsichtig.«

»Bis gleich.« Ich lege auf, biege links ab und durchquere eine winzige Stadt, die nur aus ein paar Läden, einer Bank und einer Bar besteht. Sobald ich die Straße erreiche, die zum Haus meiner Grandma führt, fängt mein Herz an zu pochen.

Obwohl ich noch nie an diesem Ort war, habe ich genug Fotos aus der Kindheit meiner Mutter gesehen, um zu wissen, welches Haus das richtige ist. Nachdem ich in der Auffahrt geparkt habe, stelle ich den Motor ab. Das Gebäude ist winzig; kleiner als es auf den Bildern aus meiner Kindheit gewirkt hat. Außerdem hat die Zeit ihre Spuren hinterlassen. Die gelbe Farbe blättert von der Hausverkleidung ab, ebenso der Lack an den Fenstern. Das Gras überwuchert das Grundstück zwar nicht, aber das Unkraut in den Blumenbeten muss gezupft werden. Und die rund um das Haus befindlichen Bäume müssen geschnitten werden. Sie sehen aus, als würden sie bald in das Dach hineinwachsen.

Ich seufze und blicke in den Rückspiegel, um meine Erscheinung zu überprüfen. Ich sehe total fertig aus, was mich nicht verwundert, nachdem ich den ganzen Tag unterwegs war. Da ich jedoch nichts daran ändern kann, öffne ich die Tür und springe hinaus. Dabei höre ich etwas, das wie eine quietschende Fliegengittertür klingt. Während ich die Tür meines Jeeps zuwerfe, stockt mir der Atem beim Anblick der Frau, die auf der Veranda steht. Sie trägt einen weiten, bunt gestrickten Pullover und Jeans. Ihr langes graues Haar ist immer noch dicht und glänzend, und mir fallen sofort ihre hohen Wangenknocken und die fast leuchtende, gebräunte Haut auf. Sie ist wunderschön und ich habe keinen Zweifel, dass meine Mom in ein paar Jahren genauso aussehen würde, wäre sie noch am Leben.

»Gabriella«, flüstert sie, während sie mich mustert, und ein tiefer Schmerz ergreift mich.

Gabriella war meine Mom. Ich finde nicht, dass ich ihr auch nur irgendwie ähnlich sehe. Sie war eine Schönheit. Doch schon mein Dad sagte mir oft, dass ich nach meiner Mutter kommen würde.

»Genevria, Schatz, das ist Gia«, sagt eine ältere Frau, die wahrscheinlich Nina ist. Mit der Hand an ihrem Ellenbogen hilft sie meiner Grandma die Stufen hinab. »Du erinnerst dich doch an sie, oder?«, will sie wissen, und ich kann am Blick meiner Grandma erkennen, dass sie es versucht, aber dass es nicht klick macht. »Gia ist Gabriellas Tochter – deine Enkelin.«

»Gia.« Grandma kommt näher und plötzlich erhellt ein Lächeln ihr Gesicht. »Gia, du bist groß geworden.« Sie streckt mir die Hände entgegen und mein Herz zieht sich in meiner Brust zusammen. Den Abstand zwischen uns überwindend, lege ich die Arme um ihren zerbrechlichen Körper und vergrabe das Gesicht an ihrem Hals.

»Ich hab dich vermisst, Grandma«, presse ich hervor, während sie mir über den Rücken streichelt.

Um sie genauer ansehen zu können, lehne ich mich zurück und lächle sie an, bevor ich eine Strähne ihres langen Haares hinter ihr Ohr streiche. »Du bist immer noch wunderschön«, flüstere ich, und ihr Blick füllt sich mit Wärme.

»Das bist du auch. Du siehst genau wie deine Mom aus«, meint sie nachdenklich, bevor sie mich loslässt.

Ich wende mich dem Paar zu, das neben uns steht, und strecke die Hand aus. »Nina?«, frage ich und entlocke ihr damit ein Lachen, bevor sie mich in eine herzliche Umarmung zieht und mich damit willkommen heißt.

»Ich bin so froh, dass du hier bist.« Sie lässt mich los und deutet mit dem Daumen über ihre Schulter. »Das ist Ned.«

»Hi, Ned.« Ich lächle ihm zu und er erwidert die Geste.

»Kannst du zum Mittagessen bleiben oder erwartet dich dein Dad bald zu Hause?«, fragt Grandma und ich ziehe die Brauen zusammen.

Ich wende den Blick zu Nina, aber sie spricht bereits, bevor ich die Gelegenheit habe, eine Frage zu stellen. »Gia bleibt eine

Weile bei dir, Genevria. Ist das nicht schön?«

»Wirklich?« Grandma schaut mich an.

»Wirklich.« Ich nehme ihre Hand in meine. »Ich hoffe, das ist okay?«

»Natürlich ist es das.« Sie grinst. »Komm schon rein.« Sie nimmt meine Hand und zieht mich mit sich zu ihrem Haus.

Mit ihrer Hand in meiner, helfe ich ihr die beiden Stufen hoch und betrete hinter ihr das Gebäude. Der Wohnraum benötigt ebenso viele Reparaturen wie die Außenseite des Hauses. Obwohl alles sauber wirkt, brauchen die Wände neue Farbe und die Böden müssen ausgetauscht werden. Als wir in die Küche kommen, verknotet sich mein Magen. Überall stapeln sich Teller, Töpfe, Pfannen und Schüsseln. Es sieht aus, als hätte man ein Kind alleine gelassen und als hätte dieses versucht zu kochen.

»Genevria hat gerade Abendessen gemacht, als wir vorbeikamen, um ihr zu sagen, dass du fast hier bist«, informiert mich Nina und stellt eine Schüssel mit etwas in die Spüle, das wie Pfannkuchenteig aussieht. »Normalerweise isst sie mit uns, aber heute hat sie entschieden, sich ihr Abendessen selbst zuzubereiten.«

»Tja, ich habe so viel, dass ich für uns alle kochen kann«, meint Grandma und sieht sich um.

»Wie wäre es, wenn wir zum Essen ausgehen?«, schlage ich vor und hoffe, dass sie zustimmen wird. Im Haus herrscht pures Chaos und niemand wird hier irgendetwas kochen, bevor nicht alles aufgeräumt ist.

»Das ist eine wundervolle Idee, oder?«, fragt Nina Grandma, die aussieht, als würde sie protestieren wollen.

»Na ja, von mir aus. Aber wirf nichts von diesem Essen weg. Wir können es morgen machen«, erklärt sie uns, läuft in der Küche herum und nimmt Dinge hoch, die herumstehen, und stellt diese in den Kühlschrank. Sie gibt dort nach und nach alles rein – sogar die mit Essen gefüllten Töpfe und Pfannen.

»Es ist schlimmer mit ihr geworden«, meint Ned leise neben mir. Ich lege den Kopf in den Nacken, um ihn anzusehen.

»Zuerst hat sie nur hier und da irgendwelche Kleinigkeiten vergessen, aber in den letzten paar Jahren ist es stetig bergab gegangen. Ihr Doktor hat eine Form der Demenz diagnostiziert, aber sie wollte es nicht glauben.«

»Sie weiß es?«

»Das tut sie. Ich denke nicht, dass sie versteht, was das bedeutet, aber sie kennt die Diagnose. Wir kamen bisher damit klar, aber vor einer Woche ist sie weggelaufen, als Nina mit ihr Lebensmittel einkaufen war. Wir konnten sie nirgendwo finden. Die ganze Stadt musste beim Suchen mithelfen. Ein Officer hat sie dann unten am See gefunden. Als man sie gefragt hat, wo sie war, konnte sie sich nicht erinnern. Sie konnte ihnen nicht mal ihre Adresse nennen.«

»Oh, Gott.« Mit der Hand bedecke ich meinen Mund und sehe dabei zu, wie meine Grandma Nina ein wenig verloren durch die Küche folgt. »Es tut mir so leid. Ich wünschte, ich hätte es früher erfahren.«

»Es ist okay. Ich bin nur froh, dass du nun da bist. Deine Grandma hat Nina vor Jahren erzählt, dass dein Dad gestorben ist und der Kontakt zu dir abgebrochen war. Ich habe gehofft, dass du eine Art Mitspracherecht an der Zukunft deiner Grandma beanspruchen würdest, sollte ich dich finden.«

»Danke.«

»Gern geschehen.« Er tätschelt meine Schulter. »Deine Großmutter ist für uns wie ein Teil der Familie – wie für die meisten Leute in der Stadt. Sie haben sich alle um sie und ihre Zukunft Sorgen gemacht. Zu wissen, dass du kommst, hat viele von ihnen mit Erleichterung erfüllt.«

»Gia, Liebes, hast du jemals Rippchen gegessen?«

Ich reiße meinen Blick von Grandma los, die am Küchentisch sitzt und etwas auf ein Blatt Papier schreibt, und schaue Nina an. »Ja, ein paar Mal.«

»Ordentliche aus den Südstaaten?«, fragt sie und ich schüttle den Kopf. Es ist das erste Mal, dass ich in Tennessee bin. Als ich jünger war, kam Grandma immer nach Chicago, um uns zu besuchen. »Na, dann kannst du dich auf etwas freuen, denn das

Purple Daisy Picnic Café hat die besten Rippchen in Tennessee. Und dort gehen wir zum Abendessen hin.« Sie lächelt mich an. »Ich muss nur kurz nach Hause und mich frisch machen. Während ich das erledige, können Ned und du dein Auto ausräumen. Ich habe gesehen, dass du ganz schön viel Zeug mitgebracht hast.«

»Das klingt gut«, stimme ich zu und sie sieht mich freundlich an.

»Genevria, ich gehe ein paar Minuten nach Hause, okay?«, informiert sie Grandma, die zu ihr hochsieht und nickt. »Ich bin gleich wieder da.« Sie wirft mir und Ned einen Blick zu. Dann verschwindet sie durch eine Schiebetür aus der Küche auf eine mit Fliegengittern geschützte Sonnenterrasse.

»Sie ist herrisch, aber man gewöhnt sich daran«, versichert mir Ned und ich schenke ihm ein Lächeln, bevor wir beginnen, mein Auto auszuräumen.

Als wir damit fertig sind, mein Zeug ins Haus zu tragen und im Wohnzimmer zu stapeln, ist Nina zurück, gekleidet in ein einfaches Paar Jeans und einen Sweater.

»Gestern haben ich und ein paar Ladys von meinem Buchklub Genevrias Abstellraum ausgeräumt und alles in die Garage gepackt«, erzählt sie mir und zieht dabei eine meiner Taschen mit sich den kurzen Gang hinunter. Ich folge ihr und versuche, alles in mich aufzunehmen. »Jetzt ist da nur ein Bett drinnen, aber ich habe eine Kommode für dich übrig, die Ned später rüberbringen wird. Monty, eine Freundin von mir, hat außerdem gesagt, dass sie ein paar Vorhänge hat, die sie heute vorbeibringen und aufhängen wird.«

»Danke«, sage ich in ihrem Rücken, während sie die Tür zu dem Zimmer am Ende des Gangs aufdrückt.

Beim Betreten des Raums fällt mir zuerst auf, wie winzig er ist. Unter dem Doppelfenster steht ein großes Bett, das an die Wand geschoben wurde und auf dem ein Quilt liegt, der mir bekannt vorkommt. Es ist kein Platz für eine Kommode übrig, und es gibt auch keinen Schrank. Irgendeinen Ort brauche ich aber, um meine Kleidung aufzubewahren; meine Koffer würden nur noch mehr Platz in Anspruch nehmen.

»Das Zimmer deiner Grandma ist gleich neben diesem und es gibt nur ein Badezimmer im Haus. Das findest du auf der anderen Seite des Flurs.«

»Das ist okay. Zuhause in Chicago habe ich eine Mitbewohnerin, also bin ich es gewohnt, zu teilen«, beruhige ich sie und sie wirkt erleichtert.

»Ich bin froh, dass du hier bist. Und du sollst wissen, dass Ned und ich deiner Grandma nicht den Rücken kehren werden, nur weil sie jetzt dich hat. Wir helfen dir, wann immer wir können.«

»Danke. Das weiß ich wirklich zu schätzen«, beteuere ich leise.

Nina sieht aus, als wolle sie noch etwas hinzufügen, doch stattdessen wendet sie den Blick ab und räuspert sich.

»Seid ihr zwei bereit zu gehen?«

Ich beantworte Neds Frage mit einem Nicken, bevor ich ihm den Gang hinunter bis ins Wohnzimmer folge. Grandma sitzt auf der Couch und zieht sich gerade ein Paar beige Schuhe an, die Klettverschlüsse anstatt Schnürsenkel aufweisen.

»Ich fahre«, sagt Ned. »Nach der langen Reise ist bestimmt das Letzte, was du willst, dich wieder hinter das Lenkrad zu setzen.«

»Das passt mir gut«, stimme ich zu und helfe Grandma dabei, aufzustehen, dann schnappe ich mir die Handtasche vom Kaffeetisch.

Ich führe Grandma nach draußen und über den Rasen, bis zu Neds Auto, und helfe ihr auf den Rücksitz seines Trucks. Dann gehe ich um den Wagen herum und setze mich hinter Nina.

Auf dem Weg zum Restaurant erzählt sie mir alles über die Stadt und von ein paar Leuten, die hier leben. Gott sei Dank ist die Fahrt nicht lang, aber als wir ankommen, ist das Restaurant gestrichen voll. Und ich meine wirklich gestrichen voll. Der Parkplatz ist überfüllt mit Autos, Trucks und Motorrädern. Es sieht so aus, als wäre die ganze Stadt gekommen, um heute Abend hier zu essen.

»Was geht denn da vor sich?«, fragt Nina, während Ned auf den Parkplatz fährt und im Gras neben einem großen Baum parkt.

»Sieht so aus, als würde jemand eine Party schmeißen«, mutmaßt er, während ich aus dem Fenster auf das steingraue Gebäude blicke. Es hat ein lila Schild auf dem Dach, das mit Gänseblümchen verziert ist.

Als ich jemanden etwas rufen höre, zieht eine Gruppe Männer meine Aufmerksamkeit auf sich, die vor einer Reihe von Motorrädern steht. Oder besser gesagt ein Typ aus der Gruppe, dessen Gesicht ich nur im Profil erkennen kann. Er ist mindestens ein paar Zentimeter größer als die anderen Männer. Sein dunkles, gekraustes Haar ist oben länger als an den Seiten, wo es ganz kurz geschoren wurde. Ein kariertes Hemd schmiegt sich an seine breiten Schultern, die zu einem imposanten Oberkörper gehören, der sich nach unten in schmale Hüften verwandelt. Seine Beine stecken in abgetragenen Jeans und an den Füßen trägt er Stiefel. Sogar von der Seite sieht er gut aus.

»Ich bin hungrig«, meint Grandma und ich reiße nur widerwillig meinen Blick von dem Fremden los, um sie anzusehen. »Ich glaube, die Wartezeit ist hier zu lang«, fährt sie fort.

Ich strecke die Hand aus und umfasse ihre, als ich sehe, wie sie zu zittern beginnt. »Gibt es noch ein zweites Restaurant in der Stadt, in dem man Rippchen essen kann?«, frage ich nach vorne.

Nina dreht sich in ihrem Sitz um. »Klar gibt es das. Wir kommen ein andermal zurück. Ist das okay für dich, Genevria?«, fragt sie Grandma, die nickt. »Gut.« Nina lächelt, während Ned rückwärts ausparkt.

Enttäuschung erfüllt mich, als ich mich zurück zum Fenster drehe und wir den Parkplatz verlassen. Der Typ, der sich vorhin meine Aufmerksamkeit gesichert hat, ist verschwunden.

2. Kapitel

Gia

Volle Spannung

Während ich mich im Schminkspiegel meines Autos ansehe, presse ich die Lippen zusammen, um sicherzustellen, dass mein pinkes Lipgloss gleichmäßig verteilt ist. Ich atme tief aus und bete still darum, nach diesem Bewerbungsgespräch einen Job angeboten zu bekommen. Ich habe nicht erwartet, so bald mit dem Arbeiten anfangen zu müssen, aber die letzten zwei Wochen in Tennessee haben auf meinem Bankkonto ziemliche Spuren hinterlassen.

Den Großteil meiner Ersparnisse habe ich in der ersten Woche ausgegeben, um die Bäume vor Grandmas Haus stutzen zu lassen. Ned hatte mir zu verstehen gegeben, dass er sich um die Situation Sorgen machte. Wenn ein schlimmer Sturm käme, könnten mehrere Äste fallen. Mir war klar, dass ich das Geld entweder jetzt ausgeben konnte, um das zu verhindern, oder noch mehr Geld brauchen würde, wenn ein Baum durch das Dach krachte. Ich habe außerdem ein bisschen dafür verwendet, dass der Gartenservice die Blumenbete vom Unkraut befreite und die Büsche vor dem Haus in Form brachte. Ich hätte die Arbeit wahrscheinlich selbst erledigen können, aber nachdem ich noch nie in meinem Leben Gartenarbeit verrichtet hatte und mich der Mehraufwand nur hundertfünfzig Dollar kostete, habe ich mir die Mühe lieber erspart.

Die Realität der Situation mit meiner Grandma ist mir auch erst nach der ersten Woche langsam bewusst geworden. Ich dachte, ich hätte eine Vorstellung davon, was hier abgehen würde. Aber tatsächlich hatte ich keinen Schimmer. Der Tag, an dem ich ankam, war scheinbar einer ihrer guten Tage. Sie hat sich das ganze Abendessen über daran erinnert, wer ich war, und als wir wieder zu Hause eintrafen, ebenfalls. Als sie am nächsten Morgen jedoch aufwachte und mich in ihrer Küche beim Frühstückmachen vorfand, rastete sie aus. Ich benötigte fünfundvierzig Minuten, um sie zu beruhigen, und dennoch blieb sie mir gegenüber nervös und misstrauisch. Nina und Ned sind allerdings wunderbar. Ich weiß wirklich nicht, was ich ohne sie tun würde.

Gähnend reiße ich mich aus meinen Gedanken und greife nach meinem Kaffeebecher, um einen Schluck zu nehmen. Das Koffein wirkt hoffentlich bald. Ich bin seit sieben Uhr auf den Beinen und war bereits bei zwei Bewerbungsgesprächen. Der Job in der Kindertagestätte von heute Morgen wäre ideal gewesen, nachdem ich in Chicago dasselbe gemacht hatte. Aber die Frau, bei der ich mich vorgestellt habe, schien mich nicht besonders zu mögen. Das zweite Vorstellungsgespräch hatte ich bei einem Lebensmittelgeschäft in der Stadt. Die Arbeit dort wäre okay, aber ich müsste nachts Inventur machen, und da ich nachts nicht von zu Hause weg kann, war diese Stelle keine Option. Der Mann, der mit mir gesprochen hat, versprach mir jedoch, sich zu melden, wenn tagsüber etwas frei werden würde.

Was mich in die Gegenwart und zu *Rusty Rose* bringt – einer Bikerbar, ganz unten in Ruby Falls. Nicht mal in meinen wildesten Träumen hätte ich gedacht, dass ich es in Erwägung ziehen würde, in einer Bikerbar zu arbeiten. Aber ich brauche einen Job, und nachdem mich Nina angerufen hat, um mir mitzuteilen, dass sie mir ein Bewerbungsgespräch verschafft hat, konnte ich nicht ablehnen. Einen weiteren ordentlichen Schluck Kaffee später, stelle ich den Becher zurück in den Halter. Ich öffne die Tür und springe mit meiner Tasche in der Hand aus dem Auto. Nachdem ich die Tür zugeknallt habe, fluche ich, da sie geradewegs wieder aufschwingt. Ich weiß nicht, was zum Teufel mit meinem Jeep los ist, aber ich muss ihn überprüfen lassen. Das sollte wahrscheinlich Priorität haben, aber diese Wichtigkeit hat es für mich nicht.

Nachdem ich sicher bin, dass die Tür eingerastet ist, mache

ich mich auf den Weg zum vorderen Eingang der Bar und wische meine plötzlich feuchten Hände an meiner Hose ab. Ich greife um die Türschnalle und ziehe sie auf. Es dauert eine Sekunde, bis sich meine Augen an den dunklen Innenraum gewöhnt haben, dann sehe ich mich in der Bar um und mir fällt auf, dass sie komplett leer ist. Das passt zum Bikerlifestyle, wie ich ihn mir ausgemalt habe. Dazu gehören unheimliche, riesenhafte Männer mit zu viel Gesichtsbehaarung, die sich irgendwann um die Mittagszeit aus dem Bett rollen, Bier als Frühstück ansehen und irgendwann, nachdem es dunkel geworden ist, in einer Bar absteigen. *Definitiv nicht früher.*

Die Bar weiterhin betrachtend, suche ich nach irgendeinem Lebenszeichen und schaue schließlich auf mein Handy, um nachzusehen, wie spät es ist. Nina hat gesagt, dass ich um zehn vorbeikommen müsste, um eine Freundin von ihr namens Rose zu treffen. Ich bin ein paar Minuten zu früh, also nicht viel.

Nachdem ich tiefer in den Raum vordringe, wirkt dieser auf mich riesig. Zumindest wirkt alles größer, als man von draußen annehmen würde. Ganz hinten nimmt ein Tresen den gesamten Platz in Anspruch. In der Mitte befinden sich hohe, große Tische. Auf der linken Seite wurden vier Billardtische angeordnet, die den Leuten genug Raum zum Bewegen gewähren.

»Hallo?«, rufe ich, als ich an dem Tresen ankomme. Ich stütze mich mit den Händen ab und beuge mich ein wenig nach vor, um zu einem Zimmer dahinter zu blicken. Eine Tür steht ein paar Zentimeter offen und lässt helles Licht durchscheinen.

»Eine Sekunde«, kommt ein Brummen zurück und das tiefe Timbre bringt meinen Magen dazu, sich unangenehm zusammenzuziehen.

»Okay!«, rufe ich zurück und drehe einen der Barhocker herum, um auf diesen zu klettern. Sobald ich es mir bequem gemacht habe, streiche ich mein Top glatt und überschlage die Beine. Ich schaue mich um und frage mich, ob ich für diesen Ort overdressed bin, und ich nicht besser nach Hause gehen und mich hätte umziehen sollen. Meine schwarze Hose, das seidene Top und der lilafarbene Sweater, der zu dem Blumendesign auf meinen Stiefeletten passt, schreien nicht gerade *Bikerbar.* Sie schreien *Kindergärtnerin.*

»Gia.« Als mein Name gerufen wird, schaue ich nach links und mir friert der Atem ein, als mein Blick auf den Mann trifft, der mich gleich erreichen wird.

Er kommt mir vage bekannt vor, aber das liegt vermutlich daran, dass solche Männer in Magazinwerbungen für Outdoorkleidung oder Parfum abgebildet sind, das nach Moschus oder dem Meer riecht. Schluckend nehme ich den Anblick des langärmligen, graublauen Henley-Shirts in mich auf, das die Muskeln seines Oberkörpers betont, ebenso seine mit Jeans bekleideten langen Beine und seine Füße, die in Stiefeln stecken.

Mein Herz pocht lauter, als mir endlich klar wird, dass dieser Mann der Fremde ist, den ich vor dem *Purple Daisy Picnic Café* mit einer Gruppe Biker gesehen habe.

»Gia?«, wiederholt er und mustert mich aus seinen dunkelbraunen Augen.

»Ähm ...«, murmle ich atemlos. Seine Lippen zucken und ziehen so meine Aufmerksamkeit auf sich. Automatisch betrachte ich auch seine starke Kinnlinie, die von dichten Bartstoppeln bedeckt ist. »Das ist ... Ich ... ich meine, das bin ich. Gia«, stottere ich und versuche zu ignorieren, was sein Grinsen mit mir anstellt. »Ich bin Gia«, wiederhole ich und spüre Erleichterung, die Worte endlich klar herauszubekommen. Als ich vom Barhocker springe und am Boden ankomme, schwanken meine Beine.

Der Fremde greift nach meinem Oberarm, um mich zu stützen, und ich lasse zischend meinen Atem entweichen.

»Bist du okay?«, fragt er sanft und betrachtet meinen Arm.

Ich lege den Kopf in den Nacken, um ihn anzusehen, und nicke. Dabei spüre ich, wie sich seine Finger an der Stelle in meine Haut eingravieren, wo er mich berührt. »Ich bin okay.« Ich versuche, einen Schritt zurückzumachen, aber er lässt mich nicht weit kommen. »Versprochen. Ich bin nur manchmal ein bisschen ungeschickt.« Ich lächle, weil ich nicht will, dass er mich für einen schrägen Vogel hält, obwohl ich das vielleicht sogar bin.

»Sicher?«

»Absolut.« Ich blicke noch immer zu ihm hoch und mir wird bewusst, wie groß er ist. Trotz der zusätzlichen Zentimeter durch meine Absätze muss er den Kopf senken, um mir in die Augen zu sehen.

»Ich bin Colton.« Er tritt zurück und löst endlich seinen Griff um meinen Arm. Augenblicklich vermisse ich seine Berührung.

Einen dringend benötigten Atemzug nehmend, um dieses lächerliche Gefühl in mir zu bekämpfen, ringe ich mir ein Lächeln ab. Oder versuche es zumindest. Ich bin sicher, dass mir nur ein verhaltenes gelingt. »Schön, dich kennenzulernen«, gebe ich von mir und frage mich, warum er mich so anlächelt. »Ich soll mich um zehn Uhr mit Rose zu einem Bewerbungsgespräch treffen.«

Als sich sein Lächeln in ein Grinsen verwandelt, nehme ich kleine Fältchen in seinen Augenwinkeln wahr, und weiß, dass ich verloren bin, noch bevor er seinen Mund ein weiteres Mal öffnet. »Rose ist meine Mom. Sie musste schnell etwas erledigen und hat mich gebeten, das Gespräch zu übernehmen.«

»Oh.« Ich werfe einen Blick zu Tür und frage mich, ob ich einen Selbstrettungsversuch starten und einfach davonlaufen sollte. Wer braucht schon Geld?

»Wenn es für dich okay ist, gehen wir nach hinten in das Büro und fangen gleich an.« Er dreht sich um und ich folge ihm hinter den Tresen. Dabei versuche ich, mich selbst zu ermutigen, und starre ihm auf seinen Hintern, was ich wohl besser unterlassen sollte. Immerhin ist er der Sohn der Frau, die das Bewerbungsgespräch mit mir führen sollte. Und ihr Name ist Rose, was mich vermuten lässt, dass ihr die Bar gehört.

»Setz dich doch.« Er nickt zu einem Stuhl inmitten des kleinen Büros, in das er mich geführt hat. »Möchtest du etwas zu trinken?«

Es liegt mir auf der Zungenspitze, ihn um einen Shot Jack Daniels zu bitten. »Nein, danke«, murmle ich stattdessen.

»Sicher?«

»Jepp.« Ich nehme Platz und überschlage einmal mehr meine Beine. Währenddessen sehe ich ihm dabei zu, wie er sich eine Mappe aus dem Regal schnappt und sich auf den Stuhl mir gegenüber setzt.

»Bist du neu in der Stadt?« Colton schiebt die Ärmel seines Shirts an den Unterarmen hoch, was den Ort zwischen meinen Beinen zum Kribbeln bringt. Ich schlucke schwer. Seine Arme sind stark und gebräunt, seine Hände riesig und seine Finger lang. Ich kann mir bildlich vorstellen, wie er mit diesen großen Händen über meinen Körper streicht, was absolut irrsinnig ist. Seit einer Ewigkeit wollte ich nicht mehr, dass mich ein Mann berührt. »Gia?« Zuerst höre, dann sehe ich das Lächeln auf seinem Gesicht, als ich zu ihm hochblicke.

Bestimmt erwartet er von mir, dass ich seine letzte Frage beantworte, nur habe ich bereits vergessen, wie sie lautete. »Sorry, ich hab gerade nicht mitbekommen, was du gesagt hast.«

»Das ist okay.« Er lehnt sich in seinem Stuhl zurück, was das Möbelstück dazu bringt, unter seinem Gewicht zu ächzen. »Ich habe mich nur gefragt, ob du neu in der Stadt bist?«

»Oh.« Ich nehme meine Tasche vom Schoß und lasse sie neben meinen Füßen auf den Boden fallen. »Ja, ich bin erst vor ein paar Wochen hier eingetroffen.«

»Woher kommst du?«

»Chicago«, antworte ich und beobachte, wie er den Kopf zur Seite neigt.

»Die Stadt? Bist du dort aufgewachsen?«

»Jepp. Mein ganzes Leben.« Ich zucke die Achseln und er pfeift durch seine Zähne.

»Von Chicago nach Tennessee. Das ist eine große Veränderung. Was bringt dich hierher?«

»Meine Großmutter wohnt hier und ... sie wollte, dass ich näher zu ihr ziehe«, lüge ich, im Bewusstsein, dass meine Grandma nicht mal wirklich weiß, wer ich bin. Jeden Tag, wenn sie aufsteht, muss ich ihr erklären, dass ich ihre Enkelin bin und nicht meine Mom oder irgendeine Fremde, die in ihrem Haus lebt.

»Wo genau in Chicago hast du gearbeitet?« Er legt die Ellenbogen auf die Knie und beugt sich näher zu mir.

»In einer Kindertagestätte.«

»Und wie lange warst du dort tätig?«

»Seit ich das College abgeschlossen hatte«, erwidere ich, und er runzelt die Stirn.

»Und jetzt willst du hier arbeiten?« Er klingt ehrlich verwirrt. »Du weiß, dass das hier eine Bar ist, oder?«

»Ich brauche einen Job.« Ich zucke die Schultern. Mein Dad hat immer gesagt: Geld ist Geld. Wenn du deine Miete bezahlst oder Lebensmittel einkaufst, ist es nicht wichtig, was du getan hast, um dieses Geld zu verdienen. Es ist bloß wichtig, dass du dafür gearbeitet hast.

»Die Bar könnte ein bisschen Feinschliff vertragen. Meinst du, du kommst damit klar, hier deinen Job zu machen?« Sein Blick fällt auf meinen Sweater, dann auf meine Stiefeletten, was mich dazu bringt, unbehaglich auf meinem Platz herumzurutschen.

Ich hätte wirklich nach Hause gehen und mich umziehen sollen.

»Ich bin aus Chicago«, entgegne ich. Chicago ist bekannt dafür, eine der am meisten von Verbrechen gezeichneten Städte der USA zu sein.

»Wie gut bist du in Mathe?«, fragt er und schaut auf sein Handy, das auf dem Tisch anfängt zu klingeln. Da er offensichtlich mit wem auch immer gerade nicht sprechen will, wendet er sich wieder mir zu.

»Ganz gut, schätze ich.«

»Und was ist mit Menschen?«

»Wie meinst du das?« Als ich meine Stirn runzle und die Lippen zusammenpresse, fällt sein Blick einen Moment auf meinen Mund, bevor er mir wieder in die Augen sieht.

»Wie bist du im Umgang mit Menschen? Verstehst du dich mit ihnen?«

»Klar«, lüge ich erneut, weil ich weiß, dass ich nicht gut darin bin, Freundschaften zu schließen. Aber mal im Ernst: Wie menschenfreundlich muss man schon sein, um in einer Bikerbar zu arbeiten? Klar, man muss Getränkebestellungen aufnehmen, aber ich kann mir nicht vorstellen, dass Biker auf Smalltalk stehen, von daher sollte das kein Problem sein.

»Wann kannst du anfangen?«

»Ich ... ähm ... Morgen?«, stottere ich, von seiner Frage überrumpelt.

»Tagsüber ist die Bezahlung scheiße, aber Mom meint, du willst nur diese Schicht haben. Darf ich fragen, warum?«

»Ich mag es nicht, wenn meine Grandma nachts allein ist«, antworte ich.

Seit ich hier bin ist sie nachts schon zweimal hingefallen, was mir Sorgen bereitet. Ich habe mit Nina gesprochen und vorgeschlagen, jemanden einzustellen, der während meiner Dienstzeiten aushilft, aber sie hat mir versichert, Grandma tagsüber weiterhin im Auge zu behalten. Ich will sie nicht noch mehr von ihrem Leben oder ihrem Mann fernhalten, als es durch die Umstände ohnehin schon der Fall ist. Würde ich nachts arbeiten, würde ich ihr das definitiv antun.

»Sie hat Glück, dich zu haben«, meint Colton und mein Herz erwärmt sich durch den sanften Ton in seiner Stimme und den Ausdruck in seinen Augen.

»Ich bin die Glückliche«, gebe ich zu. Ich habe die Möglichkeit, die Großmutter kennenlernen zu können, die ich für verloren gehalten habe. Auch wenn sie nicht die Frau ist, an die ich mich erinnere.

»Normalerweise sperren Mom oder ich die Bar um zehn auf, bringen alles auf Vordermann und machen Inventur. Die Türen öffnen sich dann zu Mittag und üblicherweise ist bis vier nicht viel los. Außer es ist Sommer – da weiß keiner, was passiert. Die Dinge geraten immer mal wieder außer Kontrolle, wenn wir Besucher von außerhalb der Stadt bekommen. Aber größtenteils sind es Leute aus dem Ort, die hier ihre Zeit verbringen und kaum dazu neigen, Radau zu machen.«

»Okay«, antworte ich und nehme die Mappe entgegen, die er

mir reicht.

»Darin findest du die Bewerbungsunterlagen für diesen Job. Die brauche ich morgen ausgefüllt zurück, wenn du kommst.«

»Kein Problem«, stimme ich zu und stecke sie in meine Tasche. Als ich mich zurücksetze, fällt mir auf, dass er sich einmal mehr nach vorne gebeugt hat, Ellenbogen auf den Knien. Durch die Nähe kann ich seinen Geruch von Leder und Moschus in mich aufnehmen und erkennen, dass seine Augen nicht bloß dunkelbraun sind, wie ich dachte. Das Braun ist von einer warmen, goldenen Farbe durchzogen.

»Und? Was machst du so in deiner Freizeit?«

»Ich stricke gern«, antworte ich ohne nachzudenken, und er lehnt sich zurück.

Langsam breitet sich ein Grinsen auf seinem Gesicht aus. »Stricken«, wiederholt er und schafft es beinah, das Wort schmutzig klingen zu lassen. Die Vorstellung davon, wie er mich mit weichem Garn fesselt und sich über mich hermacht, vernebelt mir den Blick und bringt meine Wangen dazu, sich zu erhitzen.

»Meine Grandma hat es mir beigebracht. Es ist entspannend«, verteidige ich mich.

»Okay, Gia.« Er lächelt weiterhin, während er aufsteht. »Es war schön, dich kennenzulernen.«

Mir meine Tasche schnappend, stehe ich ebenfalls auf und husche an ihm vorbei durch die Tür. Dabei ziehe ich den Bauch ein, damit ich ihn nicht aus Versehen berühre. »Ich fand es auch schön, dich kennengelernt zu haben.« Ich schaue ihn über meine Schulter hinweg an und quietsche erschrocken auf, als sich mein Absatz in der Matte hinter der Bar verfängt. Als ich die Hand nach irgendetwas ausstrecke, das mich davor bewahren könnte, eine Bruchlandung hinzulegen, finde ich Halt. Nur stellt sich heraus, dass dieses Etwas in meiner Hand einer der Hebel für das Bier ist, das am Zapfhahn angeschlossen ist. Als ich ihn mit mir nach unten ziehe, spritzt das Bier in alle Richtungen. Und auch quer über mich. »Oh Gott«, pruste ich los und versuche den Hebel abzustellen, der festzustecken scheint.

»Herrgott«, knurrt Colton, während er mich an der Taille hochhebt und herumschwingt, sodass ich hinter ihm zum Stehen komme. Während ich meine Hände abschüttle, sehe ich dabei zu, wie er den Zapfhahn abdreht.

»Ich ...« Die Augen schließend frage ich mich, was zur Hölle ich sagen kann, um mich vor der Peinlichkeit dieses Moments zu retten. »Es tut mir so leid.«

»Bist du okay?«

Als ich die Lider aufschlage, sehe ich, dass er genauso nass ist wie ich. »Wenn du mit *okay* meinst, dass ich in ein dunkles Loch fallen und sterben will, dann klar. Ich bin okay«, antworte ich.

Er sieht zuerst mich, dann das Chaos an, das ich angerichtet habe. Kopfschüttelnd fährt er sich durchs Haar. »Du bist wirklich ungeschickt.«

»Ich weiß«, stimme ich zu und ziehe das vom Bier durchnässte Top von meinem Körper weg. »Hast du einen Mopp, damit ich das hier aufwischen kann?«, frage ich und entlocke ihm damit ein Lachen. Es ist ein tolles Lachen – tief und voll und es stellt komische Dinge mit meinen Eingeweiden an.

»Jepp«, murmelt er. »Aber schauen wir zuerst, dass wir dich trocken kriegen.« Er nimmt meinen Ellenbogen und zieht mich mit sich zurück in sein Büro. Nachdem er mich losgelassen hat, geht er zu einem großen Karton in der Ecke des Zimmers, wo er ein T-Shirt ausgräbt, das er mir überreicht. »Hinter dir ist ein Badezimmer.« Er zeigt auf eine Tür, die mir vorhin nicht aufgefallen ist. »Dort kannst du dich sauber machen.« Er nickt mit dem Kinn in diese Richtung.

Ich mache mich auf den Weg, halte aber noch mal in der Absicht an, mich erneut zu entschuldigen. Dabei verschlucke ich mich fast an meiner Zunge, weil er gerade dabei ist, sein Shirt auszuziehen. Was sich unter diesem Shirt befindet, sollte eigentlich verboten sein. Berge und Berge an festen Muskeln unter glatter, herrlich gebräunter Haut.

»Gia, ich fange langsam an zu denken, dass du auf mich stehst.«

Seine Worte reißen mich zurück in die Realität und mein

Gesicht fängt so heiß zu brennen an, dass man wahrscheinlich ein Ei darauf braten könnte. »Ich ... ich gehe mich umziehen.« Ich drehe auf dem Absatz um und mache einen Abstecher ins Badezimmer. Nachdem ich die Tür hinter mir zugeknallt habe, drücke ich meinen Rücken dagegen. Natasha und ich hätten nicht auf Cowboys trinken sollen. Wir hätten auf heiße Kerle anstoßen sollen, die in Bikerbars arbeiten und die Macht haben, mich komplett durcheinanderzubringen.

Nachdem ich mir mein nasses Top und den Sweater ausgezogen habe, lege ich beides auf die Toilette, auf der ein handgeschriebenes Schild mit dem Hinweis steht, dass sie außer Betrieb ist. Dann drehe ich das Wasser auf. Mithilfe von Handseife und Papierhandtüchern wasche ich mich und versuche den Biergestank von mir zu kriegen. Es ist unmöglich. Er ist in meinem Haar, meiner Hose und meinen Schuhen. Wenn ich nach Hause komme, werde ich wie im ersten Jahr am College riechen.

Ich ziehe mir das trockene Shirt über den Kopf und wende mich dem Spiegel zu. Das Shirt ist mit dem Logo des *Rusty Rose Softballteams* bedruckt, das offenbar seit drei Jahren hintereinander ungeschlagen ist, was mich ziemlich beeindruckt. Ich werfe meine vom Bier durchtränkten Oberteile in das Waschbecken, spüle und wringe sie aus, so gut es geht, bevor ich die Toilette verlasse.

Colton ist Gott sei Dank nicht im Büro. Ich finde ihn an der Bar zusammen mit einer Frau. Beide benutzen Mopps und Handtücher, um den Boden aufzuwischen. Ich lasse meine Tasche und meine Oberteile auf den Tresen fallen, greife nach ein paar Handtüchern und fange ebenfalls an, sauberzumachen.

Auf Händen und Füßen wische ich hinter den Bierfässern und unter der Theke entlang. Nachdem ich den Rest des Biers von der Fläche entfernt habe, wo die Gläser aufbewahrt werden, richte ich mich auf. Ich streiche mir das Haar aus dem Gesicht und blinzle Colton und die Frau an, die mich beide anstarren. Ich weiß sofort, dass sie seine Mom ist. Sie haben die gleichen dunklen Augen und vollen Lippen.

»Ähm ...« Ich schaue durch den Raum, dann wieder zu ihnen. »Die Schweinerei tut mir wirklich sehr leid. Wenn ihr beide nicht wollt, dass ich hier arbeite, verstehe ich das«, gebe ich von mir. Ich wringe das Handtuch in meinen Händen und krümme mich ein wenig zusammen, als dabei etwas Bier auf den Boden tropft.

»Du siehst genauso aus wie sie«, meint die Frau, was meinen Magen dazu bringt, sich zu verknoten. Obwohl sie nicht gesagt hat, über wen sie spricht, ist es mir klar. In ihren Augen erkenne ich denselben Ausdruck, den mein Dad immer bekam. Als wäre es beinah schmerzhaft für ihn, mich anzuschauen.

»Ma, das ist Gia Caro«, stellt mich Colton vor und legt dabei die Hand auf die Schulter seiner Mutter. »Gia, meine Mom Rose.«

»Nett Sie kennenzulernen.« Ich strecke ihr meine Hand entgegen. Sie folgt der Geste, bevor sie mich erneut betrachtet. Kopfschüttelnd zieht sie mich schließlich an sich, was mich ein wenig zum Stolpern bringt.

»Es ist so schön, dich hier zu haben, Gia. Entschuldige meine Manieren von eben.« Sie lässt mich los und nimmt meine Hand in ihre. »Ich kannte deine Mom. Dich zu sehen, hat mich eben ziemlich überrumpelt.«

»Ist schon okay«, beschwichtige ich sie, und sie lässt mich los.

»Deine Mom und ich waren Freundinnen. Na ja, ich würde sagen, deine Mom, dein Dad und ich waren Freunde, bevor sie die Stadt verlassen haben.«

»Wirklich?«, frage ich, und sie lächelt mich sanft an, bevor sie den Kopf zur Seite neigt und Trauer ihren Blick erfüllt.

»Wie geht es deiner Grandma?«

»Sie ist okay.«

»Gut.« Sie wendet sich von mir ab und schaut kurz zu ihrem Sohn hoch. »Colton meinte, du fängst morgen bei uns an?«

Mein Blick wandert von ihr zu dem Berg nasser Barhandtücher auf dem Boden und dem Mopp, der in einem Eimer voll schmutzigem Wasser steht. »Das war der Plan, sofern ihr mich noch wollt.«

»Nicht allzu viele Frauen sind gewillt, auf Händen und Füßen den Boden sauberzumachen, Liebes. Genau das zeigt mir, dass du keine Scheu hast, dir die Hände mit ein bisschen harter Arbeit schmutzig zu machen.«

»Das habe ich nicht«, bestätige ich, und sie sieht mich erneut freundliche an.

»Ich werde morgen Früh hier sein. Dann zeige ich dir, was alles getan werden muss, bevor wir zu Mittag aufmachen. Es ist nicht allzu viel, erfordert aber seine Zeit. Vor allem, weil wir die Bar nach dem Schließen nicht saubermachen.«

»In Ordnung«, willige ich ein.

Sie blickt erneut kurz zwischen Colton und mir hin und her. »Das wird alles gut funktionieren. Ich habe das im Gefühl. Wir sehen uns morgen Früh, Gia. Und sag deiner Grandma *hi* von mir.« Sie lächelt.

»Ich richte es ihr aus.« Ich erwidere ihr Lächeln, während sie an mir vorbei ins Büro geht, um die Tür hinter sich zu schließen.

Nachdem ich mir meine Tasche und die nasse Kleidung von der Theke geschnappt habe, laufe ich vorsichtig über die Matte, über die ich vorhin gestolpert bin, und gehe hinüber in den Schankraum. Dabei vermeide ich es, Colton anzusehen, weil ich mich offenkundig in seiner Anwesenheit nicht unter Kontrolle habe.

»Wir sehen uns, Grübchen«, höre ich ihn hinter mir mit tiefer Stimme brummen.

In meinem Bauch flattert etwas auf, aber ich drehe mich nicht um, sondern hebe nur die Hand und winke ihm über meine Schulter hinweg zu, was ihn zum Lachen bringt.

Sobald ich die Tür nach draußen geöffnet habe, begrüßt mich strahlendes Sonnenlicht. Ich bleibe stehen, um in meiner Tasche nach meiner Sonnenbrille zu suchen. Nachdem ich sie ganz unten gefunden habe, setze ich sie auf und gehe zu meinem Jeep, um mich auf den Heimweg zu machen.

Daheim angekommen, gehe ich nicht sofort rüber zu Nina und Ned, sondern husche in Grandmas Haus und direkt unter die Dusche, um mich zu waschen. Nachdem ich mich angezogen habe, mache ich mich auf den Weg über den Rasen und klopfe zweimal an Ninas Eingangstür.

Sie begrüßt mich mit einem warmen Lächeln. »Wie lief das Bewerbungsgespräch?«

»Es war gut. Wirklich gut. Ich fange morgen an.«

»Wie schön. Ich wusste, Rose würde sich um dich kümmern.« Sie tritt zur Seite und lässt mich rein.

»Wie geht es Grandma heute Morgen?«, frage ich, während ich ihr ins Wohnzimmer folge.

»Sie war okay. Sie hat vorhin ein wenig über deine Mom geredet und gefragt, wie es ihr geht und warum sie nicht angerufen hat.«

»Wirklich?« Ich bleibe in einer Ecke des Wohnzimmers stehen, wo Grandma sitzt und sich *Der Preis ist heiß* im Fernsehen ansieht.

»Ich glaube, dass deine Anwesenheit ein paar Erinnerungen geweckt hat.« Sie zuckt die Achseln.

»Ich will für sie einen Arzttermin ausmachen. Weißt du, wann sie das letzte Mal bei einem war?«

»Es ist schon eine Weile her. Vielleicht sechs Monate. Sie geht zu einer Dame in Chattanooga. Ich gebe dir ihre Nummer.«

»Danke.«

»Immer gern.« Sie schaut von mir zu Grandma. »Ich wollte ihr gerade etwas zu essen bereiten. Willst du zum Mittagessen bleiben?«

»Du musst dir keine Umstände machen«, stelle ich klar, weil ich mich schuldig fühle. Nina und Ned haben so viel getan und je mehr sie beitragen, desto schuldiger fühle ich mich, nicht früher hier gewesen zu sein.

»Liebes, ich weiß, dass ich das nicht muss.« Sie dreht sich um und macht sich auf den Weg in die Küche.

Genau wie die von Grandma ist diese klein, jedoch neumodisch und so sauber, dass man wahrscheinlich vom Boden essen könnte. Obwohl ich Grandmas Haus jeden Tag putze und schrubbe, muss noch viel Hand angelegt werden. Damit meine ich, dass es komplett entrümpelt und von Grund auf renoviert werden muss.

»Ich glaube, es ist der richtige Tag für ein gegrilltes Käsesandwich und eine Tomatensuppe. Was meinst du?« Nina öffnet einen Schrank, aus dem sie zwei Dosen Tomatensuppe hervorholt.

»Das klingt lecker«, pflichte ich ihr bei. »Möchtest du, dass ich helfe?«

»Ich mache das schon. Geh nur. Ich weiß, dass du Zeit mit ihr verbringen willst.« Sie lächelt und nickt zur Tür.

»Danke.« Ich lasse Nina in der Küche zurück und mache mich auf ins Wohnzimmer, wo Grandma immer noch fernsieht.

»Hey, Grandma«, begrüße ich sie beim Betreten des Raumes, um sie nicht zu erschrecken. Sie wendet mir ihren Blick zu und ich kann sehen, dass sie – wie immer – versucht herauszufinden, wer ich bin und was ich hier tue. »Nina macht uns Mittagessen«, erzähle ich ihr, als ich näherkomme. »Bist du hungrig?«

»Ein bisschen.« Sie zuckt mit den Schultern.

»Hattest du einen schönen Morgen?«

»Jepp«, antwortet sie, bevor sie wieder in den Fernseher schaut.

Nachdem ich mich neben sie gesetzt habe, kaue ich auf der Innenseite meiner Wange herum, um nicht zu weinen.

»Hattest du auch einen schönen Tag?«, will sie wissen.

Ich wende mich ihr mit einem Lächeln zu und nehme ihre Hand. »Jepp. Ich habe einen Job gefunden.«

»Wirklich? Wo?«

»Im *Rusty Rose.*«

»Das ist wundervoll, Gabriella. Ich bin so stolz auf dich.« Sie drückt meine Hand, und Tränen füllen meine Augen.

»Danke«, bringe ich durch den Schmerz in meiner Kehle hervor. Damit sie mich nicht weinen sieht, lehne ich meinen Kopf an ihre Schulter. Ich bleibe neben ihr sitzen, halte ihre Hand und wünsche mir, ich hätte die Macht, sie wieder gesund zu machen.

3. Kapitel

Colton

Kein Platz für die Vergangenheit

Als ich Loki bellen höre, schaue ich gerade noch rechtzeitig hinter mich, um zu sehen, wie Mom das Haus betritt. »Morgen, Schatz«, begrüßt sie den Hund und krault ihn schnell hinter seinen Ohren, bevor sie ins Zimmer kommt.

Meinen Blick von ihr zur Tür verlagernd, schüttle ich den Kopf. »Ist dir bewusst, dass du mir den Schlüssel zurückgeben musst, wenn ich mal eine Frau finde?« Ich hebe eine Braue und sehe dabei zu, wie sie die mitgebrachten Tüten auf die Anrichte fallen lässt, um sich zu mir umzudrehen und mich böse anzufunkeln.

»Gibt es jemanden, an dem du interessiert bist?«, fragt sie.

Sofort taucht Gia in meinem Kopf auf – mit ihren wunderschönen grünen Augen, den süßen Grübchen in beiden Wangen, den vollen Lippen, die ich berühren will, ihrem langen Haar, das ich mir auf meinem Kissen ausgebreitet vorstelle, und all den Kurven an den richtigen Stellen. Gia, die gern strickt und sich auf diese süße Weise schämt, wann immer ich ihr zu nahe komme. Ja, an ihr bin ich definitiv interessiert.

»Darum geht es nicht«, lenke ich ab und Mom verdreht die Augen.

»Wenn du mit dem Gedanken spielst, eine Frau hierher einzuladen, fange ich an, zu klopfen«, murmelt sie, holt Lebensmittel aus den Tüten und stellt diese auf die Anrichte. Die leeren Tüten stapelt sie zusammengefaltet aufeinander.

Nachdem ich einen Bissen von den Eiern auf meinem Teller genommen habe, schiebe ich mir noch ein Stück Speck in den Mund. Dann bringe ich den Teller zur Spüle. »Ich kann auch selber einkaufen.«

»Ich war sowieso im Laden.« Sie zuckt die Achseln, sieht mich dabei aber nicht an. »Ich dachte, ich nehme dir ein paar Sachen mit und erspare dir den Trip.«

»Ma, ich hab dich lieb, aber ich muss meinen Scheiß selbst erledigen«, verlange ich sanft und sehe dabei zu, wie ihre Schultern sinken.

»Pass auf deine Wortwahl auf. Ich muss sagen, du, deine Brüder und dein Dad können einem Seemann die Schamesröte ins Gesicht treiben.«

Lächelnd lege ich die Arme um ihre Schultern und ziehe sie an mich. »Du fluchst mehr als wir alle zusammen«, stelle ich klar, und das ist nicht gelogen. Meine Mom ist in dieser Hinsicht schlimmer als die meisten Männer.

»Wie auch immer.« Sie festigt ihren Griff um mich und schaut zu mir hoch. »Und nur, damit du es weißt – in jeder Mom steckt das Bedürfnis, sich um ihre Kinder zu kümmern.«

»Das ist mir bewusst, und ich weiß auch sehr zu schätzen, dass du nach mir siehst. Aber langsam wäre es für mich wichtig, wieder zu einer Art Normalität zurückkehren zu können«, erkläre ich ihr sanft, als ich sehe, wie sich ihre Augen mit Tränen füllen. Ich weiß, dass es sie mitgenommen hat, mich halbtot im Krankenhaus zu sehen, aber immerhin bin ich ja nicht gestorben.

»Meinetwegen«, willigt sie zögernd ein.

Mit einem Kuss auf den Scheitel löse ich mich von ihr und wende mich wieder der Spüle zu. »Wo ist Dad?«, frage ich und wasche dabei meinen Teller ab, bevor ich ihn auf der Abtropftasse platziere.

»Im Lagerhaus. Heute Morgen ist ein Truck gekommen, also macht er seit sechs Inventur.«

»Er hätte mich anrufen sollen.«

»Er weiß, dass du letzte Nacht gearbeitet hast«, erklärt sie.

Ich verschränke die Arme vor der Brust und lehne mich mit dem Rücken gegen die Anrichte hinter mir. Aus dieser Position sehe ich ihr dabei zu, wie sie die mitgebrachten Sachen wegräumt.

»Ich habe heute Lisa getroffen.« Alles in mir sträubt sich bei der Erwähnung dieses Namens, aber ich halte den Mund. »Sie hat gefragt, wie es dir geht«, meint sie sanft, während sie eine Packung Milch in den Kühlschrank stellt.

»Ich will nichts über dieses Miststück hören. Das kannst du ihr sagen, wenn du sie das nächste Mal siehst«, knurre ich.

Kurz schließt sie die Augen. »Schatz, es war schwer für Lisa. Für alle von uns«, flüstert sie.

»Ja, war es das?« Ich hebe die Brauen, während das Blut durch meine Adern tost und meinen Puls erhöht. »Sie war nicht diejenige, die im Krankenhaus lag. Sie war nicht diejenige, die wieder lernen musste, zu gehen. Und sie war ganz sicher nicht diejenige, die dabei zusehen musste, wie ihre Zukunft durch ihre beschissenen Finger geglitten ist. Dieses elende Weib existiert für mich nicht und ich wäre dir dankbar, wenn du sie mir gegenüber nicht wieder erwähnst.«

»Colton!«

»Nein, Ma.« Ich fahre mir ruckartig durchs Haar und wende mich ab, um zu versuchen, mich wieder unter Kontrolle zu bekommen, damit ich verdammt noch mal nicht ausraste. »Ich weiß, du hast sie gemocht, aber sie ist ein verdammtes Miststück.«

»Okay«, flüstert sie und sieht dabei aus, als würde sie gleich wieder anfangen zu weinen.

»Komm her, Ma.« Ich strecke die Arme nach ihr aus.

»Bist du noch böse?«

Ich seufze, ziehe an ihrer Hand und zwinge sie in eine Umarmung. »Ich bin nicht böse auf dich, aber du musst verstehen, dass ich meine verdammte Zeit nicht mit meiner Ex verbringen will.«

»Hör auf zu fluchen! Und schön, ich höre auf, sie zu erwähnen.«

»Ich liebe dich, aber ehrlich gesagt, habe ich keine Ahnung, wie dich Dad erträgt.«

Sie tätschelt meinen Rücken. »Dein Vater schätzt sich glücklich, weil ich ihn ertrage.«

»Da wäre ich mir nicht so sicher.« Ich grinse und weiche dem Schlag aus, den sie mir verpassen will.

»Du bist eine Nervensäge«, murmelt sie.

»Du liebst mich«, erinnere ich sie und schaue auf die Uhr. »Ich muss mich fertigmachen. Wir sehen uns am Abend. Lass Loki bitte raus, wenn du gehst.«

»Mache ich. Bis später.« Sie schüttelt den Kopf, während ich mich auf den Weg in mein Zimmer mache.

Nachdem ich mich angezogen habe, gehe ich zurück in die Küche, schnappe meine Schlüssel sowie meine Sporttasche und marschiere in die Garage. Mit einem sehnsüchtigen Blick auf mein Bike schließe ich den Suburban auf. Dieser Frühling war schlimmer als die meisten. Es hat fast jeden Tag geregnet, und nachdem die Temperatur derartig gesunken ist, sind die Straßen immer vereist. Was bedeutet, dass ich nicht mit meinem Bike fahren kann, obwohl ich es gern tun würde. Ich fahre, seit ich acht bin. Damals waren es Motocrossräder, bevor ich auf Motorräder umsatteln konnte. Mein erster Ausritt war auf einem Bike. Ich bekam nicht wie all die anderen ein Auto. Allerdings wollte ich auch nicht sein, wie all die anderen. Außer vielleicht wie mein Dad.

Als ich hinter dem Lenkrad sitze, drücke ich auf die Fernbedienung, was das Garagentor hochfahren lässt, und starte den Motor. Nach dem Ausparken schicke ich das Tor wieder nach unten und steuere auf die Straße zu. Loki rennt hinter mir her. Er stoppt am Ende der Einfahrt und macht in Richtung Haus kehrt, wissend, dass er nicht weiterlaufen soll.

Ich brauche weniger als zwanzig Minuten ins Fitnessstudio. Als ich auf den Parkplatz einbiege, sehe ich, dass Tide bereits hier ist. Seit ich denken kann, ist er mein bester Freund. Sein und mein Dad sind seit Ewigkeiten beste Freunde, und nachdem sie ihre ganze Zeit miteinander verbrachten, taten wir es ihnen gleich. Keine Ahnung, was sich seine Eltern beim Namen Tide gedacht hatten oder bei dem seiner Schwester – Crimson. Auch wenn sein Dad während des Colleges für die Alabama State University Football gespielt hat, ist das dennoch schräg.

Ich schnappe mir meine Tasche vom Beifahrersitz, steige aus und knalle die Tür hinter mir zu. Sobald ich das Studio betrete, entdecke ich Tide auf einer der Hantelbanken ganz hinten. Im Vorbeigehen nicke ich ihm zum Gruß zu, bringe meine Tasche in den Umkleideraum und kehre zu ihm zurück.

»Jo.« Als er mich entdeckt, legt er die Hantel in ihre Halterung und setzt sich auf. Mit seinen blonden Haaren und blauen Augen sieht er aus wie ein Wikinger. Tide ist ein großer Kerl, größer und stämmiger als die meisten, und das liegt nicht nur daran, dass er jeden zweiten Tag trainiert. Er ist einfach so gebaut – es steckt in seinen Genen, seine Eltern sind beide großgewachsen. In der Highschool nannten sie ihn Mac, weil er wie sein Dad zuvor Football spielte und das Feld regierte. Sobald ihn jemand kommen sah, machte dieser den Weg für ihn frei, was zur Folge hatte, dass unser Schulfootballteam in allen vier Jahren, in denen er im Team war, ungeschlagen blieb.

»Was geht, Mann?«, frage ich und stoße meine Faust gegen seine.

»Nichts Neues.«

»Wie geht es meiner Patentochter?«

»Sie ist perfekt.« Er schickt mir dasselbe Lächeln wie immer, wenn er über seine dreijährige Tochter Olivia spricht. Es ist ein Lächeln, das besagt, dass er verdammt stolz ist. »Ich wünschte, ich könnte dasselbe von ihrer Mom behaupten, aber es ist, wie es ist.« Er zuckt die Achseln und legt sich zurück, um sein Training fortzusetzen. »Wir haben in drei Monaten noch einen Gerichtstermin.«

»Wofür ist dieser?«, frage ich und trete näher zu ihm, um ihn zu mustern.

»Ich will, dass das Sorgerecht zwischen uns aufgeteilt ist. Sie möchte, dass ich bloß jedes zweite Wochenende kriege, damit ich ihr für die Kleine mehr Geld zahlen muss«, stößt er durch zusammengebissene Zähne hervor.

Seit dem Tag, an dem Olivia geboren wurde, hat er daran gearbeitet, ein guter Dad und Teil ihres Lebens zu sein. Obwohl es schwierig war, blieb er nach der Geburt eine Weile bei Anna,

Olivias Mom, aber es funktionierte nicht. Ich weiß nicht, was alles vorgefallen ist, aber wie es schien, war keiner der beiden glücklich. Nachdem er ausgezogen war, setzte Anna alles daran, ihm das Leben zur Hölle zu machen.

»Es wird schon gut ausgehen. Der Richter wird sehen, dass du ein guter Dad bist, und dir die Zeit geben, um die du bittest.«

»Das hoffe ich.« Tide setzt sich auf und schnappt sich das Handtuch, das zu seinen Füßen auf dem Boden liegt. »Ich will nicht noch mehr Zeit mit ihr verlieren, als ich ohnehin schon verpasst habe«, murmelt er, dann wandert sein Blick über meine Schulter und wird hart. »Fuck«, flucht er und ich drehe mich um, um herauszufinden, wen er entdeckt hat. Ich schüttle den Kopf, als ich Lisa und ihre zwei besten Freundinnen hereinkommen sehe.

Tide mustert die beiden. »Ich habe nichts gegen Frauen, und normalerweise wäre ich begeistert bei dem Anblick von zwei heißen Bräuten in engen Klamotten, die nichts der Fantasie überlassen. Aber ernsthaft, was zum Teufel machen sie hier?«

»Keine Ahnung, das interessiert mich auch nicht im Geringsten«, murmle ich, ziehe meinen Hoodie aus und mache mich auf den Weg zu den Laufbändern am anderen Ende des Raumes.

»Scheiße, sie haben sogar Schminke im Gesicht. Wer trägt bitte bei einem Workout beschissenes Make-up?«, fragt Tide und beansprucht die Maschine neben meiner für sich.

Seine Frage und die Tatsache ignorierend, dass die beiden hier sind, starte ich das Trainingsgerät und fange an zu laufen. Es ist nicht das erste Mal, dass ich auf Lisa treffe, seit ich nach Hause gekommen bin, aber ich wünsche mir immer wieder, es wäre das letzte Mal gewesen. Wir sind in der Highschool miteinander ausgegangen, ebenso während meiner zwei Jahre am College, und auch noch, nachdem ich den Marines beigetreten bin. Nach meiner ersten Tour in Übersee machte ich ihr einen Antrag, und wir hatten vor, nach meiner nächsten Heimkehr zu heiraten. Unnötig zu erwähnen, dass das nie geschehen ist.

Nachdem ich angeschossen wurde und die Kontrolle über meine Beine verloren habe, machte sie mit mir Schluss. Die Ärzte hatten mir prognostiziert, ich würde nie wieder laufen können, und Lisa kam mit der Aussicht auf ein Leben mit einem Paraplegiker nicht klar. Also suchte sie das Weite.

Doch ich habe es allen gezeigt. Es hat eine Weile gedauert, bis ich mir einen Tritt in den Hintern verpasst und das Selbstmitleid beiseitegeschoben habe. Aber irgendwann fing ich an, auf meinen Physiotherapeuten zu hören, und arbeitete daran, stärker zu werden. Ich verbrachte ein ganzes Jahr im Krankenhaus, und brauchte sechs Monate, um wieder laufen zu lernen. In dieser Zeit verstand ich, was im Leben wirklich wichtig ist – und dazu zählt keine Frau wie Lisa.

»Wie läuft es im neuen Job?«, frage ich, um das Thema zu wechseln. Wenn ich über die Jahre nachdenke, die ich mit diesem Miststück verschwendet habe, werde ich bloß wütend.

»Gut. Wirklich gut. Wenn alles glattläuft, sollte mein Angebot für die nächste Location den Zuschlag erhalten«, meint er.

Ich kann nicht anders, als mich für ihn zu freuen. Tide arbeitet seit einer Ewigkeit auf dem Bau und dieses Jahr hat er sich mit seiner eigenen Crew selbstständig gemacht.

»Das wäre super«, erwidere ich, tief einatmend.

»Wie gefällt es dir, die Bar zu führen?«, will er wissen.

»Es ist okay. Wir haben vor ein paar Tagen ein neues Mädchen eingestellt.«

»Ach ja?«

Ich sehe zu ihm hinüber. »Jepp.«

»Oh, verdammt«, meint er grinsend, weil er den Ausdruck in meinem Gesicht zu deuten weiß, ohne dass ich überhaupt etwas sagen muss.

»Wir werden sehen«, murmle ich zurück und drücke auf den Knopf, der das Laufband schneller werden lässt.

»Ich muss vorbeikommen und ein Bier trinken.«

»Sie ist schüchtern«, vertraue ich ihm an und frage mich, warum mir das so gut gefällt.

»Schüchtern?«, wiederholt er, scheinbar überrascht.

»Jepp. Schüchtern.«

»Hattest du jemals eine Schüchterne?«

»Nope, aber es gibt für alles ein erstes Mal.« Ich grinse ihn an und fluche, als ich sehe, dass Lisa vor meinem Laufband stehen bleibt.

»Hey«, grüßt sie leise, als sich unsere Blicke treffen.

»Hier um Männer aufzureißen?«, witzelt Tide, und sie schaut mit zusammengekniffenen Augen zu ihm auf. »Ich frage nur, weil du dein Gesicht mit Make-up angeschmiert hast und nicht mal schwitzt.«

»Sei kein Arsch, Tide.« Sie verschränkt die Arme vor der Brust, böser Blick inklusive.

»Ich bin, wie ich bin«, antwortet er.

Sie kräuselt angewidert die Lippen, bevor sie mich erneut ansieht. »Hast du eine Minute zum Reden?«

Es gab mal eine Zeit, in der ich zu allem ja gesagt hätte, wenn sie es von mir verlangt hätte. Aber das ist lange her. Jetzt bezweifle ich sogar, dass ich ein Glas Wasser für sie übrighätte, stünde sie in Flammen. »Nope. Ich bin hier, um zu trainieren, dann breche ich zur Bar auf.«

»Oh«, erwidert sie, schaut kurz nach unten und verlagert ihr Gewicht. »Kannst du mich anrufen? Ich würde wirklich gern mit dir reden. Wir könnten uns treffen und ...«

»Ich hätte wirklich Lust auf einen Dreier, aber ich sehe das in meiner Zukunft nicht geschehen«, wirft Tide ein und unterbricht sie somit. Lisa sieht ihn mit funkelndem Hass in den Augen an. »Wenn das alles ist, kannst du nun gehen.« Er winkt sie fort und ich kämpfe darum, mir das Lachen zu verkneifen, das ich in mir aufsteigen fühle.

»Ich weiß immer noch nicht, warum du mit ihm befreundet bist«, schimpft sie.

»Das nennt man Treue. Vielleicht solltest du die Definition davon mal in einem verdammten Wörterbuch nachschlagen«, meint Tide, und diesmal lache ich, während sie ihre Aufmerksamkeit wieder auf mich richtet.

»Komm schon, Lisa«, ruft ihre Freundin Brittany vom anderen Ende des Raums. Sie reißt ihren Blick von meinem los und lässt ein Schnauben hören, bevor sie von dannen zieht.

Kopfschüttelnd verlangsame ich meine Geschwindigkeit, bis ich nur noch gehe.

»Ich hasse dieses verdammte Miststück«, murmelt Tide. »Ernsthaft, ich hab sie in der Highschool schon gehasst, und jetzt tue ich das noch mehr. Sie wird sich nie ändern.«

Damit hat er recht. Sie wird sich niemals ändern. Sie ist unerreicht selbstsüchtig. Der einzige Grund, weshalb sie mit mir reden will, ist, weil ich nichts mehr mit ihr zu tun haben möchte und ihr Ego das nicht erträgt.

»Wir sollten einen Klub gründen«, gebe ich zurück, und er grinst und boxt mir so fest gegen meine Schulter, dass ich beinah von meinem Trainingsgerät kippe. »Sachte, Mann.«

»Komm schon.« Er springt vom Laufband. »Machen wir unser Training fertig, dann verschwinden wir von hier. Ich habe Bock auf ein Bier.«

»Tide«, seufze ich, weil ich ganz genau weiß, warum er Lust auf ein Bier hat.

»Was?«, fragt er, und ich schüttle den Kopf.

»Wenn du sie kennenlernen willst, benimmst du dich, und verschreckst sie nicht.«

»Wer, ich?« Er zeigt auf sich selbst und versucht unschuldig zu wirken. »Ich will nur sichergehen, dass sie nicht auch eine Lisa ist.«

»Das ist sie nicht.« Ich weiß, dass Gia das nicht ist. Lisa würde niemals auf Händen und Knien herumrutschen, um etwas aufzuwischen, selbst wenn sie das Chaos verursacht hätte. Oder es auf sich nehmen, sich um ihre Familie zu kümmern, wenn sie nichts dafür bekäme.

Nachdem Gia die Bar verlassen hatte, sprach ich mit meiner Mom darüber, woher sie ihre Familie kannte. Sie erzählte mir, dass sie mit Gias Eltern befreundet gewesen war, als die beiden noch in der Stadt lebten; inzwischen waren beide tot. Ihre Mutter starb bei einem Autounfall und ihr Vater an einem Gehirntumor. Zu guter Letzt erzählte sie mir, was sie von Nina wusste

– dass Gia ihre Großmutter die letzten zehn Jahre über für tot gehalten hatte. Trotzdem ließ sie alles stehen und liegen. Kündigte ihren Job, ließ ihre Freunde und ihr Leben zurück und kam hierher. Eine selbstsüchtige Frau würde das nicht machen.

»Sie strickt«, platze ich heraus, und Tide hält mit einer Hantel auf halbem Weg zu seiner Brust inne, um mich anzusehen.

»Was?«

»Gia, sie strickt«, sage ich schmunzelnd, weil es wirklich verrückt ist, dass ich das so scharf finde. »Ich habe sie gefragt, was sie in ihrer Freizeit macht, und ihr ist rausgerutscht, dass sie gern strickt.«

»Ein schüchternes Mädchen, das strickt, also? Jetzt muss ich sie wirklich selbst sehen.« Grinsend zieht er die Hantel den restlichen Weg nach oben unter sein Kinn.

»Bleib einfach cool.«

»Wie schon gesagt, ich kann nur ich selber sein, Mann«, murmelt er.

Weil ich weiß, dass ich von ihm keine bessere Antwort kriege, sage ich nichts weiter dazu.

Ich beende mein Workout und mache mich auf den Weg in die Umkleide, um mich zu duschen. Wenig später steige ich in meinen Suburban. Tide folgt mir in seinem Truck zur Bar. Als ich auf den Parkplatz einbiege, entdecke ich meinen Dad und Gia, die sich neben der offenen Tür eines knallgelben Jeeps unterhalten.

Nachdem ich geparkt habe, kommt Tides Truck neben meinem Wagen zum Stehen. Wir steigen aus und gehen auf Dad und Gia zu. Als ich ihren Anblick in mir aufnehme, bemerke ich, dass sie ihre Stoffhosen und ihren Sweater gegen abgetragene Jeans getauscht hat, die sich eng an ihren Hintern schmiegen, sowie ein rotes Langarmshirt, das ihr passt wie eine zweite Haut. Das neue Outfit betont die Kurven ihrer Brüste und ihrer Taille. Ihr Haar trägt sie halb offen. Der obere Teil ist zurückgebunden, was ihre Augen auffälliger wirken lässt. Ihr Blick haftet an mir, während ich auf sie und meinen Dad zukomme, doch dann wendet sie sich wieder ab.

»Was ist los?«, frage ich, als ich die zwei erreiche. Gern wäre ich dichter an Gia herangetreten, um zu überprüfen, ob sie nach Vanille duftet. Dieser Duft scheint an ihr zu haften.

»Gia ist auf den Parkplatz eingebogen und ihre Autotür ist von selbst aufgeschwungen. Sie meint, sie würde nicht richtig schließen. Ich habe versprochen, mir die Sache anzusehen, damit sie kein Geld bei einer Werkstatt dafür ausgeben muss«, erklärt Dad.

»Die Wagentür hat sich geöffnet, während du gefahren bist?«, frage ich, und sie sieht mich durch ihre Wimpern hindurch an, während ihre Wangen einen hübschen Rotton annehmen.

»Jepp.«

»Ist das schon mal passiert?«, verlange ich zu wissen, mir nicht darüber im Klaren, dass ich die Frage regelrecht in ihre Richtung knurre. Die Vorstellung, dass sie aus dem Auto gefegt werden könnte, ist zu viel für mich.

»Nein«, bemerkt sie und zieht die Schultern zurück. »Und ich war angeschnallt. Ich bin ja kein Dummchen.«

»Sie war angeschnallt, Mann«, stichelt Tide, und ich sehe zu ihm hinüber. »Was? Ich meine ja nur.« Er hebt die Hände.

»Wann hast du die Türen zuletzt abmontiert?«, fragt Dad und unterbricht uns.

»Die Türen abmontiert?« Sie wirkt verwirrt. Ein Ausdruck, den ich in diesem Moment nicht anziehend finden will. Aber das tue ich.

»Es ist ein Jeep. Man kann fast alles abschrauben«, erklärt er ihr, und sie betrachtet die Tür eingehend.

»Ich habe in Chicago gelebt. Wenn ich die Türen abgenommen hätte, wäre jemand in mein Auto eingebrochen. Ich meine ... es wäre noch einfacher gewesen einzubrechen, immerhin ist das ja sogar trotz der Türen geschehen.« Sie murmelt den letzten Teil, und Tide, der das zum Schreien findet, lacht. »Das war nicht witzig«, bemerkt sie, legt die Hände an die Hüften und sieht ihn aus schmalen Augen an.

»Das wette ich«, grummelt Dad, offenkundig ebenso genervt wie ich von dem Gedanken, dass in Gias Auto eingebrochen wurde.

»Wie wäre es, wenn ich dir meinen Wagen borge? Ich fahre mit deinem heute nach Hause und versuche, die Tür zu reparieren«, biete ich an, und sie blickt zu mir hoch.

»Oder ich kann es einfach zur Werkstatt bringen.«

»Oder du kannst damit warten, bis ich nachgesehen habe, ob ich die Sache in Ordnung bringen kann.«

»Bist du sicher?«, verlangt sie zu wissen.

»Klar. Gib mir deinen Schlüssel.« Ich halte ihr meine Hand entgegen.

Sie mustert diese eine Sekunde lang, bevor sie in ihrer Hosentasche gräbt und einen Schlüssel mit einem Schmetterlingsanhänger hervorholt, den sie mir überreicht.

Ich halte meinen hoch. »Denkst du, du kommst mit meinem Suburban klar?«, frage ich, und sie schaut an mir vorbei zu meinem SUV, der drei Sitzreihen hat und dessen zusätzliche Länge eine Spritztour für manche Leute zu einer Herausforderung macht.

»Wahrscheinlich.« Sie zuckt die Schultern.

»Wahrscheinlich?«, wiederhole ich mit gerunzelter Stirn.

»Ja, wahrscheinlich.« Sie angelt sich die Schlüssel aus meiner Hand und steckt sie in ihre Hosentasche. »Abgesehen davon – was ist das Schlimmste, das passieren könnte? Dass ich ihn demoliere und du einen neuen von deiner Versicherung bekommst?«, fragt sie mit einem Lächeln, das mein Herz in meiner Brust schwer werden lässt.

»Bist du verheiratet?« Mit diesen Worten funkt Tide bei unserem Starrwettkampf dazwischen und zieht Gias Aufmerksamkeit auf sich, was mich dazu bringt, die Scheiße aus meinem besten Freund rausprügeln zu wollen.

»Nein.«

»Was würdest du davon halten, mit mir nach Vegas durchzubrennen?« Tide zeigt dabei auf seine Brust.

»Ich würde es machen, aber ich muss leider arbeiten«, antwortet sie und rümpft dabei die Nase, was ihr ohnehin schon hübsches Gesicht noch hübscher aussehen lässt.

»Mist.« Er versucht seinen massigen Arm um ihre Schulter zu legen, aber sie duckt sich weg, bevor es ihm gelingt.

Gott, sie hat Tide für sich gewonnen. Im Grunde bin ich davon kein bisschen überrascht. Sie ist süß und lustig und verdammt hübsch. Nein, sie ist atemberaubend schön. Besonders, wenn sie mich so ansieht, wie sie es in diesem Moment tut.

Sie senkt den Blick und wendet sich Dad zu. »Danke, dass Sie sich das Problem angesehen haben.«

»Immer, Mädchen, aber bitte in Zukunft ohne diese förmliche Anrede. Und ich habe keinen Zweifel daran, dass Colt dafür sorgen wird, dass dich dein Wagen wieder sicher von A nach B bringt«, meint er, und sie lugt zu mir hoch.

»Danke.«

»Kein Problem.«

»Ich sollte reingehen und Rose helfen.« Sie schickt uns allen ein Lächeln, bevor sie in ihren Stiefeln kehrt macht und sich auf den Weg zur Bar macht. Ich sehe ihr beim Gehen zu, und weiß, dass ich am Arsch bin. In meinem ganzen Leben wollte ich noch nie etwas auf die Art und Weise, wie ich Gia Caro will.

»Du hast meinen Segen«, murmelt Dad. »Ich verstehe, warum du damals mit Lisa zusammenwarst, aber sie war nicht die Eine für dich. Nicht die Art Frau, mit der man sich ein Leben aufbaut. Das war sie damals nicht und ist es heute auch nicht. Das Mädchen hier ...« Er weist mit dem Kinn in Gias Richtung, während sie in der Bar verschwindet. »Das ist die Art Frau, in die du all deine Hoffnungen setzt, und die jeden deiner Träume ausmacht. Sie ist all die Schwierigkeiten wert, die du durchmachen musstest.«

»Du hast sie gerade erst kennengelernt«, rufe ich ihm ins Gedächtnis, während ich versuche, mich selbst darauf zu besinnen.

»Nein, mein Sohn«, bestreitet er kopfschüttelnd. »Ich bin die letzten dreißig Jahre über mit einer Frau wie ihr verheiratet. Und diese ganze Zeit hindurch hat sie mich glücklich gemacht, mir eine Familie geschenkt und es mir ermöglicht, jeden Tag meinen Traum zu leben.« Damit schlägt er mir auf den Rücken, bevor er sich auf den Weg zur Bar macht.

»Sie ist süß«, meint Tide und bricht damit in die Millionen von Gedanken ein, die durch meinen Kopf schwirren. »Und lustig.«

»Jepp.« Ich fahre mir durchs Haar.

»Glücklicher Scheißer«, murmelt er und startet los in Richtung Bar, bevor er zu mir herumwirbelt, um mich anzusehen. »Komm schon, ich brauche ein Bier.«

Tief einatmend, drehe ich mich zu Gias Jeep und schließe die Tür – oder versuche es vielmehr, nachdem das Scheißteil mehrmals wieder aufspringt. Nach drei weiteren Versuchen bleibt sie endlich zu.

Drinnen finde ich Tide an der Bar sitzend vor. Mein Dad ist hinter dem Tresen und Gia nirgendwo in Sicht.

»Sie ist hinten und hilft deiner Mom«, meint Dad, als ich auf dem Weg zum Büro an ihm vorbeigehe.

Seinen Kommentar ignorierend, lasse ich Gias Schlüssel auf den Schreibtisch fallen und nehme jene für den Lagerraum an mich. Ich bin unsicher, was ich davon halten soll, dass Dad oder sonst wer von meinen Gefühlen weiß, während ich selbst noch nicht mit ihnen klarkomme. Diese Anziehung kam aus dem Nirgendwo. Ich habe sie nicht erwartet oder nach ihr gesucht. Das bedeutet nicht, dass ich dumm genug bin, sie vorüberziehen zu lassen. Ich würde mir selbst in den Hintern treten, würde ich nicht versuchen, meine Chance zu nutzen, und stattdessen irgendeinem anderen Kerl den Vortritt lassen. Andererseits will ich Gia mit meinen intensiven Gefühlen nicht verschrecken. Ich habe keine Ahnung, was ich damit lostreten könnte.

»Erde an Colton.« Die Stimme meiner Mom reißt mich zurück in die Realität, und ich neige den Kopf, um sie anzusehen. »Bist du okay?«

»Mir geht es gut.«

»Sicher? Ich habe dich dreimal gerufen und dreimal hast du mich ignoriert und den Schreibtisch angestarrt, als hätte er all die Antworten des Universums parat.«

»Sorry, ich habe nur nachgedacht.«

»Sicher?«, will sie wissen, ganz nah bei mir, oder zumindest näher, als sie es vor einer Sekunde noch war.

»Ich bin sicher, Ma.«

»Okay, Schatz«, meint sie, aber ich kann sehen, dass sie mir mindestens ein Dutzend weitere Fragen stellen will. »Ich nehme Gia mit in das Lager und zeige ihr alles.«

»Ich kann das machen«, biete ich ohne nachzudenken an, und sie wirkt überrascht.

»Ähm ...«

»Du hast bestimmt noch andere Sachen zu tun«, wende ich ein.

»Okay, klar. Nachdem sie schon auf mich in meinem Auto wartet: Warum fährst du nicht mit meinem Charger?« Sie gibt mir den Schlüssel.

Ich verlasse das Büro und stecke den Schlüssel in meine Hosentasche. »Bis später«, sage ich zu Dad, während ich an ihm vorbeigehe.

»Wo willst du hin? Wir sind gerade erst angekommen«, fragt Tide mit gerunzelter Stirn, nachdem er einen Schluck aus seiner Bierflasche genommen hat.

»Ich zeige Gia das Lager.«

»Ach, so nennt man das heutzutage«, stichelt er mit einem schiefen Grinsen, das sich augenblicklich aus seinem Gesicht verflüchtigt, als Mom ihm mit der Handfläche einen Schlag auf den Hinterkopf versetzt.

»Tide, du passt besser auf dein Mundwerk auf. Und du ...« Sie wirbelt herum, um mich anzusehen. »Du, Colton Samuel Rust Allyster, zeigst dein bestes Benehmen, wenn du mit diesem Mädchen unterwegs bist.«

»Lass ihn in Ruhe, Babe«, murmelt Dad, und Mom funkelt ihn aus verengten Augen an.

»Ihn in Ruhe lassen?«, wiederholt sie.

»Ja.« Sie muss etwas in Dads Miene erkennen. Als sie ihren Blick wieder auf mich richtet, ist er warm und wissend.

»Bitte sei lieb. Sie braucht Sanftheit«, flüstert Mom, und ich nicke, um sie wissen zu lassen, dass ich sie verstanden habe.

Ich verlasse die Bar durch die Hintertür, wo meine Eltern parken. Sobald mich Gia durch die Windschutzscheibe entdeckt, weiten sich ihre Augen und ihr Mund klappt auf. »Ich dachte, deine Mom würde mich zum Lager bringen«, meint sie, als ich hinter das Steuer rutsche.

Ich löse den Hebel und schiebe den Sitz nach hinten, dann sehe ich sie an. »Wollte sie auch, aber etwas kam dazwischen. Sie hat mich gebeten, dich zu fahren«, lüge ich.

»Oh.« Sie presst die Lippen aufeinander und schaut weg.

Ich sehe, dass Gias Blick auf der Türschnalle liegt und sie darüber nachdenkt, abzuhauen. Bevor sie das tun kann, starte ich den Motor und fahre los.

»Sicherheitsgurt«, fordere ich sie auf und bleibe vor dem Stoppschild am Ende der Einfahrt stehen. Wie das letzte Mal wirkt sie eine Million Meilen entfernt, während sie meine Hand auf dem Schalthebel anstarrt. »Gia.« Ich fasse nach ihr und sie zuckt zusammen.

»Ich ...«

»Ist schon gut, aber du musst dich anschnallen. Ich würde es mir nie verzeihen, wenn ich einen Unfall bauen würde und dein hübsches Gesicht ruiniert wäre«, erkläre ich und bereue es sofort, als ich ihre schmerzerfüllten Augen sehe. Da wir noch nicht über den Tod ihrer Mutter gesprochen haben, ignoriere ich ihren Blick und schnalle sie an. »So. Jetzt bist du sicher«, murmle ich, betätige den Blinker, vergewissere mich, dass niemand kommt, und biege auf die Straße.

Fünfzehn Minuten später erreichen wir das Grundstück meiner Eltern, wo sich das Lager befindet, und ich parke den Wagen. Die Fahrt über herrschte völlige Stille. Die Spannung, die in der Luft lag, machte deutlich, wie unsicher Gia war, was sie denken, sagen oder mit sich anstellen sollte. Sie rutschte immer wieder auf ihrem Sitz hin und her oder spielte mit den Schlitzen des Ventilators herum. Ich fragte sie, ob ihr kalt sei. Aber sie verneinte, nur um weiter daran herumzudrehen, was mich dazu brachte, gegen ein Lächeln ankämpfen zu müssen.

Ich mache sie nervös – so viel ist klar. Aber das bedeutet auch, dass ich eine Chance bei ihr haben könnte, denn offenkundig fühlt sie sich auch von mir angezogen.

»Wir sind da.« Ich stelle den Motor ab und löse meinen Gurt. Als ich mich Gia zuwende, liegt ihr Blick auf dem Haus meiner Eltern, das auf dem Hügel vor uns steht.

»Bist du hier aufgewachsen?«, fragt sie und ich versuche, den Anblick durch ihre Augen in mich aufzunehmen. Ein siebenhundertsechzig Quadratmeter großes Tudorhaus, umringt von Bäumen auf der Kuppel eines Berges, der die ganze Stadt überblickt.

»Bin ich, aber nicht in diesem Haus.« Ich deute nach oben. »Das haben meine Eltern zwei Jahre, bevor ich ausgezogen bin, bauen lassen. In meiner Kindheit stand hier ein mobiles Haus, in dem ich mit meinen Eltern und meinen zwei Brüdern gewohnt habe«, erkläre ich und erwarte, dass sich ihre Miene in Abscheu verwandelt – den gleichen Ausdruck, den Lisa jedes Mal hatte, wenn sie zu Schulzeiten zu unserem Haus kam. Das war, bevor es sich meine Eltern leisten konnten, ihr Traumhaus zu errichten.

»Es ist trotzdem wunderschön. Der Grund ist wunderschön. Ich kann mir nicht vorstellen, wie es ist, jeden Tag mit dieser Aussicht aufzuwachen«, meint Gia sehnsüchtig. »Wenn man in der Stadt groß wird, sieht man so etwas eher selten.« Sie nickt zur Windschutzscheibe.

»Du musst dir mal mein Haus anschauen. Die Aussicht meiner Eltern ist gut, aber ich habe einen Blick auf den See, neben dem dieser hier verblasst«, gebe ich ein wenig an, schiebe meine Tür auf und höre, wie sie ihre öffnet.

»Ich wusste nicht, dass du Brüder hast.« Sie zieht eine beige Jacke an, während sie um die Motorhaube auf mich zukommt.

»Habe ich. Zwei, beide sind älter. Cade lebt in Nashville mit seiner Frau und seinen zwei Töchtern. Und Carson wohnt außerhalb von Chattanooga. Ich bin sicher, dass du beide irgendwann treffen wirst. Cade bringt die Mädchen zumindest zweimal im Monat vorbei und Carson ist öfter in der Gegend.

Was ist mit dir? Hast du irgendwelche Geschwister?«

»Nein, ich bin ein Einzelkind. Ich habe meine Eltern früher immer um einen Bruder oder eine Schwester angebettelt, aber es ist nie passiert. Ich habe allerdings eine beste Freundin, Natasha. Sie ist wie eine Schwester für mich. Wir haben uns kennengelernt, als ich fünf war, seitdem sind wir unzertrennlich.«

»Lebt sie in Chicago?«, frage ich auf dem Weg zum Gebäude. Dort angekommen, entriegle ich das Schloss und gebe den Code ein, damit die Tür nach oben fährt.

»Ja, wir haben ...« Sie hält inne und schüttelt den Kopf. »Wir haben zusammengewohnt.«

»Willst du irgendwann wieder zurück?« Mein Magen sinkt bei dem Gedanken, sie könnte die Stadt verlassen und zurück nach Chicago gehen.

»Ich weiß nicht. Falls ich es tue, dann sicher erst nach einer ganzen Weile.« Sie wendet ihren Blick von mir ab. »Meiner Grandma geht es nicht so gut. Ich werde sie nicht allein lassen.«

Ich beobachte, wie sie tief einatmet, und kämpfe gegen den Drang an, sie an mich zu ziehen, festzuhalten und ihr zu sagen, dass alles okay wird – auch wenn ich sie damit belüge – nur um diesen Schmerz aus ihrem Gesicht zu wischen.

»Also, deine Mom meinte, es gibt Regeln für das hier«, sagt sie, sobald sie sich unter Kontrolle hat.

»Jepp.« Ich betrete das Metallgebäude, gehe hinüber zur hinteren Wand und trage das dort abgestellte Clipboard herüber. »Wenn du herkommst, um etwas abzuholen, notierst du alles, was du mitnimmst. Du nimmst immer die nach vor gereihten Dinge und stellst unbedingt sicher, dass du abgesperrt hast, wenn du gehst. Mom zählt jeden Monat alles ab und gibt eine Bestellung auf, damit uns nichts ausgeht.«

»Das klingt einfach.«

»Ist es. Früher haben wir das ganze Zeug in der Bar aufbewahrt, aber vor einigen Jahren sind Jugendliche eingebrochen und haben alles gestohlen. Und ich meine, wirklich alles. Über dreißigtausend Dollar an Alkohol. Diesen Ort hier kennt niemand, weder die anderen Kellnerinnen noch die Barkeeper.« Was mich dazu bringt, mich zu fragen, warum Mom Gia herbringen wollte. Andererseits ist nicht zu übersehen, dass Mom eine Schwäche für sie hat.

»Andere Kellnerinnen?«, wiederholt sie.

»Du wirst sie irgendwann kennenlernen. Dena arbeitet im *Rusty Rose* und im *The Post*, einer anderen Bar in der Stadt. Und Macie ist nur im *Rusty Rose* angestellt. Sie sind gute Menschen. Du wirst dich mit beiden verstehen.«

»Cool.«

»Irgendwelche anderen Fragen?«, hake ich nach, als wir auf dem Weg nach draußen sind.

»Im Moment nicht.«

»Gut.« Ich schließe die Tür und wir machen uns auf zum Auto. Nachdem ich eingestiegen bin, warte ich darauf, dass sie sich anschnallt, bevor ich den Wagen auf die Straße lenke.

»Wo bringst du mich hin?«, fragt sie ein paar Minuten später, als wir am *Rusty Rose* vorbeifahren und ich nicht anhalte.

»Ich bin am Verhungern. Ich hatte keine Zeit für ein Mittagessen.«

»Ich arbeite eigentlich gerade.« Ich kann die Panik in ihrer Stimme hören, als sie über ihre Schulter zur Bar sieht, die schon ein paar hundert Meter hinter uns liegt.

»Ich auch.«

»Ich muss an meinem Arbeitsplatz sein, wenn ich arbeite, nicht mit dir unterwegs, nur weil du dir kein Mittagessen geholt hast.«

»Es dauert nicht lang.«

»Das kann nicht dein Ernst sein«, murmelt sie und kaut besorgt auf ihrer Unterlippe herum.

Ich muss mich zwingen, nicht zu lachen, als ich bei *Ted's Burgers and More* auf den Parkplatz einbiege und wenig später aussteige. Da sie es mir nicht gleichtut, beuge ich mich nach unten, um zu ihr in das Auto zu blicken. »Komm schon.«

»Komm schon? Du gehst nicht bloß rein und holst dir was?« Ihre Augen werden kugelrund.

»Nope.« Ich lasse die Tür zufallen und höre sie irgendetwas durch das Glas hindurch murmeln. Dann sehe ich dabei zu, wie sie ihren Gurt aus der Schnalle löst und aussteigt.

Auf mich zu stampfend, schüttelt sie den Kopf. »Ich kann nicht mal deine Mom anrufen und ihr sagen, was du gerade abziehst, weil mein Handy in der Bar liegt.«

»Ma wird wollen, dass ich etwas esse.« Lächelnd lege ich meine Hand auf ihren Rücken und führe sie ins Restaurant.

»Du bist unglaublich.«

»Danke«, antworte ich, und sie lässt ein gut hörbares Schnauben der Verärgerung hören.

Nachdem ich hinten einen Tisch entdeckt habe, dirigiere ich sie dorthin und ziehe für sie einen Stuhl heraus. Es dauert ein paar Sekunden, dann setzt sie sich. Genau genommen wirft sie sich auf das Möbelstück, als würde ich sie darum bitten, ihr Lunch mit dem Teufel einzunehmen. Ich lasse mich ihr gegenüber nieder, schaue die Speisekarte auf dem Tisch jedoch nicht an. Ich bin schon so oft hier gewesen, dass ich sie auswendig kann.

»Weißt du, was du haben willst?«

»Ich esse nichts. Ich halte mir die Hände frei, damit ich dir alles, was du bestellst, so schnell wie möglich die Kehle runterschieben kann, damit ich hier rauskomme.«

»Such dir was zu essen aus, Gia«, dränge ich sie sanft, und ihr Blick schießt hoch zu meinem. »Ich werde sicher nicht durch mein Mittagessen hindurchhetzen. In der Bar wird ohne uns alles gut ablaufen. Mom und Dad sind beide dort.«

»Du ...«

»Bitte«, füge ich hinzu und kann sehen, wie sich die Zahnräder in ihrem Kopf drehen.

»Ich habe meine Handtasche nicht dabei, und alles, was sich in meiner Hosentasche befindet, sind fünf Dollar.«

»Denkst du wirklich, ich würde dich bei unserem ersten Date bezahlen lassen?«, frage ich.

Ihre Augen weiten sich, ihr Körper erstarrt, sogar ihre Atmung tut das. »Das hier ist kein ...«

»Ich mache Spaß, Grübchen. Ich bezahle das Essen schon. Bestell, was immer du willst.«

»Nenn mich nicht Grübchen«, grummelt sie, während sie die Karte vom Tisch nimmt.

Ich lächle sie an. »Sie sind süß.«

Gia scheint nicht zu wissen, ob sie mich anbrüllen oder anlächeln soll. »Auch egal«, schnaubt sie und lässt den Blick wieder auf die Karte sinken.

Nachdem die Kellnerin vorbeigekommen ist, bestellen wir und essen gemeinsam zu Mittag. Es dauert eine Weile, bis sich Gia entspannt, aber schließlich tut sie es. Und als das passiert, weiß ich, dass ich nicht will, dass das die letzte Mahlzeit ist, die ich mit ihr teile.

4. Kapitel

Gia

In Flammen

»Also warst du mit ihm zum Lunch aus?«, fragt Natasha an meinem Ohr, während ich in der Küche übriggebliebenen Braten vom Abendessen in einen Tupperware-Behälter fülle, damit ich diese morgen für Tacos verwenden kann.

»Jepp.«

»Und er hat spaßhalber gesagt, dass das euer erstes Date war?«, wiederholt sie, was ich ihr erzählt habe – oder vielmehr auf den Anrufbeantworter gebrüllt habe, sobald ich von der Arbeit nach Hause gekommen war. Sie hat nicht abgehoben, als ich sie angerufen habe, aber ich musste jemandem, *irgendjemandem*, erzählen, was passiert war.

»Jepp«, antworte ich und spüre, wie sich meine Bauchmuskeln auf dieselbe Art zusammenziehen, wie in dem Moment, als Colton das Mittagessen scherzhaft als unser erstes Date bezeichnete.

»Und er ist heiß?«

»Extrem.« Ich schließe die Augen und lehne mich zurück an die Anrichte. Das Wort *heiß* fängt nicht annähernd ein, was Colton verkörpert.

»Was ist dann das Problem?«

Die Augen öffnend, schaue ich zu Grandma, die am Tisch sitzt und versucht, ein Puzzle zu legen. Ich bin hierhergekommen, um mich um sie zu kümmern und sie neu kennenzulernen. Ich bin nicht hier, um meine Gefühle von einem Typen mit wunderschönen dunklen Augen und einem tollen Lachen durcheinanderbringen zu lassen.

»Er ist der Sohn meiner Chefin«, antworte ich, und es klingt sogar in meinen eigenen Ohren lahm.

»Also ...« Sie zieht das Wort in die Länge.

Mir mit der Hand durchs Haar fahrend, lege ich den Kopf in den Nacken, um an die Decke zu starren. Ich frage mich, ob ich dort die Antwort finde. »Und ...«

»Tu das nicht«, unterbricht sie mich flüsternd und bringt mich dazu, mich gerade aufzurichten. »Du machst das mit den Männern immer. Nie gibst du ihnen eine Chance. Du findest jede Ausrede der Welt, um Abstand zu halten. Mach das jetzt nicht. Ich konnte in deiner Stimme hören, wie aufgeregt du warst. Glücklich sogar. Also versuch nicht, diese Sache als nichts abzutun. Ich hab dich lieb. Du bist meine beste Freundin, und ich sage dir, lass nicht zu, dass dich deine Angst zurückhält.«

»Nat...«

»Wer weiß schon, was passieren wird? Er könnte am Ende ein totaler Arsch sein. Aber vielleicht ist er das auch nicht.«

»Ich weiß nicht mal, ob er wirklich auf mich steht.« Und das ist die Wahrheit. Ich habe keine Ahnung, ob er einfach nur nett zu mir ist – oder ob er nett zu mir ist und mit mir flirtet, weil er mich mag. Ich werde aus ihm nicht schlau.

»Das musst du abwarten, Süße. Aber falls er auf dich stehen sollte, musst du für die Möglichkeit offen sein, dich auf ihn einzulassen.«

»Ich versuche es«, verspreche ich, wissend, dass sie nicht aufgeben wird, bis sie das von mir gehört hat.

»Gut. Jetzt erzähl mir, wie es deiner Grandma geht. Hast du einen Arzttermin für sie bekommen?«

Ich senke meine Stimme. »Sie ist okay, hält mich aber für meine Mom. Die meiste Zeit bringe ich es nicht übers Herz, sie daran zu erinnern, wer ich wirklich bin. Ich habe für übermorgen einen Termin vereinbart. Wir werden sehen, was die Ärzte sagen.«

»Willst du, dass ich vorbeikomme?«

Gott, wie sehr ich meine beste Freundin liebe.

»Es geht schon.« Ich nehme die Plastikdose, bringe sie zum Kühlschrank und stelle sie in eines der Fächer. »Ich melde mich, falls sich das ändert.«

»Halt mich bitte über alles auf dem Laufenden.«

»Das mache ich.«

»Okay, ich bin gerade heimgekommen, also springe ich jetzt unter die Dusche und schaue dann die neueste Folge *Claws*.«

»*Claws*?«, will ich wissen und setze mich gegenüber von Grandma hin, die zu mir hochsieht und lächelt.

»Mädchen, diese Serie ist irre! Du musst sie dir mal reinziehen. Es geht um eine Gruppe Mädchen, die in einem Nagelstudio arbeitet und dieses nutzt, um Drogengeld zu waschen.«

»Klingt interessant«, gebe ich sarkastisch zurück.

»Man muss es sich ansehen, um zu verstehen, warum es so geil ist.«

»Wenn der Kabelanschluss nächste Woche installiert ist, schnuppere ich mal rein.«

»Du hast keinen Kabelanschluss?«, keucht Nat, scheinbar entsetzt.

»Grandma hat keinen, und nachdem ich den Großteil meines Geldes für Dinge ausgegeben habe, die ein bisschen wichtiger waren als ein Kabelanschluss, habe ich bisher ohne gelebt. Aber das wird sich hoffentlich nächste Woche ändern.«

»Musst du außerdem ein Pferd reiten, um Benzingeld zu sparen?«

»Sei still«, fordere ich sie lachend auf und höre sie ebenfalls kichern. »Wir reden morgen wieder.«

»Morgen also. Und vergiss nicht, was ich gesagt habe. Mach bitte ein Bild von diesem Colton, damit ich ihn abchecken kann.«

»Keine Chance«, weigere ich mich schmunzelnd, nehme ein Puzzleteil und lege es an die richtige Stelle. Auf dem Puzzle ist ein Garten mit einem Häuschen abgebildet. Es handelt sich um das dritte, das wir bauen, seit ich hier bin.

»Komm schon, ich muss wissen, wie er aussieht.«

»Ich denke darüber nach«, murmle ich, weiß aber jetzt schon, dass ich nie im Leben ein Foto von Colton schießen werde. Außer es ist ein Bild nur für mich, das mir nachts Gesellschaft leisten soll.

»Na gut. Hab dich lieb.«

»Hab dich auch lieb«, antworte ich, bevor ich auflege und mein Handy auf die Tischplatte lege.

»Ich hätte Lust auf einen Spaziergang«, bemerkt Grandma nach ein paar Sekunden Stille.

»Es ist immer noch frisch draußen«, erinnere ich sie, nachdem es vorhin aufgrund der Kälte schwierig für mich war, sie für einen Einkauf aus dem Haus zu kriegen.

»Das ist okay. Ich packe mich ein.«

»Okay.« Ich stoße mich vom Tisch ab und biete ihr meine Unterstützung beim Aufstehen an. Nachdem ich ihre Jacke, eine Mütze und ein Paar Handschuhe aus dem Wohnzimmer geholt habe, helfe ich ihr beim Anziehen. Dann hülle ich mich ebenfalls warm ein, bevor ich sie am Arm nehme und sie durch die Tür und die Stufen hinabführe.

Es ist nicht völlig dunkel draußen, aber es wird langsam duster. Weil es keine Straßenlaternen gibt, gestaltet es sich als schwierig, etwas zu erkennen. »Wir sollten uns einen Hund zulegen«, schlage ich Grandma vor, während wir an einem Pärchen vorbeikommen, das gerade seinen Gassi führt. Ich drücke ihre Hand.

»Wir haben schon einen Hund, Gabriella, und dein Vater hat sich schon schwer genug damit getan, Roofus zu akzeptieren. Ich bezweifle, dass er sich freuen würde, wenn wir uns noch ein Tier zulegen«, antwortet sie und sieht mich lächelnd an.

»Du hast recht«, gebe ich leise durch den Schmerz hindurch zurück, der sich in meiner Brust breit macht. Ich bessere sie nicht aus; das habe ich schon eine Weile nicht mehr gemacht. Denn immer, wenn ich es tue, wird sie noch verwirrter und regt sich auf.

»Vielleicht sollten wir versuchen, deinen Vater zu überreden, wenn er von seinem Trip zurück ist. Weil Roofus doch immer mit ihm kommt, wenn er mit dem LKW unterwegs ist. Es wäre schön, einen Hund bei uns zu haben, solang er fort ist.«

»Das wäre wirklich schön«, stimme ich zu.

Mein Großvater war Lastwagenfahrer. Er ist eine lange Zeit über Fernstrecken gefahren, und meine Mom hatte eine Box, in der sie den ganzen Schnickschnack aufbewahrte, den er ihr nach jedem Trip mitbrachte. Als ich klein war, dachte ich, das wäre der coolste Job der Welt. Einen riesigen Lastwagen quer durch die Vereinigten Staaten zu lenken, neue Orte zu sehen und hinten im Führerhaus zu schlafen, wenn man müde geworden ist. Mom hat mir auch von Roofus erzählt. Er war ein Schäferhundmischling und der Grund, warum sie mir nie einen Hund erlaubte. Sie wollte nicht, dass ich dasselbe durchmachen musste wie sie. Dass ich mich an ein Haustier gewöhnte, das irgendwann sterben würde. Sie hatte keinen Schimmer, dass es ein viel härterer Schlag für mich sein würde, *sie* anstatt eines Hundes zu verlieren.

»Ich rede mit ihm«, verkündet Grandma etwas bestimmter, und ich drücke ihre Hand erneut.

Weil ich es nicht vermag, antworte ich nicht. Als ich die Scheinwerfer bemerke, die von hinten einen Schatten auf die Bäume vor uns werfen, ziehe ich uns weiter vom Straßenrand fort und aus dem Weg des kommenden Autos. Ich werfe einen Blick über die Schulter, als ich bemerke, dass das der Wagen sein Tempo verlangsamt, um schließlich neben uns zu halten.

Meine Muskeln spannen sich an, als die Scheibe an der Beifahrerseite heruntergefahren wird. Sie lockern sich wieder, als ich sehe, dass hinter dem Steuer eine Frau in meinem Alter sitzt. Vielleicht ist sie auch ein paar Jahre älter. Sie hat lange blonde Haare, die unter einer roten Strickmütze hervorlugen. Diese betont ihr ohnehin schon hübsches Gesicht, was es noch atemberaubender aussehen lässt.

»Du bist die Neue, nicht wahr?«

Weil ich weiß, dass sie nicht mit Grandma spricht, nicke ich.

»Ich bin Lisa«, stellt sie sich vor. Jedoch in einem Ton, der mir zu verstehen gibt, ich sollte bereits wissen, wer sie ist. »Eine Freundin von mir hat dich mit Colton bei *Ted's* gesehen.« Ich mustere sie, unsicher, warum sie angehalten hat, um mir das zu erzählen. »Wir haben etwas am Laufen und du arbeitest bei seinen Eltern.« Ihre Worte sind wie ein Schlag in die Magengrube, aber ich schüttle den Drang ab, zusammenzuzucken, den ich bei dem Aufprall der Aussage verspüre. »Ich schätze, ich wollte nur anhalten, mich vorstellen und *hi* sagen.«

Nein, sie wollte nicht anhalten und *hi* sagen. Sie wollte klarstellen, dass Colton ihr gehört.

»Wer ist Colton?«, fragt Grandma an meiner Seite.

»Nur der Sohn meiner Chefin, Grandma«, erwidere ich, und Lisa, die ich immer noch ansehe, lächelt triumphierend.

»Tja, es war schön, dich kennenzulernen. Ich bin sicher, wir sehen uns bald wieder.«

»Bestimmt«, murmle ich in der Hoffnung, sie nie wiedersehen zu müssen.

Nachdem sie das Fenster hochgefahren hat, rollt der Wagen langsam davon.

»Sie schien nett«, meint Grandma, während ich mit ihr gemeinsam wende, um zurück zum Haus zu gehen. »Sie ist außerdem echt hübsch.«

»Ist sie wirklich«, stimme ich zu, weil sie tatsächlich attraktiv aussieht. Was total scheiße ist, da sie offenbar auch ein totales Miststück ist. »Willst du heißen Kakao, wenn wir nach Hause kommen?«, frage ich, um das Thema zu wechseln. Außerdem brauche ich so dringend Schokolade, als würde mein Leben davon abhängen. Und nachdem ich Grandma nicht einfach allein lassen kann, um in die Stadt zu gehen und die gesamten Vorräte aufzukaufen, die das Geschäft auf Lager hat, ist Kakao meine einzige Option.

»Das klingt nett«, antwortet Grandma.

Nachdem ich uns zurück zum Haus gebracht habe, richte ich uns einen heißen Kakao, den wir am Küchentisch trinken, während wir an unserem Puzzle weiterarbeiten. Dann helfe ich Grandma in ihren Pyjama und ins Bett, bevor ich in mein Zimmer gehe und es ihr gleichtue. Auf meiner Matratze liegend, brauche ich eine Ewigkeit um einzuschlafen, weil alles, woran ich denken kann, Colton und Lisa sind. Und wie perfekt sie zusammenpassen.

Während ich die Stehtische in der Mitte des Raumes abwische, sprühe ich noch etwas mehr von dem Putzmittel auf meinen Lappen und schrubbe fester. Der Tisch ist längst sauber – alle Tische sind das. Ebenso die Bar, die Böden und die WCs. Ich putze sie nur alle ein zweites Mal, um Colton aus dem Weg zu gehen. Colton, der vor zwanzig Minuten aufgetaucht ist und mich gebeten hat, ihm zu sagen, wenn ich eine Minute Zeit habe, um mit ihm über meinen Jeep zu reden.

Ich will nicht mit ihm sprechen. Nachdem ich mich fast die ganze Nacht hin und her gewälzt habe, will ich nicht mal in seiner Nähe sein. Ich bin zu dem Schluss gekommen, dass ich mich einfach auf Grandma konzentrieren muss – aus diesem Grund bin ich schließlich auch hier.

»Wenn du noch härter schrubbst, reibst du noch die Farbe mit runter.«

Als ich die Worte höre, schaue ich zu Colton hoch, der sich irgendwie an mich angeschlichen hat. Ich habe nicht mitbekommen, dass er im selben Raum ist.

»Es ist Holz.«

»Okay, dann schrubbst du eben die Beize ab«, meint er, nimmt mir den Lappen aus der Hand und lässt ihn in den Eimer mit Putzmitteln zu meinen Füßen fallen. Dann macht er dasselbe mit der Flasche Putzmittel, die ich in meiner anderen Hand halte.

»Was tust du da?«, frage ich, während ich dabei zusehe, wie er den Eimer nimmt und damit in Richtung seines Büros marschiert.

»Es ist alles sauber, Gia. Wahrscheinlich reiner, als es jemals war. Du verlierst deinen Job schon nicht, nur weil du eine Pause machst«, bemerkt er und lässt den Eimer auf den Boden fallen, anstatt ihn hinzustellen, was dazu führt, dass Wasser herausspritzt. »Willst du Kaffee oder Limonade?«, fragt er, während er an mir vorbeigeht.

»Im Moment gar nichts. Ich war tatsächlich gerade dabei,

etwas zu erledigen«, stelle ich klar, und er hält inne, um mich anzusehen.

»Was ist los?«

»Meinst du, abgesehen davon, dass du mich schon wieder davon abhältst, meinen Job zu machen?«, klage ich ihn an, und seine Mundwinkel ziehen sich nach oben. Ich will diesen Anblick hassen, kann es aber nicht. Er sieht immer gut aus. Selbst dann noch, wenn er spitzbübisch und süß lächelt.

»Wie geht es deiner Grandma?«

Die Sorge in seiner Stimme vernehmend, verlagere ich das Gewicht. »Sie ist okay.«

»Bloß okay?«, bohrt er nach, während er ein Glas unter der Bar hervorholt, es mit Eiswürfeln und Diät-Cola füllt und mir gibt.

Ich fixiere das Getränk, dann blicke ich zu ihm. In meinem Bauch macht sich ein komisches Gefühl breit. Letztens beim Lunch habe ich Diät-Cola bestellt und er hat sich das offensichtlich gemerkt.

»Sie hält mich für meine Mom«, platze ich heraus, um zu überspielen, dass ich mich plötzlich aus dem Gleichgewicht gebracht fühle.

»Was?«, stößt er mit gerunzelter Stirn hervor.

Mit dem Glas in der Hand gehe ich an ihm vorbei und zur äußeren Seite des Tresens, wo ich mich ihm gegenüber auf einen der Barhocker setze. »Sie hält mich für meine Mom. Nennt mich Gabriella. Das war der Name meiner Mutter.«

»Baby«, flüstert er, und dieses eine Wort überflutet mich und weckt in mir ein angesichts der derzeitigen Situation viel zu gutes Gefühl.

»Es ist mies, aber ich komme damit klar«, erkläre ich schulterzuckend.

Colton lehnt sich mit den Ellenbogen auf der Bar näher zu mir. »Was sagen die Ärzte?«

»Sie hat morgen einen Termin. Es wurde schon eine Demenz diagnostiziert, aber ich habe viel recherchiert und glaube, dass sie vielleicht eher Alzheimer hat, oder dass ihre Demenz jetzt an einem Punkt angelangt ist, wo sie die Vergangenheit und die Gegenwart nicht mehr auseinanderhalten kann.«

»Mir tut es leid, dass du damit leben musst.«

»Es ist okay. Ich darf immer noch Zeit mit ihr verbringen, also ist es das wert«, versichere ich ihm, und seine Züge werden sanft.

Mich räuspernd, nehme ich einen Schluck Cola. Als sich die Tür hinter mir öffnet, schaue ich über meine Schulter. Von draußen eindringendes Licht durchflutet die Dunkelheit der Bar. Als ich sehe, dass Lisa dafür verantwortlich ist, drücke ich ruckartig das Kreuz durch und meine Muskeln verkrampfen sich.

»Fuck«, knurrt Colton, und mein Blick fliegt zu seinem, der fest auf Lisa haftet.

Während ich mich auf meinem Hocker umdrehe, wird mir klar, dass ich gestern unrecht hatte. Sie ist nicht bloß wunderschön – sie ist perfekt. Sie sieht aus, als könnte sie auf jeden Laufsteg in Paris steigen. »Was machst du hier?«, fragt Colton und kommt hinter der Bar hervor.

»Ich will mit dir reden.«

»Nicht jetzt«, stellt er klar, und wenn er diese Worte in diesem Ton zu mir gesagt hätte, wäre ich bei der Tür hinausgerannt. Aber nicht Lisa. Sie kommt bloß näher.

»Colton, wir müssen reden. Du kannst das nicht immer wieder aufschieben.«

»Wir müssen gar nichts.«

»Ich bin immer noch in dich verliebt.« Ihre Stimme bricht, und mein Herz sinkt. Ich rutsche von meinem Hocker und mache mich daran, zu verschwinden. Dabei wünschte ich, die Macht zu haben, mich einfach in Luft aufzulösen.

»Gia, keinen Schritt weiter«, befiehlt Colton, und ich halte mitten in der Bewegung inne. »Lisa, raus. Sofort.« Er zeigt zum Ausgang und stürmt selbst in diese Richtung. Lisa folgt ihm auf dem Fuß.

Nachdem sie den Raum verlassen haben, schaue ich mich in der leeren Bar um und werfe einen Blick auf die Uhr. Es ist nach zwölf. Rose ist heute Morgen hergekommen und hat für mich aufgeschlossen. Dann ist sie gegangen und meinte, sie müsse ein paar Erledigungen machen und bei der Bank vorbeischauen. Ich brauche sie nicht hier bei mir, weil es kein Genie erfordert, um herauszufinden, wie man Toiletten schrubbt. Aber jetzt weiß ich nicht, was ich mit mir anfangen soll, und habe auch keine Ahnung, wann Rose wiederkommt oder ob Colton überhaupt noch einmal auftauchen wird.

Ich springe einen gefühlten Meter in die Höhe, als die Tür so hart aufgestoßen wird, dass sie gegen die Wand knallt. Schluckend schaue ich dabei zu, wie ein wütender Colton hereinstürmt. »Ist alles okay?«, frage ich wie eine Idiotin. Wenn man von dem Übermaß an Rage in seiner Miene ausgeht, ist es das nicht.

»Wenn du diesem Miststück mal wieder begegnest, sagst du es mir.«

»Ähm.«

»Nein, anders. Wenn du auf dieses Miststück triffst, geh nicht auf sie ein. Sag es mir einfach«, stellt er klar. Dann fährt er sich mit der Hand durchs Haar. »Sie hat dich letzte Nacht aufgehalten, als du mit deiner Grandma spazieren warst?« Obwohl es wie eine Frage klingt, ist es eher eine Feststellung. Sie muss es ihm erzählt haben.

»Sie wollte sich bei mir vorstellen«, flüstere ich lahm.

»Ja, das wette ich.« Er stößt ein humorloses Lachen aus. Es zu hören, ist schmerzhaft. »Sie ist ein Miststück, Gia.«

»Okay«, stimme ich zu, immerhin war mir schon gestern klar, dass sie ein falsches Spiel treibt.

»Sie und ich sind fertig miteinander.«

»Okay«, wiederhole ich, obwohl ich mich frage, warum er mir das mit diesem Ausdruck in den Augen sagt.

»Gut, jetzt hol deine Jacke.«

»Was?«, quietsche ich.

»Hol deine Jacke«, fordert er mich erneut auf.

Ich beschließe, ihn nicht noch wütender zu machen, als er ohnehin schon ist, husche ins Büro, schnappe mir mein Kleidungsstück und ziehe es an. Obwohl er mir nicht befiehlt, ihm nach draußen zu folgen, mache ich es trotzdem. Als er an meinem Jeep stehen bleibt, tue ich es ihm gleich.

»Die Tür ist repariert.« Er führt es mir vor, indem er die Wagentür öffnet und zuwirft.

»Danke.«

»Wenn der Sommer kommt, kannst du zu einem Freund von mir fahren, der die Türen auswechselt und dir die Dichtungen tauscht.«

»Alles klar«, stimme ich nickend zu, obwohl ich mich immer noch aufgrund der Geschehnisse der letzten fünf Minuten im Schockzustand befinde.

»Außerdem habe ich das Öl gewechselt und alle Flüssigkeiten nachgefüllt. Der Stand war überall sehr niedrig.«

Äh, was?

»Du solltest das Auto trotzdem zum Service in eine Werkstatt stellen, damit sie einen Aktenvermerk machen können. Ansonsten könntest du mit der Garantie Schwierigkeiten bekommen.«

»Okay.«

»Gut.« Er zieht meinen Autoschlüssel aus seiner Hosentasche.

»Deiner ist in meiner Handtasche«, informiere ich ihn, während ich meinen Schlüsselbund entgegennehme.

»Ich hole ihn mir später. Wo ist dein Handy?«

»Wie bitte?«

»Dein Handy, wo ist es?«, wiederholt er, also ziehe ich mein Handy aus der Tasche hinten an meiner Jeans. Ich habe nicht die Möglichkeit, es ihm zu geben, weil er es sich einfach schnappt. Dann nimmt er meine Hand, trennt den Daumen von der Faust, zu der ich sie geballt habe, und hält ihn auf die Taste, die mein Telefon entsperrt.

»Du hättest mich einfach darum bitten können, das zu machen«, murmle ich genervt, aber er ignoriert mich, während er auf meinem Handy herumtippt. Dann höre ich, wie sein Telefon in seiner Tasche zu klingeln beginnt.

»Du hast jetzt meine Nummer.« Er gibt mir mein Telefon zurück. »Was machst du, wenn dich Lisa wieder aufhält?«, will er wissen, und ich schaffe den Übergang von genervt zu wütend in einer Sekunde.

Erstens ist er nicht mein Mann, und zweitens bin ich eine erwachsene Frau, die sich seit einer ausreichend langen Zeit um sich selbst kümmert. Er muss das nicht für mich übernehmen. Ich brauche ihn nicht. Davon abgesehen habe ich nicht vor, Lisa noch mal über den Weg zu laufen.

»Gia.«

»Colton.«

»Okay, du bist neu hier, also verstehst du nicht ...«

Schnaubend schüttle ich den Kopf. Damit unterbreche ich, was auch immer er sagen wollte. »Ich mag neu hier sein, aber ich verstehe das schon. Glaub mir, ich verstehe es wirklich. Nachdem Lisa keinen Grund hat, sich wegen irgendetwas zwischen dir und mir den Kopf zu zerbrechen, werde ich schon klarkommen«, informiere ich ihn und mache mich auf den Weg zurück zur Bar. Dabei ignoriere ich seine schweren Schritte hinter mir.

In der Bar laufe ich in das Büro und hole mir den Eimer mit den Putzmitteln. Ich will zu den Toiletten und sie nochmal putzen.

»Lass den Kübel hier.«

»Du kannst mir nicht befehlen, was ich tun und lassen soll«, schnappe ich.

»Du hast schon geputzt. Du musst es nicht nochmal machen, nur um mir aus dem Weg zu gehen.«

»Schön«, presse ich hervor und lasse den Eimer fallen. Dann stoße ich ein erleichtertes Seufzen aus, als ich sehe, wie Colton von mir zur Bar hinüberblickt.

»Wir haben Gäste«, stellt er durch zusammengebissene Zähne fest und verschwindet aus der Tür.

Gott sei Dank. Ich folge ihm und laufe um die Bar herum, wo ich mir einen Notizblock und einen Stift greife. Anschließend mache ich mich zu den vier Männern auf, die gerade einen der hohen Tische besetzt haben.

»Hi, Jungs«, begrüße ich sie, und die Männer wenden sich mir mit einem interessierten bis verwirrten Gesichtsausdruck zu. »Was darf ich euch zu trinken bringen?«, frage ich mit einem freundlichen Lächeln, ihre Blicke ignorierend. Seit ich hier arbeite, habe ich noch nicht viele Bestellungen aufgenommen, weil sich die Leute meistens direkt an die Bar setzen. Wer auch immer gerade den Barkeeper macht, ist meistens schneller am Getränkeeinschenken als ich.

»Vier Coors Light«, bestellt der größte der Männer für die ganze Runde.

»Okay. Ich komme gleich wieder und bringe euch eure Getränke.« Zurück an der Bar versuche ich es zu vermeiden, Colton anzusehen, obwohl ich seinen Blick deutlich auf mir spüre.

»Sie wollen vier Coors«, informiere ich ihn und notiere die Drinks auf dem Block in meiner Hand.

»Gia.«

»Ja?« Dämlich, wie ich bin, schaue ich hoch. In dem Moment, als sich unsere Blicke treffen, fängt mein Herz bei seinem Anblick an zu pochen.

»Hey, ihr. Wie läuft es?«, fragt Rose, bevor Colton sagen kann, was auch immer er sagen wollte, und wir sehen sie beide an.

»Alles gut, Ma«, beruhigt Colton sie, während sie einen Arm um seine Taille legt und ihn seitlich an sich zieht.

»Bei dir auch alles okay, Gia?«, wendet sie sich an mich, nachdem ihr Sohn seinen Arm um ihre Schultern geschlungen hat.

»Jepp.« Ich schicke ihr ein Lächeln.

Ich mag Rose wirklich. Ich mag, wie sie sich gibt, wenn sie in der Nähe ihres Mannes und ihres Sohnes ist. Ich schätze sie dafür, dass sie so nett zu mir ist, und mir gefällt, dass sie Rockershirts, Jeans und hochhackige Stiefel trägt.

»War viel los?«, fragt sie und wirft einen Blick an mir vorbei in den Gastraum, als sich die Tür erneut öffnet und zwei weitere Typen hereinkommen.

»Es war ruhig«, erkläre ich, während Colton vier Flaschen Coors auf ein Tablett stellt und die Verschlüsse öffnet. »Ich komme gleich wieder.« Ich bringe die Biere rüber zu den vier Männern, bevor ich zu dem anderen Tisch mit den zwei neuen Typen gehe, deren Bestellungen ich ebenfalls aufnehme.

Der Rest des Tages bringt einen stetigen Strom neuer Gäste mit sich, was bedeutet, dass ich immer beschäftigt bin. Das erleichtert es mir, einem Gespräch mit Colton auszuweichen. Außerdem stecken jetzt vierzig Dollar Trinkgeld in meiner Tasche. Das heißt, dass ich auf dem Weg nach Hause bei einem Kaufhaus anhalten und meinen Schokoladenvorrat auffüllen kann, ohne mich wegen der Ausgabe schlecht fühlen zu müssen.

»Wir sehen uns in zwei Tagen«, verabschiede ich mich von Rose, als ich ins Büro komme, um mir meine Jacke und Tasche zu holen.

»Okay, Süße. Ruf mich morgen nach dem Arzttermin deiner Grandma an. Ich würde gern wissen, was sie sagen.«

»Mache ich.« Das ist ein weiterer Grund, warum ich Rose mag.

Mit meiner Tasche und einem Winken in Roses Richtung verlasse ich das Büro und rufe auch Colton rasch *Wiedersehen* zu, weil es unhöflich wäre, das nicht zu tun.

Als ich mich in meinen Jeep setze, bleibt die Tür nach meinem ersten Versuch, sie zu schließen, zu. Einmal mehr werde ich daran erinnert, dass mich Colton zwar frustrieren mag, aber eigentlich echt süß ist. Ich starte den Motor und verlasse den Parkplatz, um zum Kaufhaus zu fahren, wo ich Schokolade – eine Menge Schokolade – einkaufe. Dazu kommen noch Maistortillas und ein paar andere Dinge für das Abendessen. Dann mache ich mich auf den Weg nach Hause.

Den Abend verbringe ich mit Grandma und unserem Puzzle. Nebenbei schauen wir einen alten Schwarzweißfilm, den sie sich ausgesucht hat. Sobald der Film zu Ende ist, mache ich sie für die Nacht fertig und widme mich anschließend selbst meiner Abendtoilette.

»Hallo?«, nehme ich schläfrig einen eingehenden Anruf entgegen.

»Gia.«

»Colton?« Schlaftrunken setze ich mich auf. Als ich auf die Uhr neben meinem Bett sehe, erkenne ich, dass es halb zwölf nachts ist.

»Hast du geschlafen?«, fragt er mich, während ich in die Dunkelheit blinzle.

»Es ist nach elf«, antworte ich. »Ist alles okay?«, füge ich hinzu.

»Alles okay. Ich habe gerade in deiner Auffahrt geparkt.«

»Was?«, bringe ich hervor und frage mich, ob ich ihn richtig verstanden habe.

»Du hast immer noch den Schlüssel zu meinem Suburban«, erklärt er, und ich komme mir sofort wie eine Idiotin vor.

»Es tut mir so leid. Ich habe voll vergessen, ihn dir zurückzugeben. Bin gleich bei dir.« Ich lege auf. Eilig werfe ich die Decke zur Seite, durchquere den Raum und knipse das Licht an. Dann schnappe ich mir meine Tasche und durchwühle sie nach seinem Schlüssel, bevor ich einen Sweater aus der von Ned gebrachten Kommode hole. Ich streife ihn über mein Tanktop und meine Schlafshorts, während ich mich auf den Weg zum Eingang mache, wo ich den Riegel zurückschiebe und die Tür öffne.

Colton steht in seiner vom beständigen Regen durchnässten Lederjacke auf der Veranda, die Wangen von der Kälte leicht gerötet. Als ich über seine Schulter schaue, entdecke ich das Motorrad, das neben meinem Jeep in der Einfahrt parkt. »Es tut mir wirklich leid.« Ich gebe ihm seinen Schlüssel. »Ich hätte ihn dir vorbeigebracht.«

»Ich würde dich wegen so etwas nicht darum bitten, deine Grandma allein zu lassen.« Er steckt ihn in seine Hosentasche. »Ich hätte ihn mir morgen von dir geholt, aber ich brauche meinen Suburban, um in aller Früh Zeug aus dem Lager zu holen.«

»Ist es nicht gefährlich, dieses Ding im Regen zu fahren?«, frage ich mit einem Wink auf sein Motorrad, und er lächelt.

»Machst du dir Sorgen um mich?«

»Nein«, schwindle ich, und sein Lächeln verwandelt sich in ein Grinsen, das die Schmetterlinge in meinem Bauch zum Flattern bringt.

»Das kommt schon noch, Grübchen«, erwidert er und berührt mein Kinn, was abermals Schmetterlinge in meinem Bauch tanzen lässt. Ohne ein weiteres Wort macht er auf seinen Stiefeln kehrt und geht die Stufen runter. »Ab mit dir ins Bett, Gia«, ruft er über seine Schulter hinweg.

»Nenn mich nicht *Grübchen* und sag mir nicht, was ich tun soll, Colton!«, rufe ich ihm nach, während er über den Rasen zu seinem Motorrad läuft.

Den Rücken an den Türknauf gelehnt und die Arme vor der Brust verschränkt, sehe ich dabei zu, wie er sich den Helm aufsetzt und ein Bein über den Sattel des Motorrades schwingt, bevor er den Motor anlässt.

»Rein mit dir, Gia. Raus aus der Kälte!«, brüllt er mir durch das Donnern seines Bikes zu.

Die Augen verdrehend, stoße ich mich vom Türrahmen ab und gehe hinein. Nur um mich hinter geschlossener Tür sofort auf die Zehenspitzen zu stellen und ihm durch das Guckloch beim Wegfahren zuzusehen, wobei ich mir wünsche, ich könnte mehr erkennen. Sobald er aus meinem Sichtfeld verschwunden ist, knipse ich das Licht aus, streife meinen Sweater ab und lege mich wieder hin. Die Zimmerdecke anstarrend, frage ich mich, ob es nicht leichtsinnig ist, bei diesem Wetter mit dem Bike zu fahren. Ich überlege, ob er von der nächtlichen Spritztour im Regen eine Lungenentzündung bekommen könnte. Noch besorgter stimmt mich der Gedanke an die nasse Fahrbahn.

Ich schnappe mir mein Handy und tippe eine schnelle Nachricht. Kurz lasse ich meinen Finger über der Senden-Taste schweben, bevor ich entscheide, dass ich nicht schlafen kann, wenn ich nicht weiß, ob er es sicher nach Hause geschafft hat.

Zwanzig Minuten später höre ich mein Handy piepen und nehme es hoch. Auf dem Bildschirm erscheint seine Nachricht.

Sicher zu Hause angekommen. Schön zu sehen, dass du noch immer an mich denkst.

»Ziemlich arrogant«, knurre ich und lasse das Handy auf meinen Bauch fallen, nur um es eine Sekunde später wieder hochzunehmen und *Wie auch immer. Gute Nacht.* zu tippen.

Damit ich nicht versucht bin, nachzusehen, falls mein Handy wieder piept, schalte ich es auf lautlos und lege es auf mein Nachtkästchen, bevor ich mich auf die Seite drehe. Die Decke bis zur Schulter hochgezogen, schlafe ich endlich ein. Die restliche Nacht träume ich von einem gutaussehenden Kerl mit dunklen Haaren und ebenso dunklen Augen, der mich auf seinem Motorrad entführt.

Am folgenden Morgen sehe ich dabei zu, wie Grandma auf dem Rücken liegend, Kopf voran, in einer Computertomographiemaschine verschwindet. Ich halte den Atem an, als sie eine Hand hebt, entspanne mich aber, als sie diese wieder an ihrer Seite ruhen lässt. Sie wollte diesen Test nicht machen lassen. Vielmehr war sie fast unnachgiebig, bis Nina, die Ärztin und ich sie schließlich dazu brachten, einzusehen, dass diese Untersuchung nötig war.

Die Ärztin hat Grandma während des Termins durchgecheckt und sich Ninas und meine Berichte darüber angehört, was in letzter Zeit passiert war. Wir erzählten von ihrer zunehmenden Verwirrtheit, auch dass sie mich für meine Mom, ihre Tochter, hält, die vor Jahren verstorben ist. Ich konnte erkennen, dass sich die Ärztin Sorgen macht, wusste aber, dass noch mehr dahintersteckte, als sie uns informierte, dass sie eine Computertomographie anordnen würde.

Ich beobachte Grandma weiterhin durch das Glas hindurch, dann werfe ich einen Blick zu der Uhr an der Wand. Die Ärztin meinte, dass die ganze Angelegenheit weniger als zehn Minuten dauern würde, und sie lag damit zum Glück richtig. Der Techniker lässt mich mit einem gehobenen Daumen wissen, dass er fertig ist. Also mache ich mich allein auf den Weg in das Zimmer, während Nina rausgegangen ist, um mit Ned zu sprechen.

»Sie können ihr ruhig schon beim Anziehen helfen. Die Ärztin wird Sie innerhalb der nächsten zwei Tage mit den Resultaten anrufen.«

»Danke«, erwidere ich, während ich die Kleidungsstücke zu meiner Großmutter bringe, die noch in ihrem Krankenhaushemd vor mir sitzt.

»Das war nicht so schlimm, oder, Grandma?«, frage ich, während ich ihr aus dem Gewand helfe.

»Ich schätze nicht«, stimmt sie zu, und mir fällt auf, dass ihre Hände zittern, wie sie es immer tun, wenn etwas in ihr Angst ausgelöst hat.

»Magst du auf dem Nachhauseweg irgendwo anhalten und zu Mittag essen?«, versuche ich, sie abzulenken.

»Klar.«

»Worauf hast du Lust?«

»Kuchen«, antwortet Grandma. »Schokoladenkuchen«, fügt sie hinzu.

»Du willst Kuchen zum Mittagessen?« Ich lächle und schließe ihren BH, dann greife ich nach dem Sweater.

»Warum nicht?«

»Du hast recht. Warum eigentlich nicht?«, erwidere ich leise und helfe ihr, sich wieder hinzusetzen, damit ich ihr die Schuhe anziehen kann. Sobald sie angekleidet ist, nehme ich ihre Hand und führe sie zur Tür.

»Wie ist es gelaufen?«, fragt Nina, sobald wir am Gang erscheinen.

»Gut. Wir sollten in zwei Tagen von der Ärztin hören«, erkläre ich und sie wirkt erleichtert. »Danke nochmal, dass du mit uns hergekommen bist.«

»Jederzeit, Liebes.« Sie fasst nach meiner Hand und drückt sie, bevor sie mich wieder loslässt. Eine kleine Geste, die mich dazu bringt, sie noch mehr ins Herz zu schließen.

»Grandma will Schokokuchen zum Mittagessen«, informiere ich Nina, während wir das Krankenhaus verlassen.

»Ich weiß genau, wohin wir gehen. Und während wir essen, kannst du mir erzählen, warum ich gestern Nacht Colton Allyster auf deiner Türschwelle gesehen habe, als ich aufgestanden bin, um mir einen Tee zu machen.«

»Ich hatte seinen Schlüssel und vergessen, ihn ihm zurückzugeben. Also ist er vorbeigekommen, um ihn abzuholen«, erkläre ich, weil ich nicht will, dass sie falsche Schlüsse zieht.

»Das ist alles?«, will sie wissen, als wir beim Auto ankommen und einsteigen.

»Jepp.«

»So ein Mist«, murmelt sie, was mich wie aus dem Nichts trifft.

»So ein Mist?«

»Ja, so ein Mist. Ich dachte, du rückst jetzt pikante Details raus, die ich an die Mädels vom Buchklub weitergeben kann. Alle von ihnen finden Colton gutaussehend, und nachdem sie dich das letzte Mal getroffen haben, waren sie sich einig, dass ihr perfekt zusammenpassen würdet. Sie waren außer sich, als ich ihnen erzählt habe, dass du im *Rusty Rose* angefangen hast und nun für ihn arbeitest. Sie würden so gern im echten Leben eine Romanze mitverfolgen können, eine wie die in den Büchern, die wir lesen.«

»Tut mir leid, euch enttäuschen zu müssen, aber zwischen uns läuft nichts«, winke ich lachend ab. Ich kann mir ausgezeichnet vorstellen, wie ihre Buchklubfreundinnen, allesamt ältere Damen, um den Tisch sitzen und nicht über Bücher reden, sondern tratschen.

»Deswegen halte ich das auch für Blödsinn, Liebes.« Sie lächelt, während sie vom Parkplatz fährt. »Richtig heftig ist jedoch, was seine Ex ihm angetan hat«, fügt sie auf dem Weg durch die Stadt hinzu.

»Was hat sie ihm denn angetan?«, frage ich, als wir auf einem kleinen Parkplatz zum Stehen kommen, auf dem sich ein Backsteingebäude mit einer pinken Markise über der Tür befindet.

Darauf steht in weißer Schnörkelschrift *Afternoon Tea* geschrieben.

»Sie hat mit ihm Schluss gemacht, als er mit einer Schusswunde im Krankenhaus lag«, erklärt sie, und mein Herz rutscht mir in die Hose.

Allein die Vorstellung lässt mich hart schlucken. Ich habe meine Gedanken immer noch nicht ganz geordnet, als wir zu einem kleinen, runden Tisch im Restaurant geführt werden.

»Das hat sie gemacht?«. Ich muss die Antwort auf diese Frage wissen, bevor ich noch weitere stellen kann.

»Das hat sie, und sie waren auch noch verlobt, als es passiert ist.«

»Heilige Scheiße«, flüstere ich.

»Er hat unser Land verteidigt, als er angeschossen wurde, also kannst du dir vorstellen, dass nicht allzu viele Leute Fans von ihr sind.«

»Das glaube ich.« Weil meine Kehle plötzlich wie ausgetrocknet und viel zu eng geworden ist, räuspere ich mich. Ich kann nicht fassen, dass Colton das durchmachen musste, dass diese Frau ihm das angetan hat.

»Hi, Ladys. Willkommen im *Afternoon Tea.* Waren Sie schon mal hier?«, fragt die Kellnerin und unterbricht damit den Moment.

Ich schüttle den Kopf, weil ich weiß, dass ich eine Sekunde brauche, bevor ich etwas rausbekommen kann.

»Tja, dann können Sie sich auf etwas freuen.« Sie lächelt zuerst mich, dann Grandma und schließlich Nina an. »Sind Sie bereit zu bestellen?«

Ich will gerade nein sagen, doch Nina kommt mir zuvor. »Wir hätten gern den vollen Service.«

»Gut. Ich komme gleich mit Ihren Getränken zurück«, antwortet die Kellnerin und verschwindet wieder.

»Wir haben keine Getränke bestellt«, bemerke ich, und Nina lächelt.

»Ich verspreche, dir wird schmecken, was sie dir bringt.«

Es schmeckt mir wirklich, alles davon. Und obwohl ich eine

Million weitere Fragen über Colton stellen will, lasse ich es bleiben. Stattdessen genieße ich es, hier mit Grandma und Nina zu sitzen und Tee aus ausgefallenen Tassen zu trinken, während wir kleine Sandwiches und Kuchen essen.

Irgendwo in der Ferne höre ich einen Alarm abgehen und ziehe mir das Kissen über den Kopf. Dann schieße ich hoch und das Herz schlägt mir augenblicklich bis zum Hals, als ich den Klang erkenne – es ist der Rauchmelder. Ich springe aus dem Bett, schnappe mir meinen Sweater und laufe zur Tür, während ich ihn anziehe. Sobald ich den Flur betrete, ist der Alarm so laut, dass der Klang beinahe wehtut. Schwerer Rauch strömt aus der Küche ins Wohnzimmer. »Grandma!«, rufe ich so laut ich kann und muss husten, als ich eine Lungenfüllung von dem Rauch einatme, der den Raum vernebelt.

Ich bedecke meinen Mund mit dem Ärmel meines Sweaters, ducke mich und versuche unter den dunklen Rauchschwaden hindurchzuhasten. Während ich die Küche absuche, erkenne ich, dass das Feuer bereits den halben Raum verschlungen hat. Dann entdecke ich Grandma mitten in der Küche auf dem Boden. Eine dunkle Flüssigkeit hat eine Pfütze um ihren Kopf herum gebildet.

»Oh Gott.« Ich stolpere durch das Zimmer auf sie zu. »Grandma!« Vorsichtig hebe ich ihren Kopf an und spüre dabei Nässe an meinen Fingern. Als ich ein Zischen und dann ein Knacken höre, weiß ich, dass ich nicht die Zeit habe, sie zu untersuchen. Ich muss uns hier rausbringen. Mit den Händen unter ihren Armen, ziehe ich ihren schlaffen Körper mit mir fort. Es scheint eine Ewigkeit zu dauern, bis ich mit ihr die Küchentür erreiche. Meine Augen brennen und jeder Atemzug schmerzt, bringt mich zum Husten und lässt mich schwindeln.

Als ich es endlich zum Hauseingang schaffe, habe ich kaum noch die Kraft, die Tür zu öffnen, aber ich bringe es irgendwie fertig. Wie durch ein Wunder kriege ich uns beide aus dem

Haus, die Stufen runter und auf das Gras, das noch nass und kalt vom frühmorgendlichen Tau ist. Tränen laufen mir über die Wangen, weil ich mich nicht entscheiden kann, ob ich bei Grandma bleiben oder Hilfe holen soll.

»Ich bin gleich wieder da«, verspreche ich ihr.

So schnell ich es vermag, laufe ich auf zitternden Beinen zu Neds und Ninas Haus. Das Licht des frühen Morgens hilft mir dabei, mich zu orientieren, obwohl meine Sicht verschwommen ist. Nachdem ich ihre Stufen hochgestolpert bin, hämmere ich an der Tür und betätige die Klingel.

»Gia, was zum Himmel ...?«, fragt Ned, als er mir öffnet. Er sieht zerzaust aus. Dann weiten sich seine Augen.

»Feuer«, würge ich hervor. »Polizei und ein Krankenwagen. Grandma ist verletzt.« Ich blinzle, mein Blick verschwimmt.

»Ned?«, höre ich Nina rufen, aber ich sehe sie nicht zur Tür kommen, weil alles um mich herum schwarz wird.

5. Kapitel

Gia

Ich hab dich

Tränen erschweren mir die Sicht, während ich Grandma und die Maschine mustere, an der sie angeschlossen ist. Als ich im Krankenwagen aufwachte, galt mein erster Gedanke ihr und der Frage, ob sie okay war. Die Sanitäter erklärten mir, sie wäre in Ordnung und in einem anderen Krankenwagen auf dem Weg ins Krankenhaus. Zu diesem Zeitpunkt, konnten sie mir nichts Genaueres sagen. Erst als ich hier eintraf, fand ich heraus, dass sie sich eine substantielle Platzwunde an ihrem Hinterkopf zugezogen und viel Rauch eingeatmet hatte. Sie wachte kurz auf, schlief aber wieder ein. Die Ärzte meinten, das wäre ganz normal, aber es gefiel mir trotzdem nicht.

Ich lehne die Stirn an meine Hand, die ich auf dem Seitenteil des Bettes abstütze, hole tief Luft und bereue es augenblicklich, weil ich nur den Rauch riechen kann, der an meinen Haaren, meiner Kleidung und meiner Haut haftet. Nina, die hier war, als ich es endlich an Grandmas Seite schaffte, ist vor einer halben Stunde gegangen, um mir etwas zum Anziehen zu besorgen. Bisher ist sie noch nicht zurück. Das bedeutet wahrscheinlich, dass das Haus verloren ist, was die ganze Situation nur noch beschissener macht. Auf der anderen Seite könnten Grandma und ich tot sein, es hätte also definitiv schlimmer kommen können.

»Beruhige dich«, höre ich einen Mann sagen und schaue gerade rechtzeitig hoch, um Colton, Rose und Kirk – Coltons Dad – durch die Notaufnahme auf Grandmas Bett und somit auf mich zukommen zu sehen.

»Süße«, fängt Rose an, sobald sie nah genug bei mir ist. Sie zieht mich aus meinem Stuhl in eine innige Umarmung. »Nina hat uns angerufen. Bist du okay?«

»Ich bin okay«, wispere ich. Das ist alles, was ich zustande bringe, weil mein Hals so wehtut. Als mich Rose loslässt, sehe ich zu Colton hoch und bin überrascht, wie viel Angst in seinem Blick steckt. Ich bin sogar noch überraschter, als er mich an seinen großen Körper zieht.

»Herrgott«, flucht er schroff, lässt das Kinn auf meinem Kopf ruhen und drückt mich fest an sich.

Ich schlinge die Arme um seinen Rücken und meine Augen fallen zu, während sich ein Gefühl in mir auftut, das ich wahrscheinlich nicht empfinden sollte.

»Was meinen die Ärzte?«, will Rose wissen, als mich Colton loslässt, damit mich sein Dad in eine Umarmung ziehen kann.

»Sie wurde an einer Wunde am Kopf genäht. Ich warte darauf, dass sie wach wird.« Ich schaue zum Bett und wünsche mir, Grandma würde aufwachen, damit ich mich selbst vergewissern kann, dass mit ihr alles in Ordnung ist.

»Wie fühlst du dich?«

»Okay«, lüge ich. Um ganz ehrlich zu sein, bin ich erschöpft – meine Glieder schmerzen, meine Brust ebenso. Eigentlich spüre ich jeden Teil meines Körpers. Mein Herz inklusive.

»Setz dich«, fordert mich Colton auf, fasst nach meinem Ellenbogen und zieht mich zu dem Stuhl zurück, auf dem ich Platz genommen hatte, als sie ankamen. Ich will ihm sagen, dass er mich nicht herumkommandieren soll, aber ich habe keine Energie dafür, mich mit ihm zu zanken. Stattdessen setze ich mich und nehme Grandmas Hand.

»Ist sie schon aufgewacht?«, möchte Nina wissen, die plötzlich aus dem Nichts auftaucht und eine bedruckte Plastiktüte mit dem Logo von Target in der Hand hält.

»Noch nicht.«

»Es passiert schon noch«, versichert sie mir sanft, nachdem sie Colton, Rose und Kirk umarmt hat. »Ich habe dir ein paar Sachen mitgebracht. Ich bleibe bei Genevria, während du dich umziehst.«

»Hast du das Haus gesehen? Konnten sie das Feuer löschen?«, frage ich, und ihr Blick wird traurig.

»Sie konnten die hinteren Zimmer retten, aber der Rest ist niedergebrannt. Der Feuerwehrhauptmann hat mir gesagt, dass es ein paar Tage dauern wird, bevor ihr eure Sachen holen könnt«, erklärt sie. Obwohl sie mir die Nachrichten sanft überbringt, spüre ich dennoch jedes Wort wie eine Stichwunde in meinem Bauch. »Es wird alles gut. Wir überlegen uns was«, versucht sie mich zu beschwichtigen und legt ihre warme Handfläche an meine Wange. »Geh dich umziehen, Liebes.«

»Okay.« Ich nicke und nehme ihr beim Aufstehen die Tüte aus der Hand. »Bin gleich wieder da.«

»Willst du, dass ich dir helfe?« Rose hält mich mit einer Hand um meinen Oberarm zurück.

»Nein, es ist Ordnung. Bin gleich wieder zurück.« Ich schicke ihr ein, wie ich hoffe, beruhigendes Lächeln und verschwinde.

Auf der Schwesternstation inmitten der Notaufnahme frage ich, wo die Toiletten sind, und ignoriere dabei die Tatsache, dass mich Colton begleitet. Eilig mache ich mich auf den Weg zu den WCs. Dort schließe ich die Tür, laufe zum Waschbecken und drehe es voll auf, um den Klang meines Schluchzens zu übertönen.

Es dauert ein paar Minuten, bis ich mich wieder genug im Griff habe, um mir das Gesicht zu waschen und die Jogginghose, das T-Shirt sowie die Flip-Flops anzuziehen, die mir Nina gebracht hat. Nachdem ich meine Klamotten in den Müll geworfen habe, öffne ich die Tür, nur um Colton vorzufinden, der auf mich wartet. Was mich nicht überrascht.

»Hey.« Sein besorgter Blick trifft meinen, und es kostet mich alle Kraft, die ich noch übrighabe, mich nicht an seine Brust zu werfen und zu weinen. »Komm schon.« Er nimmt meine Hand und führt mich zurück zu meiner Grandma. Ich setze mich neben ihr Bett und er rutscht mit seinem Stuhl neben meinen. Dann nimmt er erneut meine Hand und verschränkt seine Finger fest mit meinen in seinem Schoß.

Ich weiß, ich sollte mich ihm entziehen, aber ich tue es nicht, weil es sich gut anfühlt, mit ihm verbunden zu sein. Seine

Unterstützung und seine Stärke zu spüren, während ich am Ende meiner Energien angelangt bin, tut gut.

»Gia Caro?«, fragt ein Mann in einem Arztkittel, der gerade ins Zimmer kommt und sich suchend zwischen all den Leuten umsieht.

»Das bin ich.« Ich stehe auf und Colton tut es mir gleich. Dabei festigt er den Griff um meine Hand, als ich versuche, sie wegzuziehen.

»Miss Caro, haben Sie eine Minute, um mit mir in meinem Büro zu sprechen?«, erkundigt sich der Arzt, und ich schaue hin- und hergerissen zu Grandmas Bett.

»Wir bleiben bei ihr, Süße«, versichert mir Nina.

Mit einem Nicken in ihre Richtung blicke ich wieder zu dem Mann. »Natürlich.«

»Gut. Folgen Sie mir«, weist er mich an.

Eingehüllt in einen so dichten Nebel, dass mir nicht gleich bewusst wird, dass Colton immer noch an meiner Seite ist, erreiche ich das Büro und trete ein.

»Setzen Sie sich.« Der Arzt deutet auf zwei Stühle ihm gegenüber. Als ich mich niederlasse, klopft mein Herz so schnell, dass mir schwindlig wird. »Ich habe eben mit der Ärztin Ihrer Großmutter telefoniert. Sie hat mir gesagt, sie wollte Sie diesen Nachmittag anrufen und Ihnen die Ergebnisse der Computertomographie erklären, die sie angefordert hat.«

»Okay«, flüstere ich, und Colton drückt meine Finger.

»Wie Sie wissen, wurde bei Ihrer Großmutter vaskuläre Demenz festgestellt«, fängt er an, und ich nicke, obwohl ich keinen Schimmer hatte, dass es sich um vaskuläre Demenz handelt. Ich dachte, sie hätte einfach nur Demenz. »Diese Diagnose steht immer noch, aber die Krankheit hat jetzt die sechste Stufe erreicht, was der Grund ist, warum wir einen so starken Abstieg in ihrem Erinnerungsvermögen beobachten können.«

»Was kann für sie getan werden?«

»Ich wünschte, es wäre mir möglich, Ihnen zu sagen, dass es eine Heilung für diese Krankheit gibt. Leider ist das nicht der

Fall. Noch bedauerlicher ist, dass ich Ihnen raten muss, ihre Großmutter in ein Pflegeheim und auf eine Palliativstation zu geben.«

»Nein«, winke ich ab. »Niemals.«

»Miss Caro.« Er senkt die Stimme und beugt sich in seinem Stuhl nach vorn. »Ich verstehe, dass diese Situation schwierig ist, aber wir müssen tun, was das Richtige für Ihre Großmutter und für Sie ist. Es wird ihr von nun an immer schlechter gehen, und nach dem, was heute Nacht vorgefallen ist, wissen Sie, was schlechter in ihrem Fall bedeuten könnte.«

»Sie sollte bei mir sein«, flüstere ich.

»Es gibt ein Pflegeheim, mit dem ich eng zusammenarbeite. Es ist eines der besten im Staat. Familienangehörige sind zu jeder Tages- und Nachtzeit willkommen. Sie können so viel Zeit mit ihr verbringen, wie Sie wollen. Das Pflegepersonal des Standorts ist wunderbar und Ihre Großmutter wäre rund um die Uhr betreut. Es würde jede Stunde jemand nach ihr sehen und darauf achten, dass sie in Sicherheit ist«, erklärt er, und ich schließe meine Augen. Ich habe sie im Stich gelassen, völlig. »Ich weiß, es ist niemals eine einfache Entscheidung, aber es ist die beste, die Sie für Sie beide treffen können.«

»Wäre es möglich, sich dort umzuschauen, bevor wir zustimmen?«, fragt Colton, und ich öffne die Lider, um ihn anzusehen.

»Natürlich«, stimmt der Arzt zu. »Ich würde vorschlagen, dass Sie das sowieso tun. Ich weiß, Pflegeheimen hängt ein schlechtes Stigma an, aber ich verspreche Ihnen, dass Sie Ihre Meinung ändern werden, sobald Sie einen Teil des Personals getroffen und den Standort gesehen haben.«

»Wir besuchen ihn heute noch«, entscheidet Colton, während er meine Hand drückt.

»Gut. Haben Sie noch irgendwelche Fragen an mich?« Er überreicht mir eine Broschüre, bevor er aufsteht.

»Im Moment nicht«, sage ich, und sein Ausdruck wird sanfter.

»Es wird alles gut. Und, Gia, ich kann erkennen, dass Sie das

Gefühl haben, sie im Stich gelassen zu haben. Aber das stimmt nicht. Sie haben ihr das Leben gerettet. Ich kann mir nicht vorstellen, wie schwer es gewesen sein muss, sie aus diesem Haus zu ziehen, aber Sie haben es geschafft«, meint er, und Tränen steigen in mir hoch. »Sehen Sie sich den Standort an und melden Sie sich dann bei mir. Ich habe vor, Ihre Großmutter in ein anderes Zimmer zu verlegen und sie dort ein paar Tage zu behalten, damit wir sie beobachten und sicherstellen können, dass sie nach ihrem Sturz in Ordnung ist.«

»Okay«, murmle ich, weil es sonst nichts gibt, was ich tun kann.

»Wir hören uns bald. Meine Karte hängt an der Rückseite des Prospekts. Rufen Sie mich an, wenn Sie irgendwelche Fragen haben.«

»Das mache ich«, antworte ich, während er zur Tür geht, um sie uns zu öffnen, damit wir den Raum verlassen können.

Zurück bei den anderen erzählt uns Rose, dass Kirk gegangen ist, um die Bar aufzusperren. Ich informiere Nina und Rose darüber, was der Arzt gesagt hat. Beide begrüßen seinen Vorschlag. Obwohl ich den Gedanken hasse, verstehe ich trotzdem, warum es der einzig richtige Weg ist. Zu Hause ist es nicht länger sicher für Grandma, selbst wenn jemand bei ihr ist. Ich kann nicht jede Sekunde des Tages auf sie aufpassen. Wie ein kleines Kind braucht sie rund um die Uhr Betreuung durch Menschen, die ihre Krankheit verstehen.

»Ich fahre Gia hin, um die Lage abzuchecken«, erklärt Colton. »Auf diese Weise kann sie sich selbst eine Meinung bilden, ob es passt.«

»Das ist eine gute Idee«, stimmt Rose zu.

»Nachdem Grandma aufgewacht ist, brechen wir auf.« Ich setze mich auf denselben Stuhl wie vorhin. »Es würde sich nicht richtig anfühlen, vorher zu gehen.«

»Das ist verständlich, Süße«, stimmt Rose sanft zu und schaut zu ihrem Sohn. Was sie zu ihm sagt, bringt mich dazu, mich zu versteifen. »Bist du eigentlich jemals dazu gekommen, dein Gästezimmer auszuräumen?«

Er setzt sich neben mich. »Jepp.«

»Kann Gia bei dir bleiben, während sie ihre Angelegenheiten klärt?«

»Absolut.«

Äh ... was?

»Das ist nicht nötig. Ich bin sicher, ich kann ein Hotel oder irgendetwas anderes finden.«

»Du ziehst sicher nicht in ein Hotel.« Nina winkt meinen Kommentar ab, als wäre es eine närrische Idee. »Ich würde dir ja unser Gästezimmer anbieten, aber wir haben keines, weil Ned und ich in getrennten Zimmern schlafen.«

Das ist interessant zu wissen.

»Und ich würde dir eines von unseren anbieten, aber die Jungs und unsere Enkel kommen des Öfteren vorbei, also haben wir keinen Platz. Coltons Haus ist schön, und an sein Gästezimmer schließt ein separates Badezimmer an, also hast du deine Privatsphäre«, erklärt Rose, und ich frage mich, ob sie und Nina darüber gesprochen haben, während ich weg war.

»Ich will ni...«

»Genevria«, unterbricht mich Nina flüsternd, bevor ich ihnen eine Liste mit Gründen aufzählen kann, warum ich das für die schlechteste Lösung der Welt halte.

Ich drehe mich um und sehe, wie Grandma die Augen aufmacht. Sofort komme ich auf die Beine und beuge mich über sie, um meine Hand an ihre Wange zu legen. »Grandma«, wispere ich, und sie blinzelt verwirrt zu mir hoch, während sie versucht, sich aufzusetzen. Mit der Hand auf ihrem Bauch hindere ich sie daran. »Es ist okay. Du bist in Sicherheit. Nicht bewegen.«

»Ich sage der Krankenschwester, dass sie wach ist«, informiert uns Nina.

Ich hebe nicht mal den Kopf, um sie anzuschauen. Sondern konzertiere mich auf Grandma, um sie zu beruhigen. »Was ...«, beginnt sie, fährt dann aber nicht fort. Sie blinzelt erneut.

»Es ist okay. Du bist hingefallen und hast dir den Kopf angeschlagen. Wir sind im Krankenhaus, aber du bist okay«, erkläre ich ihr sanft, aber sie reagiert nicht. Sie starrt mich bloß an, was die Sorge in mir nur noch verstärkt.

»Lassen Sie mich zu ihr, Liebes«, höre ich eine unbekannte Stimme bitten. Eine Krankenschwester steht auf der anderen Seite des Bettes. Zurückweichend spüre ich, wie Colton näher an mich herantritt, während ich dabei zusehe, wie die Krankenschwester mit Grandma spricht, die nicht antwortet. Sie wirkt verloren und zerstreut. Die Krankenschwester hilft ihr dabei, sich aufzusetzen, und checkt nochmal ihre Vitalfunktionen. »Sie ist okay. Ich sage dem Arzt, dass sie wach ist. Auf meinem Weg zurück bringe ich ihr auch noch etwas Wasser, an dem sie nippen kann«, verspricht sie.

»Danke.« Ich wende mich wieder meiner Großmutter zu. »Grandma?«Ihr Blick wandert zu mir, aber es ist, als würde man sich ein Foto anschauen. Ich erkenne eine große Leere. »Ich hab dich lieb«, wispere ich, und sie blinzelt. »Alles wird wieder gut«, schwindle ich sie und mich selbst an. Wenn ich es nicht täte, würde ich zusammenbrechen.

»Es war nett dort«, befindet Colton, und ich reiße meinen Blick vom Fenster los, um sein Profil zu mustern.

Er hat recht. Das *Morning Point Nursing Home* ist eine nette Einrichtung. Schön, eigentlich. Das riesige, cremefarbene Ziegelgebäude befindet sich am Fuß eines Berges und ist von Bäumen umgeben. Nach vorne hin bietet es eine perfekte Aussicht auf einen See. Auch der Aufenthaltsraum erschien mir nicht traurig oder deprimierend. Es wirkte auf mich wie ein Zuhause – mit dem Sitzbereich, in dem ein großer Fernseher über einem Kamin hing und wo mehrere überdimensionale Sofas standen, auf denen man sich entspannen konnte. Dahinter standen noch zwei lange Tische, an denen einige ältere Leute Basteleien anfertigten. Der Leiter meinte, diese kreativen Stunden würden zweimal wöchentlich stattfinden.

Die Zimmer waren auch einladend, mit ihren in sanftem

Gelb gestrichenen und mit Kunstwerken dekorierten Wänden sowie den großen, offenen Fenstern, die entweder einen Blick auf den See oder den Wald gewährten. Außerdem gab es einen überdachten Außenbereich, den die Bewohner aufsuchen durften, wann immer sie wollten. Trotz allem war es nicht unser Daheim. Ich musste mich immer wieder daran erinnern, dass wir kein Zuhause mehr hatten.

»Sie ist hier in Sicherheit.«

Durch die ständige Fürsorge und den Sicherheitsdienst würde sie dort wirklich gut behütet sein. Alle Fenster hatten Schlösser und die Türen waren über einzutippende Codes gesichert. Es war unmöglich, zu gehen, ohne dass einen jemand mit einer Marke hinausließ.

»Es ist ansprechend und es ist sicher«, stimme ich zu und fahre mir mit der Hand durch mein verknotetes Haar.

»Wenn wir bei mir zu Hause ankommen, kannst du dich duschen. Ich rufe Tide an und bitte ihn, mir dabei zu helfen, deinen Jeep zu holen«, entscheidet er und erinnert mich an die Tatsache, dass ich bei ihm übernachten werde. Den ganzen Tag über habe ich versucht, das zu verdrängen.

»Ich habe den Schlüssel für meinen Jeep nicht dabei.«

»Mach dir darüber keine Gedanken«, bittet er, und ich ziehe die Augenbrauen zusammen, ignoriere seine Aussage aber.

»Zu welcher Uhrzeit kann ich morgen ins Krankenhaus?«, frage ich, als er an einem Stoppschild hält.

»Die Besuchszeiten sind von zehn bis acht.«

Ich wollte heute Nacht bei Grandma bleiben, aber Rose und Nina waren strikt dagegen. Sie meinten, ich würde eine Dusche, eine warme Mahlzeit und ein wenig Schlaf brauchen, bevor ich zurückkomme. Angeblich sah ich aus, als würde ich – in ihren Worten – gleich umkippen. Sogar die Krankenschwestern stellten sich auf ihre Seite und wollten mich rausschmeißen, was bestätigte, dass ich furchtbar aussehen muss.

»Willst du, dass ich irgendwo stehen bleibe und wir dir etwas zu essen organisieren?«

»Ich habe keinen Hunger.« Ich lehne meinen Kopf zurück

und schließe meine müden Augen.

»Gia, du musst etwas zu dir nehmen. Du hattest den ganzen Tag noch nichts zu essen.«

»Ich hatte Cracker«, erinnere ich ihn und öffne die Augen wieder.

»Du hattest Cracker, die Nina, weiß Gott wie lange schon, ganz unten in ihrer Tasche aufbewahrt hat. Das zählt nicht als Mahlzeit«, grummelt er, biegt einmal, dann noch einmal ab, bevor wir vor einem *Panera Bread* am Parkplatz ankommen. Colton reiht sich in den Drive-In und schaut mich an. »So, was willst du jetzt essen?«

»Du nervst.«

»Ich bin nicht sicher, ob das auf der Speisekarte steht, aber ich frage mal nach.«

Ich gebe ein verärgertes Schnauben von mir und lasse meinen Blick über die auf einer Tafel aufgelisteten Gerichte schweifen, um die Sache hinter mich zu bringen.

»Ich nehme einen Becher Brokkoli-Cheddar-Suppe und ein halbes Avocado-BLT-Sandwich. Ich habe allerdings kein Geld, also solltest du sie fragen, ob sie jemanden brauchen, der ihr Geschirr abwäscht.« Der letzte Teil kommt bissig hervor, doch Colton lächelt. Er lächelt mich verdammt noch mal an, als fände er mich komisch.

Gaaah!

Beim Fenster angekommen, bestellt er mir statt eines Bechers eine Schüssel Suppe, und ein ganzes Sandwich, nicht ein halbes. Dann fährt er zum zweiten Fenster und bezahlt. Nachdem er die Speisen übernommen hat, gibt er mir die Tüte, damit ich sie neben meine Füße stellen kann.

»Danke«, sage ich und verbeiße mir einen weiteren Kommentar.

»Gern geschehen«, meint er grinsend.

»Wie auch immer.«

Den Rest der Fahrt blicke ich aus dem Fenster. Als wir bei seinem Haus ankommen, stockt mir der Atem. Nein, es ist kein Haus, eher eine Holzhütte mitten im Wald, so nah an einem See gelegen, dass man mit nur ein paar Schritten hineingehen kann.

»Wir sind da«, offenbart er mir, parkt ein und öffnet die Tür.

Ich steige ebenfalls mit der Tüte Essen in der Hand aus und mache mich auf den Weg zur Vorderseite der Hütte. Dabei versuche ich, das alles in mich aufzunehmen. Es ist kein großes Gebäude, aber das muss es auch nicht sein. Von der überdachten Veranda aus, auf der zwei Schaukelstühle stehen, kann man den See überblicken. Das allein macht dieses Flecken Erde schon zu einem Ort, wo man wohnen möchte.

Colton zieht einen Schlüssel aus seiner Tasche, um die Tür zu öffnen, und ich bleibe stehen. Als ein lautes *Wuff* ertönt, schaue ich mich um und erstarre. Ein großer schwarzer Hund mit langem Pelz rennt mit Vollgas auf uns zu.

»Loki, bei Fuß!«, befiehlt Colton, aber der Hund kommt nicht an seine Seite. Er läuft weiter, bis er die Stufen erreicht. Einen Schritt zurückstolpernd, stoße ich gegen Colton und lasse den angehaltenen Atem aus meiner Lunge, weil sich der Hund ein paar Meter entfernt auf seinen Hintern setzt. Seine Zunge rollt seitlich aus seinem Mund heraus und er blickt zwischen Colton und mir hin und her. »Gia, das ist Loki«, stellt mir Colton sein Haustier vor, und ich mustere den Hund, der größer ist als jeder, den ich jemals gesehen habe. »Er ist lieb.« Colton nimmt mir die Tüte ab. »Halt ihm die Hand hin«, ermuntert er mich.

Meinen Blick von ihm auf den Hund richtend, strecke ich widerwillig den Arm aus. Loki rutscht auf seinem Hintern nach vorn und drückt seine Nase an meine Handfläche, bevor er sie ableckt. Als er erneut darüberschleckt, muss ich lachen. Ich streiche über seinen fellbedeckten Kopf, bevor ich ihn hinter den Ohren kraule. »Braver Junge«, flüstere ich, und er robbt näher, kommt schließlich auf die Beine und drängt seinen Kopf an meinen Bauch.

»Ich würde sagen, er mag dich«, meint Colton, und ich grinse zu ihm hoch.

»Ich wusste nicht, dass du einen Hund hast«, gestehe ich an seinen Rücken gewandt, da er nach drinnen geht.

Ich folge ihm, Loki an meiner Seite. Wahrscheinlich will er von mir noch mehr Aufmerksamkeit.

»Ich mag ihm einen Ort geben, wo er sich ausruhen kann und ihn füttern, aber Loki ist sein eigener Herr. Die meiste Zeit über macht er sein Ding«, erklärt er, während ich die Tür schließe und mich umsehe.

Ich hatte recht – das Haus ist nicht riesig, aber es ist sehr schön. Die Wände bestehen aus goldgelbem Holz. Eine Treppe führt in einen oberen Bereich, der wie ein Loft wirkt. Über dem Kamin in der Ecke hängt ein Fernseher. Dahinter türmen sich Steine bis hoch zum Dach und zur gewölbten Zimmerdecke. Überall sind Fenster; das gesamte Wohnzimmer wirkt sehr offen. Es wurde mit einer Ledercouch sowie einer langen, ebenfalls hölzernen Insel ausgestattet, an der zwei Barhocker stehen und die den Raum von der Küche abtrennt. Die Küche ist nicht groß, aber doch geräumig genug, dass zwei Leute gemeinsam kochen könnten, ohne sich die ganze Zeit auf die Zehen zu treten. Es ist schön, gemütlich sogar. Es ist unverkennbar, dass das Haus einem Mann gehört, weil die Deko rustikal und spärlich ausfällt. Es gibt keine Fotos, bis auf eines mit einem Jagdhund und einer Waffe darauf.

»Es ist wunderschön hier«, sage ich, nachdem ich mir alles angesehen habe, und drehe mich zu Colton um.

»Ich mag es auch. Es gehörte meinen Großeltern. Sie haben es meinen Brüdern und mir hinterlassen, nachdem sie von uns gegangen sind. Da es keiner meiner Brüder wollte, konnte ich es ihnen abkaufen«, vertraut er mir an, während er um die Kücheninsel herumwandert. »Mein Zimmer ist oben im Loft, hier unten befindet sich allerdings auch ein Schlafzimmer.« Er bedeutet mir, ihm zu folgen, also tue ich es.

Wir laufen seitlich an der Treppe vorbei und durch eine Tür hindurch in ein kleines Zimmer mit einem Fenster über einem hölzernen Einzelbett, das gegen die Wand geschoben wurde. Es gibt auch einen Beistelltisch und eine Kommode. Eine weitere Tür im Raum ist offen, und ich kann dahinter ein kleines Badezimmer mit einem Standwaschbecken, einer Toilette und einer

Dusche erkennen.

»Es ist nichts Großartiges.«

»Es ist perfekt.« Und das ist es wirklich, besonders wenn ich daran denke, dass meine andere Option ein Leben in meinem Auto ist. »Ich danke dir dafür.«

»Das ist keine große Sache.« Er fährt sich durchs Haar und sieht dann zu mir runter. »Willst du, dass ich dir Kleidung hole, die du dir nach dem Duschen anziehen kannst?«

»Versuchst du gerade, mir auf nette Art und Weise zu vermitteln, dass ich scheiße aussehe und stinke?« Ich lächle, aber er erwidert es nicht. Der Ausdruck in seinen Augen wird sanft und er hebt einen Finger, um mir damit über die Wange zu streichen.

»Du siehst nicht scheiße aus, Gia. Ich glaube nicht, dass du jemals scheiße aussehen könntest«, meint er und lässt dabei meinen Blick nicht los, was meinen Magen dazu bringt, sich auf eine gute Weise zu überschlagen.

»Wenn du etwas für mich zum Anziehen hättest, wäre das toll«, nehme ich das Angebot an, weil ich es nicht länger aushalte, so angesehen zu werden.

Sich räuspernd, wendet er den Blick ab und fährt sich erneut durch das Haar. »Ich komme gleich wieder.«

»Okay«, antworte ich und sehe ihm dabei zu, wie er das Zimmer verlässt. Dabei streichle ich über Lokis Kopf.

Als Colton mit einem Stapel Kleidung aus dem Nichts auftaucht, zucke ich zusammen. »Geh dich duschen. Cades Frau, Janet, hat bei ihrem letzten Aufenthalt ein paar Sachen dagelassen, benutze sie ruhig. Wir können alles, was du sonst noch brauchst, morgen kaufen, nachdem du bei deiner Grandma warst.« Damit übergibt er mir den Stapel.

»Danke nochmal.« Ich hebe die Kleider kurz hoch, die sogar aus einigen Zentimetern Entfernung unverkennbar nach ihm riechen.

Colton fixiert mein Gesicht, als würde er etwas daraus ablesen wollen, bevor geht. »Bin bald wieder da. Dusch dich und iss was, Gia«, murmelt er.

So herrisch.

»Bis später«, rufe ich ihm nach.

Er schaut mich ein letztes Mal über seine Schulter hinweg an, bevor er mir zunickt und verschwindet.

Weil ich finde, dass ich zuerst duschen sollte, mache ich mich auf ins Badezimmer, halte jedoch inne und schaue nach unten zu meinem Schatten. »Sorry, Junge, aber du kannst nicht mitkommen«, erkläre ich Loki, der ein Schnauben von sich gibt, bevor er sich am Boden auf den Bauch wirft. Die Tür hinter mir schließend, ziehe ich mich aus und drehe die Dusche an.

Sobald ich in den Spiegel blicke, erkenne ich, dass ich richtig lag. Was ich darin vorfinde, ist der Inbegriff einer Verwüstung. Mein langes, dunkles Haar sieht aus wie ein mattes Rattennest und meine grünen Augen wirken müde, was durch die dunklen Augenringe noch verstärkt wird.

Mit einem besiegten Seufzen steige ich unter die Dusche und lasse das heiße Wasser den Rauchgestank wegwaschen, der immer noch an meinem Körper haftet. Anschließend schnappe ich mir das Shampoo und benutze es zweimal. Dasselbe mache ich mit dem Conditioner, bevor ich das Duschgel verwende, um mich von Kopf bis Fuß abzuschrubben. Als ich fertig bin, habe ich kaum noch Energie, um mich anzuziehen, aber ich tue es trotzdem. Und obwohl ich nicht wirklich Lust habe, etwas zu essen, weiß ich, dass ich es dennoch machen sollte. Mit Loki im Schlepptau gehe ich in die Küche.

Ich setze mich auf einen der Barhocker, hole mein Essen und das beigelegte Plastikbesteck hervor und nehme einen Bissen von meinem Sandwich. Dann schaue ich zu Loki hinunter, dessen Blick auf meiner Hand klebt. »Da hast du, Junge«, murmle ich und gebe ihm die andere Hälfte meines Sandwichs. Er nimmt sie und macht sich nicht mal die Mühe zu kauen. Er schluckt das ganze Ding einfach hinunter, bevor er zu seinem Hundebett neben dem Kamin läuft und sich glücklich aufstöhnend hinlegt.

Ich öffne meine Suppe, nehme ein paar Löffel davon und mache den Deckel wieder drauf. Ich bin satt und das einzige, was ich noch zustande bringe, ist mein Chaos aufzuräumen und mich auf die Couch zu pflanzen. Und genau das tue ich.

»Gia.«

Als ich meinen Namen höre, öffne ich blinzelnd die Augen. Ich kann mich nicht daran erinnern, eingeschlafen zu sein. Mir über den Mund wischend, setze ich mich auf und schaue zu Colton, dann zu den Taschen, die er dabeihat – mir bekannte Taschen. Taschen, die unter meinem Bett in meinem Zimmer bei Grandma verstaut waren. »Du hast mein Zeug. Wie hast du das gemacht?«

»Tide und ich sind durch das Fenster hinten am Haus gestiegen«, erklärt er, als er sich neben mich auf die Couch setzt. Loki läuft zu ihm, und Colton rutscht nach vorn, um ihn zu streicheln. »Dein Jeep steht vor dem Haus. Ich habe deine Handtasche und deinen Schlüssel in deinem Zimmer gefunden. Außerdem habe ich alles aus deiner Kommode und etwas von den Dingen aus dem Badezimmer am Gang mitgebracht. Ich habe den Rest des Hauses nicht durchsucht, aber ich schätze, dass du dir alles Übrige holen kannst, sobald dir der Feuerwehrhauptmann Zugang gewährt.«

»Du bist in das Haus meiner Grandma eingebrochen, um meine Sachen zu holen?« Ich starre die Taschen an und denke, dass das das Liebste ist, das je jemand für mich getan hat.

»Nicht weinen, Grübchen«, flüstert er, während bereits Tränen in mir aufsteigen, die es mir schwer machen, etwas zu erkennen.

»Das mache ich nicht«, lüge ich, während ein Schluchzen meine Kehle hochklettert. Bevor ich ihm sagen kann, dass ich okay bin, hat er mich in seine Arme geschlossen und mein Gesicht an seinen Hals gedrückt.

»Lass es raus. Ich hab dich«, beruhigt er mich sanft, und all der Stress, die Sorge und die Trauer, die ich fühle und die letzten paar Wochen in mir getragen habe, laufen über. Ich weine heftig, so wie ich es seit einer langen Zeit nicht mehr getan habe. So heftig, dass ich nicht weiß, ob ich jemals wieder aufhören kann. So heftig, dass ich mich am Ende in seinen Armen in den Schlaf weine.

Am nächsten Morgen wache ich in meinem Zimmer auf. Ich liege eine Ewigkeit in meinem Bett und starre durch das Fenster hindurch die Bäume an. Ich versuche, den Mut aufzubringen, nach draußen zu gehen und mich Colton zu stellen. Ich kann nicht fassen, dass er mich ins Bett tragen musste, nachdem ich ihn gestern Nacht vollgeheult hatte. Obwohl er mich nicht gebeten hat aufzuhören, ist mir klar, dass kein Mann Lust darauf hat, dass sich eine fast fremde Frau bei ihm ausweint. In dem Wissen, dass ich ihm früher oder später sowieso begegnen muss, werfe ich die Decke von mir und steige aus dem Bett. Dabei wünsche ich mir, ich hätte ein Paar dicke Socken zum Anziehen, weil die Holzböden eiskalt sind.

Ich laufe rüber ins Badezimmer, benutze die Toilette und wasche meinen Mund mit Wasser aus. Mein Zeug, das wahrscheinlich noch im Wohnzimmer ist, muss ich erst nach meiner Zahnbürste und Zahnpasta durchwühlen. Sobald ich fertig bin, gehe ich zur Tür und öffne sie einen Zentimeter – gerade weit genug, damit ich hinausspähen kann. Von dieser Position aus kann ich nicht viel erkennen, aber ich sehe, dass Colton nicht in der Küche ist. Nachdem ich die Tür ganz geöffnet habe und rausgehe, falle ich beinahe auf die Nase, weil ich über den vor meiner Tür liegenden Loki stolpere.

»Willst du mich umbringen?«, frage ich ihn und wuschle durch sein Fell, als er sich auf alle viere stellt. Sein Schwanz fängt sofort an, hin und her zu wedeln. »Komm schon«, rufe ich auf dem Weg durch das Wohnzimmer in die Küche. Das ganze Haus ist still, aber es riecht nach Kaffee, den Colton gemacht haben muss.

Nachdem ich die Tassen gefunden habe, schenke ich mir den Kaffee ein und füge Sahne sowie Zucker aus der Dose, die auf der Anrichte steht, hinzu. Dann mache ich mich auf den Weg zur Tür. Sobald ich sie geöffnet habe, rennt Loki an mir vorbei zu Colton, der in einem der Schaukelstühle sitzt. Er trägt Jogginghosen und ein dunkles Thermalshirt. Seine beschuhten Füße hat er auf das Geländer gelegt. Sein Haar ist feucht, als hätte er gerade geduscht.

»Morgen«, grüßt er, als mein Blick seinem begegnet.

»Morgen.« Ich setze mich neben ihn und hebe meine Füße auf das Holzgeländer. »Danke für letzte Nacht. Ich ...«

»Du musst mir nicht immer danken, Gia. Es stört mich nicht, auf dich aufzupassen«, unterbricht er mich, und die Schmetterlinge in meinem Bauch tanzen, was ich ignoriere. Stattdessen nehme ich einen Schluck Kaffee. »Ist dir kalt?«

»Nein, es passt schon«, winke ich ehrlich ab. Obwohl die Luft frisch ist, scheint die Sonne auf uns herunter und ihre Wärme reicht aus, um mich wohlzufühlen. »Weißt du, wie spät es ist? Ich habe nirgendwo eine Uhr gesehen, auf der ich nachschauen konnte.«

»Es war acht, als ich ein paar Minuten vor dir rausgekommen bin«, antwortet er, während ich den Becher für einen weiteren Schluck an meine Lippen hebe.

»Es ist wirklich wunderschön hier«, stelle ich fest, während ich beobachte, wie ein kleines Boot auf dem See an uns vorbeifährt.

»Ich genieße es.«

Zu ihm hinüberschauend, lächle ich. »Du passt hierher.«

»Wie meinst du das?«

»Ich meine, wenn ich es nicht besser wüsste und dich nur einmal gesehen hätte, würde ich annehmen, dass du an einem Ort wie diesem wohnst. Umringt von Bäumen und Stille. An einem Ort, der friedlich und wo der Rest der Welt nicht so wichtig ist.«

»Ich würde dasselbe von dir denken«, antwortet er, und ich neige den Kopf zur Seite.

»Du würdest nicht davon ausgehen, dass ich aus einer Großstadt komme?«, will ich wissen, und er verneint.

»Ich kann mir dich nicht in der Stadt vorstellen. Du bist zu weich.«

»Ich bin nicht weich.«

»Grübchen, du bist weicher als Knete«, murmelt er. Aber die Art, wie er das sagt, lässt es nicht nach einer schlechten Sache klingen.

Seinen Spitznamen für mich ignorierend, schüttle ich den Kopf. »Ich wollte immer hierherkommen, um Grandma zu besuchen, aber mein Dad hatte immer eine Ausrede parat, warum es besser war, dass sie zu uns kam. Und meine Mom hat meinen Dad geliebt, also hat sie ihm immer gewährt, was er wollte. Ich wünschte, das hätte sie nicht«, flüstere ich den letzten Teil. Nicht zum ersten Mal denke ich, dass mein Dad ein Arsch war, weil er nicht nur mich, sondern auch meine Mom von ihrer Mutter und ihrem Zuhause ferngehalten hat.

»Das mit deinen Eltern tut mir leid«, meint er leise, und ich wende mich ihm zu, überrascht, dass er davon weiß. »Ma hat mir erzählt, was mit ihnen passiert ist.«

»Es ...«

»Sag nicht, dass es okay ist«, unterbricht er mich. »Sie zu verlieren, muss ein harter Schlag gewesen sein.«

»Das war es«, stimme ich zu und umklammere meine Tasse ein wenig fester.

»Hast du noch andere Familienmitglieder?«

»Meine Mom war ein Einzelkind. Mein Dad hat zwei Schwestern, Holly und Christen. Sie leben beide in Oklahoma. Keine der beiden war je verheiratet, und sie haben keine Kinder.«

»Steht ihr euch nah?«

»Ich hab sie lieb. Wir hören uns zwar nicht oft, aber sie rufen immer wieder an, und ich tue dasselbe. Aber sie haben ihr Leben dort.«

»Hattest du Familie in der Nähe, als du deine Mom oder später deinen Dad verloren hast?«

»Nein ... na ja, mein Dad hat Colleen nicht lange nach dem Tod meiner Mutter geheiratet. Ich habe bei ihr gewohnt, nachdem mein Dad gestorben ist, aber wir stehen uns nicht nah.«

»Wie lange, nachdem deine Mutter verstorben ist, hat er sie geheiratet?«, will er wissen, und die Frage klingt wie ein Knurren.

»Nicht lang. Ein paar Monate.«

»Scheiße.«

»Es ist, wie es ist«, antworte ich, und er erwidert nichts, wofür ich dankbar bin.

»Schaffst du das heute im Krankenhaus allein?«

Mein Herz sinkt, weil er nicht mit mir kommen wird, aber ich rufe mir in Erinnerung, dass er einen Job und ein Leben hat. Er kann nicht die ganze Zeit über bei mir sein, auch wenn ein Teil von mir das gern hätte. »Ich komme schon klar.«

»Ich muss arbeiten, sonst würde ich dich begleiten.«

»Ich weiß«, versichere ich ihm.

»Wann verlegen sie deine Grandma ins Pflegeheim?«

»Ich versuche das in Erfahrung zu bringen, wenn ich heute ins Krankenhaus gehe«, gebe ich zurück, immer noch unglücklich bei dem Gedanken, sie dorthin zu verfrachten. Auch wenn es das Beste für sie sein mag.

»Sag mir den Termin und ich stelle sicher, dass ich bei dir sein kann, wenn es soweit ist.«

»Das musst du nicht tun.«

»Ich weiß, dass ich das nicht muss. Ich will es, Gia. Ich will, dass du mich reinlässt. Ich will, dass du mich für dich da sein lässt, wenn du mich brauchst.«

»Colton«, fange ich an, aber er zieht die Füße vom Geländer und steht auf.

Über mich gebeugt legt er eine Hand an meine Kinnlinie und zwingt mich damit, ihm in die Augen zu schauen. »Lass mich ein, Gia«, drängt er mich, bevor er seine Lippen auf meine Stirn drückt.

Ich senke die Lider, und bevor ich es merke, ist er verschwunden. Ich höre, wie sich die Tür öffnet und schließt. Meine Augen wieder aufschlagend, kann ich durch die Tränen, die mir die Sicht vernebeln, nicht viel erkennen. Aber das muss ich auch nicht. Denn ich fühle alles.

6. Kapitel

Colton

Schlaf

Während heißes Wasser über mich fließt, bewege ich meinen Nacken und versuche, die Anspannung loszuwerden, die sich dort gesammelt hat. Es ist eine Woche her, seit Gia bei mir eingezogen ist. Eine Woche, seit ich sie bei mir im Haus und unter meinem Dach habe. Sie spielt mit meinem Hund, macht Essen in meiner Küche und vereinnahmt jeden Gedanken, den ich tagsüber fasse. Ich wollte sie seit der ersten Sekunde, in der ich sie gesehen habe, und dieses Verlangen hat sich noch gesteigert. Die vergangene Woche war für mich eine Tortur.

Ich stütze mich mit einer Hand an der Duschwand ab und beuge mich mit geschlossenen Augen nach vorne.

Letzte Nacht lag ich auf der Couch, als sie aus dem Gästezimmer kam, um sich vor dem Schlafengehen etwas Wasser zu holen. Sie trug mein T-Shirt – das Shirt, das ich ihr am Tag ihres Einzugs gegeben hatte. Ich bin sicher, sie hatte Shorts darunter an, aber ich konnte sie nicht sehen. Alles, was ich wahrnehmen konnte, waren ihre gebräunten Beine und ihre kräftigen Schenkel. Schenkel, zwischen denen ich nur zu gern mein Gesicht vergraben würde.

»Fuck«, knurre ich und lege die Hand um meinen pulsierenden Schwanz. Ich stelle sie mir vor – sie und ihren Mund, ihre Augen, ihr Haar, ihren Geruch nach Vanille und meinem Zuhause. Dabei bewege ich die Hand schneller. Gia bringt mein Blut zum Kochen und mich dazu, mehr zu wollen. Mehr von was auch immer sie mir geben könnte – egal was, ich nehme alles.

»Gia«, stöhne ich, als ich komme, während Wasser über mein Gesicht hinabläuft.

Mir ist klar, dass ich nicht viel mehr ertrage.

Ich drehe den Hahn ab, steige aus der Dusche, greife mir ein Handtuch und wickle es mir um die Hüften. Dann gehe ich zur Brüstung über dem Wohnzimmer und sehe nach, ob Gia schon aufgestanden ist. Das ist sie nicht, denn Loki liegt immer noch vor ihrer Schlafzimmertür. Dort hat er die letzte Woche über jede Nacht geschlafen. Mein Hund hat sich in sie verliebt. Vielleicht weil sie ihm unser Essen zusteckt, wenn sie denkt, dass ich nicht hinsehe. Aber ich bezweifle, dass das der Grund ist, weil ich auch vor ihrer Tür schlafen würde, wenn ich könnte. Noch lieber wäre mir, wenn sie bei mir oben im Bett schliefe. Bei dem Gedanken stoße ich mich vom Geländer ab und mache mich auf den Weg zu meinem Schrank, um mich anzuziehen.

Gestern ließ der Arzt Gias Grandma ins Pflegeheim überstellen. Heute treffen wir uns mit dem Feuerwehrhauptmann, um mit ihm über den Zutritt zum Haus zu reden. Zwei Tage nach dem Feuer erklärte er Gia am Telefon, sie würden immer noch nach der Brandursache suchen und seine Ermittler bräuchten mehr Zeit. Gestern rief er an und fragte, ob Gia ihn beim Haus treffen könnte. Nachdem ich heute frei habe, werde ich sie begleiten.

Ich ziehe eine Jeans an und nehme mir noch ein Thermoshirt aus dem Korb mit frischer Wäsche, der in der Ecke des Zimmers steht. Wäsche, die Gia gewaschen und zusammengelegt hat, als ich einmal bis spätnachts arbeiten musste. Sie erledigt die ganze Zeit solche Sachen. Putzt, macht die Wäsche, kocht. Egal, wie oft ich ihr sage, dass sie das nicht tun muss.

Sobald ich angezogen bin, mache ich mich auf den Weg nach unten ins Wohnzimmer. Loki hebt den Kopf, als er mich hört, rührt sich aber nicht von seinem Platz. Er weigert sich immer, aufzustehen, bevor Gia die Tür öffnet, und selbst dann kommt er nur auf die Beine, um ihr überallhin zu folgen.

»Loki, du Riese. Irgendwann wirst du mich noch umbringen«, höre ich Gia sagen und drehe mich gerade rechtzeitig um, um ihr dabei zuzusehen, wie sie sich nach unten beugt, um den

Hund zu streicheln, der sich inzwischen erhoben hat und sein Gesicht seitlich an ihren Bauch drückt.

»Du solltest ihn einfach bei dir schlafen lassen«, rate ich ihr, als sie mit Loki dicht an ihrem Bein in die Küche kommt. Wie gesagt – mein Hund liebt sie.

»Würde ich, aber das Bett ist nicht unbedingt groß«, stellt sie fest, während sie eine Tasse nimmt und sich Kaffee einschenkt.

»Stimmt, aber er könnte auf dem Boden schlafen. Stell einfach sein Bett zu dir rein.«

»Das würde dich nicht stören?«

Ich ziehe die Brauen zusammen und lehne mich mit meiner Tasse in der Hand an die Anrichte zurück. »Warum sollte mich das stören?«

»Ich weiß nicht. Er ist dein Hund. Schläft er nicht oben bei dir in deinem Zimmer?«

»Er ist nicht in mich verliebt, Grübchen«, wende ich ein, und ihr Blick fällt auf Loki, der neben ihr sitzt und sich an sie lehnt.

»Wenn es dir nichts ausmacht, mache ich das ab jetzt so. Ich habe immer Schuldgefühle, wenn ich zu Bett gehe und er mir seinen traurigen Hundeblick schickt, wenn ich die Tür schließe«, meint sie und streicht über Lokis Kopf.

»Kannst du gut schlafen?«, frage ich und nehme einen Schluck, während ich sie mustere. Sie wirkt müde, ist aber trotzdem wunderschön. Das Haar hat sie aus ihrem ungeschminkten Gesicht zurückgebunden und sie trägt ein langärmliges Oberteil, diesmal in einem dunklen Pfirsichton, der gut zu ihrem Teint passt. Der U-Ausschnitt zeigt ein bisschen von ihrem Dekolleté aber es ist nur ein Hauch. Außerdem trägt sie Jeans – schwarz und eng.

»Ja, wie ein Baby eigentlich.« Sie lehnt sich an die Anrichte mir gegenüber. »Bist du sicher, dass du heute mit mir mitkommen willst? Ich weiß, dass gestern ein langer Tag war und ...«

»Ich habe bereits gesagt, dass ich mitkomme«, unterbreche ich sie. »Tide wartet dort mit seinem Truck auf uns. Nachdem sie uns in das Haus gelassen haben, können wir alles einladen, was du behalten willst, und es in der Garage verwahren.«

»Danke.«

»Gern geschehen.«

»Bist du hungrig?«, fragt sie und angelt sich eine mit *Golden Grahams* gefüllte Schüssel. Sie isst diese die ganze Zeit.

»Nein, es passt schon«, murmle ich, und sie zuckt die Schultern, wie um zu sagen *dein Pech*, bevor sie sich eine Schüssel Müsli macht und sich auf einen der Barhocker setzt. Weil ich weiß, dass ich ihr nicht beim Essen zusehen kann, da das nur eine weitere Folter für mich ist – sogar die Art, wie sie isst, törnt mich an – mache ich mich auf den Weg zur Tür. »Loki, ab mit dir nach draußen.«

»Ich komme zu euch raus, wenn ich fertig bin.«

»Lass dir Zeit.« Ich gehe, schnappe mir meine Jacke und nehme meinen Kaffee mit in den Garten. Über Nacht ist Schnee gefallen. Nicht viel, aber genug, um den Boden und Gias Jeep zu bedecken. An der Garage angekommen, gebe ich den Code ein und hole mir einen Besen aus einem Fass in der Ecke, um ihre Fenster abzukehren. Danach räume ich ein paar Sachen in der Garage um, damit sie von jetzt an drinnen parken kann, und suche für sie nach einem weiteren Toröffner.

»Es hat geschneit«, stellt Gia fest, als sie durch das offene Garagentor kommt. Genau in diesem Moment entdecke ich den Reservetoröffner. »Ich habe nicht erwartet, dass es jemals schneien würde. Seit ich hier bin, war es ein paar Mal kalt genug für Schnee, aber nie ist einer gefallen.«

»Wenn es schneit, dann normalerweise nicht viel. Aber ab und zu passiert es doch. Magst du Schnee?«

»Das hier?« Sie wedelt mit der Hand in Richtung der offenen Tür. »Mit solchen Schneemengen komme ich total gut klar.« Sie lächelt. »Den Winter in Chicago habe ich immer gehasst, weil es einfach nur geschneit und geschneit und geschneit hat. Nat und ich mussten unsere Einfahrt und den Gehweg vor unserem Haus selber freischaufeln, obwohl wir dort zur Miete wohnten. Es war eine große Einfahrt und Natasha ist kleiner als ich, also war es extrem mühsam. Manchmal haben wir den ganzen Tag dafür gebraucht«, beendet sie die Geschichte und schaut dabei nach draußen. Dann wandert ihr Blick zurück zu mir und wird sanft. »Du hast mein Auto abgeputzt.«

»Fang.« Ich werfe ihr den zweiten Toröffner zu und sie fängt ihn. »Park von jetzt an in der Garage. Dann musst du dir keine Sorgen machen, wenn es schneit.«

»Du bist wirklich zu gut zu mir«, meint sie leise und kommt auf mich zu. »Ich weiß nicht, wie ich dir für all das danken soll, das du für mich getan hast.« Sie streckt die Hand aus und legt sie auf meinen Oberarm. Die kleine Berührung dringt tief in meine Haut und bringt mein Blut dazu, sich zu erhitzen.

»Wie schon gesagt, es macht mir nichts aus.«

»Trotzdem, danke. Ich weiß nicht, was ich ohne dich tun würde.« Sie drückt meinen Oberarm, und ich balle die Hand zur Faust, um mich davon abzuhalten, sie in ihrem Haar zu vergraben und sie zu küssen. Ich entdecke ein Feuer in ihren Augen, das die Vermutung in mir weckt, dass sie meine Gedanken kennt.

Sie lässt die Hand sinken. »Ich bin fertig. Bist ... Bist du auch fertig, oder ...?«, stottert sie und wendet sich ab.

»Ich bin soweit.« Sie sieht wieder zu mir zurück. »Setz dich in deinen Jeep«, dränge ich sie, und sie leckt sich über die Lippen. Dann fällt ihr Blick auf meinen Mund.

»Du machst es echt beschissen schwer für mich, dich nicht zu küssen, Gia«, gestehe ich ihr ehrlich.

»Wir dürfen nicht«, flüstert sie, ohne sich zu bewegen. »Immerhin leben wir zusammen, das wäre nicht klug.«

»Da hast du wahrscheinlich recht«, antworte ich und sehe die Enttäuschung in ihren Augen. Fuck, warum habe ich ihr zugestimmt? »Setz dich in deinen Jeep und fahr raus, damit ich dasselbe tun kann.«

»Okay.« Sie schüttelt den Kopf, bevor sie herumwirbelt und sich zu ihrem Wagen aufmacht. Nachdem sie sich reingesetzt hat, startet sie ihn und fährt rückwärts aus der Einfahrt. Ich steige in meinen SUV und tue es ihr gleich. Dann drücke ich auf die Fernbedienung für die Garage und schließe das Tor hinter uns.

Ich folge ihr durch meine Zufahrt, dann durch die Stadt – und frage mich, warum zum Teufel ich sie nicht geküsst habe. Ich hätte es tun können. Sie wollte es. Ich konnte es in ihren Augen erkennen. Aber ich war unfähig, den Schritt zu tun.

»Idiot«, beschimpfe ich die Windschutzscheibe, während ich zum Haus ihrer Großmutter einbiege und neben ihr parke. Nachdem ich ausgestiegen bin, treffe ich mich mit ihr an der Kühlerhaube ihres Jeeps, aber sie schenkt mir keine Beachtung. Ihre Aufmerksamkeit ist auf das Haus gerichtet.

Es sieht schlimm aus, aber es könnte schlimmer sein. Das halbe Dach ist weg und die gelbe Täfelung ist geschmolzen sowie von schwarzem Ruß verfärbt. Die Fenster sind an der Seite und vorne, wo die Küche war, herausgebrochen. Ein Absperrband mit dem Wort *Achtung* erstreckt sich über die Eingangstür.

»Wenn wir hier fertig sind, rufe ich Dad an und bitte ihn, ein paar Planen und Holz vom Haus meiner Eltern mitzubringen. Er und Tide können mir dabei helfen, das Dach abzudecken, während du deine Grandma besuchst. Somit ist das Haus geschützt, falls es wieder schneit.«

»Mir war nicht klar, dass es so schlimm ist«, wispert sie, und weil ich den Schmerz in ihrer Stimme hören kann, strecke ich die Hand nach ihrer aus. »Wir waren da drinnen.«

Meine Bauchmuskeln verkrampfen sich. Ich will nicht daran denken, dass sie sich in diesem Haus befand, als es in Flammen stand, oder dass sie den schlaffen Körper ihrer Großmutter allein nach draußen schleifen musste. Am wenigsten daran, dass sie auch noch selbst ohnmächtig geworden ist, nachdem sie Hilfe gefunden hatte. Als mich Mom anrief, um mir zu erzählen, was passiert war, konnte ich nicht schnell genug im Krankenhaus sein. Ich musste mich selbst davon überzeugen, dass alles mit ihr in Ordnung war.

»Ihr seid beide in Sicherheit.« Ich drehe sie zu mir und schlinge die Arme um sie. »Das ist alles, was zählt.«

Beim Geräusch eines Autos schaue ich über Gias Kopf und meine Muskeln verkrampfen sich aus einem anderen Grund.

Ihren zusammengekniffenen Blick auf uns gerichtet, fährt Lisa an uns vorbei. Seit unserer letzten Begegnung ist sie ein paar Mal in der Bar vorbeigekommen. Sie hat damit geprahlt, Gia angehalten zu haben, als diese mit ihrer Grandma unterwegs war. Ich konnte nicht fassen, dass sie das wirklich getan hatte. Andererseits hatte sie schon in unserer Jugendzeit solche Aktionen geliefert. Sie hat sogar Frauen von mir ferngehalten, obwohl wir gar nicht zusammen waren. Früher fand ich es süß, wenn sie eifersüchtig war, aber inzwischen ist es einfach nur nervig. Besonders in Anbetracht der Tatsache, dass ich nichts mehr mit ihr zu tun haben will.

Ich drücke Gia noch ein letztes Mal, bevor ich sie loslasse. Dann nehme ich ihre Hand und ziehe sie zum Gehsteig. Chad, der Feuerwehrhauptmann, parkt gerade vor dem Garten in der Auffahrt ein. Ein weiteres Auto stellt sich daneben.

»Colton«, begrüßt mich Chad, während er mit einem Klemmbrett in der Hand auf uns zukommt. Ich kenne ihn und seine Frau schon fast mein ganzes Leben. Seine Frau ist in der Telefonzentrale der Polizeistation tätig. Die beiden kommen mindestens einmal pro Woche in der Bar vorbei, um sich zu entspannen und ein Bier zu trinken.

»Wie läuft es?« Ich strecke ihm die Hand entgegen und er schüttelt sie. Bloß einmal, dafür aber fest.

»Ganz gut«, antwortet er und schaut zu Gia, die an meiner Seite steht. »Miss Caro.«

»Hi.« Gia schüttelt seine Hand und blickt über ihre Schulter, als ein Officer mit einer Rolle gelbem Absperrband auf uns zukommt. Auf diesem Band steht *Tatort* geschrieben; im Gegensatz zu dem Band mit der Aufschrift *Achtung*, das bereits über die Tür geklebt wurde.

»Nick«, grüßt Chad und wendet sich dem Mann zu. »Colton, Gia, das hier ist Detective Nick Preston«, stellt er uns einander vor.

»Nett, Sie kennenzulernen«, meint dieser, während er uns beiden die Hände schüttelt.

»Nick ist wegen der Dinge hier, die ich mit euch besprechen

muss«, erklärt Chad in Gias Richtung, was mich in Alarmbereitschaft versetzt. »Wir haben Beweise dafür gefunden, dass das Feuer kein Unfall war.«

»Was?«, haucht Gia und macht einen Schritt zurück, als hätte man sie gestoßen.

»Das Feuer hat sich schnell ausgebreitet. Es nahm seinen Ursprung am Herd und breitete sich über den Boden bis zur Hintertür aus. Wir vermuteten, dass ein Brandbeschleuniger verwendet wurde, mussten aber den chemischen Test abwarten. Als ich gestern die Testergebnisse erhielt, wurde unser Verdacht bestätigt.«

»Sie meinen, es war Brandstiftung?«, frage ich nach, um sicherzugehen, dass ich ihn richtig verstehe.

»Genau das meine ich.«

»Aber ... Grandma, sie war in der Küche. Ich habe sie in der Küche auf dem Boden gefunden. Der Herd stand in Flammen«, flüstert Gia.

»Das ist bekannt, und wir wissen auch, dass sie dement ist. Wir haben eine Durchsuchung veranlasst und konnten den Behälter mit dem Brandbeschleuniger nicht finden. In der Folge vermuten wir, dass der Täter ihn mitgenommen hat, als er oder sie gegangen ist.«

»Jemand war im Haus?«, fragt Gia voller Angst in der Stimme. »Hat er ... Hat er meiner Großmutter wehgetan? Ist das ...«

»Wir ermitteln noch«, unterbricht Nick sie. »Von Gesprächen mit den Nachbarn wissen wir, dass niemand etwas gesehen hat. Sie wussten nicht mal, dass das Haus brannte, bis sie die Feuerwehr und den Krankenwagen hörten. Ich habe Ihre Großmutter im Krankenhaus besucht, aber wie Sie ja wissen, ist sie nicht in der Lage, eine Aussage zu machen«, fährt Nick fort, und ich spüre, wie sich Gia an meiner Seite verkrampft.

Ihre Grandma hat seither kein Wort mehr zu ihr gesagt und sie nicht mal mit dem Namen ihrer Mutter angesprochen. Ich weiß, dass ihr das mehr Sorgen macht, als alles andere.

»Was muss dann also getan werden?«, bohre ich nach.

Chads Gesichtsausdruck verändert sich auf eine Art, die mich dazu bringt, mich auf das Schlimmste gefasst zu machen. »Ich möchte, dass Gia einen Lügendetektortest macht, um ihren Namen von vorne herein auszuschließen«, meint Nick, und in mir versteift sich alles.

»Wollt ihr mich verarschen?«, knurre ich den Mann regelrecht an. »Sie hätte sterben können, als sie ihre Grandma aus diesem«, ich zeige mit dem Finger über meine Schulter, »gottverdammten Haus geschleift hat. Sie hat das beschissene Feuer nicht gelegt.«

»Ich mache es«, wirft Gia ein und legt die Hand auf meinen Arm. Ich schaue zu ihr runter. »Ich mache es. Ich habe nichts zu verbergen.«

»Ich glaube nicht, dass Sie es waren«, vermittelt ihr Chad behutsam. »Aber ich will Ihren Namen von der Liste der Verdächtigen streichen, damit wir mit dem Fall weiterkommen und herausfinden können, wer es tatsächlich war.«

»Das ist Bullshit«, knurre ich, immer noch angepisst.

»Pass auf, Colton«, warnt mich Nick.

»Dass du eine unschuldige Frau durch diesen Bullshit ziehst, *ist* verdammter Bullshit«, wiederhole ich und schaue ihm dabei in die Augen. »Sie hätte sterben können. Ihre *Grandma* hätte verdammt noch mal sterben können.«

»Wann soll ich den Test machen?«, wirft Gia ein und stellt sich vor mich. Sie drückt ihren Rücken an meine Brust und zwingt mich so dazu, einen Schritt von Nick zurückzuweichen.

»Morgen.« Nick reißt seinen Blick von mir los, um sie anzusehen.

»Ich muss morgen arbeiten, aber ich bin um fünf fertig. Geht das für Sie?«

Sein Ausdruck wird milder. »Ich kann das einrichten«, antwortet er, und ich beobachte, wie sie nickt.

»Was ist hier los?« Mich umdrehend, sehe ich Ned, der mit grimmigem Blick auf dem Weg zu uns ist. »Habe ich Colton gerade sagen hören, dass ihr gegen Gia ermittelt?«, fragt er, sobald er uns erreicht hat.

Chad presst die Lippen zusammen, während Nick den Kopf

schüttelt. »Ned, das hier betrifft dich nicht«, weist Nick ihn in die Schranken.

»Das sehe ich anders. Gia ist für mich und Nina ein Teil der Familie«, gibt er zurück, und Gia erstarrt einmal mehr. Diesmal aus einem ganz anderen Grund, so viel ist mir klar. »Sie hatte nichts mit dem Feuer zu tun. Ich schlage vor, dass du dich besser darum kümmerst, herauszufinden, wer es wirklich gelegt hat.«

»Wir glauben nicht, dass sie irgendetwas damit zu tun hatte, aber wir müssen sichergehen«, stellt Chad klar, und Neds Blick richtet sich auf ihn.

»Also glaubt ihr doch, dass Gia etwas damit zu tun hatte«, murmelt er. »Wenn es nicht so wäre, würdet ihr sie nicht zu einem Test vorladen, wo sie ihre Unschuld beweisen muss. So wie ich das sehe, verschwendet ihr wertvolles Geld von braven Steuerzahlern für diesen Unsinn. Ich bin mir sicher, die Leute in diesem Bezirk wären sehr an dieser Information interessiert, wenn die Wahlen in ein paar Monaten stattfinden.«

»Ned, es ist okay. Ich stelle mich dem Test. Es ist kein großes Ding«, meint Gia, doch Ned geht nicht darauf ein.

»Es ist nicht in Ordnung, Kleines. Sie sollten nicht mal aussprechen, dass du einen Test machen sollst. Es steht außer Frage, dass du unschuldig bist – unschuldig vor jedweder Anklage.«

»Wir müssen unseren Job machen, Ned«, sagt Nick mit einem Seufzen.

»Ja, und dazu gehört nicht, jemanden zu einem Test zu schleifen, der sich bis auf die Knochen abrackert, um sich bestmöglich um eine Frau zu kümmern, die sich nicht mal daran erinnert, wer sie ist. Und dabei noch zu lächeln, als wäre es ein Geschenk, Zeit mit besagter Dame verbringen zu dürfen, um dann noch fast dabei zu sterben. Das ist nicht in Ordnung. Geht zurück, fangt nochmal neu an und taucht erst wieder hier auf, wenn ihr einen anderen Verdächtigen habt«, knurrt er.

Ich kämpfe gegen ein Lächeln an, weil sowohl Chad als auch Nick ihn mit düsteren Mienen anstarren.

»Miss Caro, wir sehen uns morgen um halb sechs. Kommen Sie einfach in die Station und fragen Sie nach mir«, weist Nick Gia an, und ich höre Ned schnauben, während ein Knurren meine Brust zum Vibrieren bringt. »Bis der Test gemacht ist, wird dieses Haus wie ein Tatort behandelt und niemand hat Zutritt.« Mit dem Absperrband, auf dem *Tatort* steht, macht er sich auf den Weg zur Eingangstür, auf die er einen Streifen davon klebt. Ohne ein weiteres Wort läuft er anschließend über den Rasen zu seinem Auto.

»Es tut mir leid, Miss Caro«, murmelt Chad. Er wirkt, als täte es ihm ehrlich leid. Das ändert jedoch nichts daran, dass die Sache in meinen Augen Bullshit ist. »Ich rede am Mittwoch nochmal mit Ihnen.«

»Klar«, stimmt Gia leise zu und beobachtet ihn auf dem Weg zu seinem Truck.

»Ich kann es nicht glauben«, schimpft Ned, während er beiden Fahrzeugen dabei zusieht, wie sie sich entfernen.

»Es wird alles gut«, beschwichtigt Gia ihn sanft. »Danke, dass du eingeschritten bist und mich verteidigt hast.«

»Jederzeit, Kleines.« Er tätschelt ihre Schulter. »Ruf Nina an und mach einen Tag aus, an dem du Zeit hast, zum Abendessen vorbeizukommen. Sie vermisst dich.«

»Wird erledigt«, verspricht sie sanft, bevor sie sich mir zuwendet.

»Ich gehe Grandma besuchen. Nerv deinen Dad und Tide nicht damit, das Haus abzudecken.«

»Kannst du fahren?«, frage ich mit kritischem Blick und ignoriere ihren Kommentar. Sie wirkt gefasst, aber ich bin mir sicher, was gerade passiert ist, hat sie durcheinandergebracht.

»Ich bin okay«, versichert sie mir und schickt mir ein Lächeln, das ihre Augen nicht erreicht. »Wir sehen uns am Abend.«

»Wir sehen uns zu Hause«, antworte ich. Etwas blitzt bei den Worten *zu Hause* in ihrer Miene auf, bevor sie sich auf den Weg zum Jeep macht.

»Junge, worauf zum Teufel wartest du?«, will Ned wissen,

während Gia ihr Auto aus der Einfahrt lenkt.

Ich wende mich ihm zu. »Wie bitte?«

»Ich frage dich, worauf zum Teufel du wartest? Warum hast du bei unserem Mädchen noch keinen Versuch gestartet?«, blafft er mich an.

Dass er Gia *unser Mädchen* genannt hat, gefällt mir, und das noch mehr, weil sie gerade jetzt Menschen braucht, die ihr Bestes wollen und auf sie achtgeben.

»Sie hat im Moment viel um die Ohren. Ich versuche ihr Zeit zu geben, das alles zu verarbeiten. Ich möchte nicht noch etwas zu all den Dingen hinzufügen, mit denen sie klarkommen muss.«

»Du beeilst dich besser, Junge. Ihrer Großmutter geht es nicht gut, und so wie Nina und ich das sehen, wird sie nicht mehr lang auf dieser Welt weilen. Wenn das passiert, ist Gia schnell raus aus der Stadt. Es sei denn, sie hat einen Grund, hierzubleiben.«

Verdammt, er hat recht.

»Ich kann sehen, dass du weißt, dass ich damit richtig liege.« Er klopft mir auf die Schulter. »Warte nicht zu lange.«

Während ich Ned nach diesem Tritt in den Hintern beim Weggehen zusehe, hole ich mein Handy hervor. Ich rufe Dad an und bitte ihn, ein paar Planen und Holz hierher mitzubringen. Es ist mir egal, ob das Haus ein Tatort ist. Dann erzähle ich ihm, was alles vorgefallen ist, und bin nicht überrascht, dass er genauso verärgert reagiert wie ich. Nach diesem Telefonat kontaktiere ich noch Tide und lasse ihn wissen, dass wir seine Hilfe brauchen werden. Noch bevor ich auflege, ist er auf dem Weg.

Ich liege ausgestreckt auf der Couch, als ich Gias Jeep in die Einfahrt kommen höre, und hebe den Kopf. Ein paar Minuten später beobachte ich sie dabei, wie sie das Haus betritt. Loki ist direkt hinter ihr.

»Hey«, grüßt sie leise, als sie mich entdeckt.

»Wie war der Besuch bei deiner Grandma?«

»Okay.« Sie zieht Stiefel sowie Jacke aus und kommt zur Couch, um sich neben meinen Füßen hinzusetzen.

»Nur okay? Was ist passiert?«

»Nichts ist passiert.« Sie zuckt die Schultern. »Sie hat nicht gesprochen, mich keines Blickes gewürdigt. Sie verschwindet langsam und ich fühle mich einfach nur hilflos. Ich weiß nicht mehr, was ich tun soll«, murmelt sie. Ich setze mich auf, wodurch ich ihr näher rücke.

Meine Hand an ihrem Kinn, warte ich, bis ich ihren Blick einfange. »Du bist hier bei ihr, und auch wenn sie dich nicht mal ansieht, ist das wichtig. Sie versteht es vielleicht nicht, aber sie kann trotzdem deine Liebe spüren und wahrnehmen, dass du auf sie aufpasst«, sage ich, und ihr Kinn beginnt zu zittern. »Gib sie nicht auf, Baby.«

Sie schließt die Augen. »Die Hospizschwester war da, als ich angekommen bin. Sie hat mir geraten, mich darauf vorzubereiten, dass Grandma bald von uns gehen wird, auch wenn es schwer ist.«

»Ich kann mir vorstellen, dass es nicht einfach ist, über so etwas nachzudenken, aber du musst es tun. Das bedeutet allerdings nicht, dass du dich ihr entziehst. Es heißt nur, dass du dein Herz darauf vorbereitest, sie gehen zu lassen, wenn die Zeit kommt.«

»Ich weiß«, stimmt sie zu, löst ihren Blick von meinem und schaut stattdessen den Fernseher an.

Ich lasse sie los. »Hast du etwas gegessen?«

»Nein, ich habe keinen Hunger.«

»Gia, du musst essen«, knurre ich frustriert, und sie sieht mich erneut an.

»Ich werde etwas essen. Ich bin nur im Moment nicht hungrig.«

»Wir gehen aus. Zieh deine Stiefel wieder an.«

Ich erhebe mich, aber sie rührt keinen Finger, um es mir gleichzutun. Sie starrt mich nur aus großen Augen an. »Komm schon.« Mit beiden ihrer Hände in meinen, ziehe ich sie von der Couch hoch.

»Colton, ich habe wirklich keinen Appetit.« Sie versucht sich von mir loszureißen, aber ich lasse sie nicht.

»Zu dumm. Du wirst nämlich trotzdem was essen.« Ich führe sie zur Tür, wo ich ihr Jacke und Stiefel aushändige. Während ich meine Schuhe anziehe, höre ich ihr dabei zu, wie sie sich im Flüsterton darüber aufregt, wie nervig ich bin. Dabei zieht sie sich aber an.

»Gehen wir.« Sobald sie soweit ist, halte ich ihr den Zugang zur Garage auf, und sie stampft an mir vorbei, rüber zum Beifahrersitz meines Suburbans. Als wir beide im Wagen sitzen, drücke ich auf den Knopf des Garagentors, der auf der Sonnenblende hängt, lasse den Motor an und parke rückwärts aus.

»Darf ich fragen, wo genau wir hinfahren?«, schnappt sie.

Obwohl ich zu gern lächeln würde, verkneife ich es mir. »Du hast zwei Optionen: Wir können Pizza holen und sie zu Hause verdrücken oder wir gehen zu *Lawd's* und essen Barbecue. Deine Entscheidung.«

»Oh, jetzt habe ich plötzlich Entscheidungsgewalt?«, fragt sie. Ihre Stimme trieft regelrecht vor Sarkasmus. »Danke, oh gütiger Herr, dafür, dass Ihr mir dieses Privileg verliehen habt.« Sie legt die Hände aneinander, als würde sie beten. »Ich weiß nicht, was ich mit dieser Art von Macht anfangen soll.«

»Okay, drei Optionen, Grübchen.« Ich halte am Ende der Zufahrt an, um sie anzuschauen. »Pizza, Barbecue oder du verhältst dich weiterhin wie ein Klugscheißer und ich küsse dir die Seele aus dem Leib.«

»Colton«, warnt sie mich, aber der Tonfall, in dem sie diese Warnung abliefert, steckt voller Erregung, was meine Jeans plötzlich eng werden lässt.

»Was soll es also sein?«, fordere ich sie auf, und ihr Blick fällt auf meinen Mund.

»Barbecue«, wispert sie, immer noch auf meine Lippen starrend.

»Sicher, dass es das ist, was du willst?«, hinterfrage ich und sie leckt sich noch einmal die Lippen, bevor sie sich abwendet.

»Ja.«

Den Blinker betätigend, biege ich auf die Hauptstraße und fahre uns in die Stadt.

Als ich am Parkplatz außerhalb des Restaurants ankomme, stelle ich den Motor ab, steige aus und gehe um den Wagen auf Gia zu. Ich nehme ihre Hand und führe sie nach drinnen, wo wir sofort einen Tisch bekommen.

»Hey, Colton. Was läuft?«, werden wir von unserer Kellnerin begrüßt, sobald sie an unseren Tisch tritt.

»Kann mich nicht beschweren«, erwidere ich, und sie lächelt mir zu, bevor sie sich an Gia wendet.

»Was kann ich dir zu trinken bringen, Schätzchen?«

»Eine Diät-Cola, falls ihr eine habt.«

»Haben wir.« Sie strahlt Gia an und schaut noch einmal zu mir. »Was ist mit dir?«

»Ich nehme ein Bud.«

»Alles klar.« Sie schreibt unsere Bestellung auf den Notizblock in ihrer Hand. »Braucht ihr einen Moment, um euch die Speisekarte anzuschauen, oder seid ich bereit, zu bestellen?«

»Wir sind soweit«, antworte ich, und sie schaut einmal mehr Gia an.

»Was darf es sein?«

»Ich nehme das Pulled-Pork-Sandwich mit den Curly Fries«, bestellt Gia und schließt die Speisekarte dabei.

»Was ist mit dir?«, fragt sie mich erneut.

»Dasselbe, aber gib noch eine Portion frittierte Gürkchen dazu.«

»Bin gleich wieder mit euren Getränken da.« Sie lächelt uns an, nimmt von uns die Karten entgegen und geht.

»Kennst du denn alle Bewohner der Stadt?« Gia schaut sich um, während sie ihre Jacke auszieht und sie neben sich in der Ecke der Bank verstaut.

Ich schaue mich selbst um und bemerke, dass ein paar Leute unseren Tisch beobachten. Das versuchen sie, möglichst unbemerkt zu tun. »Ich bin hier aufgewachsen und meine Familie hat schon immer hier gewohnt. Ich kenne nicht jeden, aber ich kenne viele.«

»Kleinstadt«, murmelt sie nachdenklich.

»Das ist ein Grund dafür, ja.«

»Was ist der andere?«

»Direkt nach dem College habe ich mich bei den Marines gemeldet. Nach sechs Jahren und meiner zweiten Tour in Übersee wurde ich angeschossen. Es sah schlecht für mich aus. Ich konnte nicht mehr gehen. In der Folge hat meine Mom Spendenaktionen veranstaltet, um ein bisschen Geld für meine Krankenhausrechnungen reinzukriegen. Jene Menschen, die mich davor nicht gekannt hatten, wussten zumindest ab diesem Zeitpunkt über mich Bescheid.«

»Du konntest nicht laufen?«

»Nope.«

»Gott, das tut mir sehr leid.«

»Ich bin ja jetzt hier«, erwidere ich.

Die Kellnerin kehrt zurück und bringt unsere Getränke, bevor sie noch einmal losstartet.

»Was ist zwischen dir und Lisa passiert?«, fragt Gia aus dem Nichts, und ich spüre, wie sich meine Muskeln anspannen.

Lisa ist das Letzte, worüber ich reden will. Aber ich weiß, dass ich mit Gia von Anfang an ehrlich über meine Vergangenheit sprechen muss, wenn die Sache zwischen uns den Stellenwert haben soll, den ich ihr geben möchte. »Du musst es mir nicht sagen. Vergiss die Frage«, macht sie einen Rückzieher und senkt den Blick.

Ich greife um ihre Hand und warte, bis sie mich wieder ansieht. »Wir waren in der Highschool zusammen. Als ich von meinem ersten Einsatz zurückkam, bat ich sie, mich zu heiraten. Sechs Monate danach wurde ich wieder nach Übersee beordert. Also entschieden wir, mit der Hochzeit zu warten, bis ich wieder da war. Nur ist das so nie passiert. Ich wurde angeschossen und nach New York geschickt, um dort gesund zu werden. Die Ärzte haben mir prognostiziert, ich würde nie wieder laufen können. Lisa konnte mit dem Gedanken nicht umgehen, also hat sie das zwischen uns beendet, während ich noch im Krankenhaus lag.«

»So ein Miststück«, flüstert Gia, und ich merke, wie ein Lächeln über mein Gesicht huscht, weil es das erste Mal ist, dass ich sie fluchen höre.

»Ich bin froh, dass ich herausgefunden habe, wer sie wirklich ist, bevor ich mich an sie gebunden, ihr meinen Namen gegeben und Kinder mit ihr bekommen habe«, antworte ich ehrlich.

»Das verstehe ich. Aber ernsthaft, wer macht sowas?«, will Gia wissen, lässt mich aber nicht antworten, bevor sie es selbst tut. »Vergiss es, sie ist ein Miststück, so eine Person *würde* sowas machen – und *hat* es offensichtlich auch gemacht. Ich habe sie nur einmal getroffen und wusste da schon, dass sie kein netter Mensch ist.«

»Du hast recht, sie ist nicht nett. Ich habe es früher nicht erkannt, aber jetzt ist es mir bewusst und ich will nichts mehr mit ihr zu tun haben«, sage ich geradeheraus, weil ich Lisa kenne. Ich weiß, dass sie versuchen wird, sich einzumischen, wenn sie etwas zwischen mir und Gia vermutet. Sie wird versuchen, Gia zu vertreiben, und falls das passiert, werde ich nicht mehr so freundlich sein wie bisher. »Ich will nicht mal dieselbe Luft atmen wie sie. Sie hat damals ihre Entscheidung getroffen, und nun gibt es kein Zurück mehr.« Ich drücke Gias Hand. »Niemals.«

»Gut«, erwidert sie, bevor sie über meine Schulter blickt. »Das Essen kommt«, meint sie leise.

Ich lasse ihre Hand los, lehne mich zurück, nehme einen Schluck von meinem Bier und sehe dabei zu, wie sie einen von ihrer Cola nimmt.

»Ich hoffe, ihr beide seid hungrig«, säuselt die Kellnerin, während sie unsere Gerichte direkt vor uns und die frittierten Gürkchen in die Mitte des Tisches stellt. Dazu gibt es noch einen Stapel Servietten.

»Ich bin am Verhungern«, gesteht Gia, während sie ihr Sandwich und ihren Berg Curly Fries anstarrt.

»Wenn du hier rausgehst, kannst du das nicht mehr behaupten.« Die Kellnerin grinst.

»Du verhungerst also gleich?«, frage ich mit gehobener Braue, sobald die Kellnerin fort ist.

»Wie auch immer.« Sie verdreht die Augen, halbiert ihr Sandwich mit einem Messer und nimmt einen großen Bissen.

Schmunzelnd mache ich mich über meine eigene Mahlzeit her und verbringe den Rest des Abendessens damit, Gias Gesellschaft zu genießen.

»Danke nochmal für das Dinner«, bedankt sie sich, als ich auf die Fernbedienung drücke und so das Garagentor öffne.

»Immer gern.« Ich fahre rein und stelle den Motor ab. Wir steigen aus, wobei ihre Füße ein lautes Geräusch verursachen, als sie mit einem Sprung auf dem Betonboden aufkommt. Ich warte darauf, dass sie meine Seite erreicht, bevor ich die Tür zum Haus aufschließe. Dann lächle ich, als Loki Gia mit wedelndem Schwanz begrüßt.

»Hey, Junge. Ich habe dir was mitgebracht«, gurrt sie ihm zu, während sie ins Haus geht und die Papiertüte öffnet, die sie hereingetragen hat. Sie gibt Loki die Überbleibsel ihres Sandwichs und lacht, als er sie mit einem Happs schluckt. »Du solltest langsamer fressen und es genießen.« Sie streichelt ihm über den Kopf. Er setzt sich hin und starrt die Tüte auf der Anrichte an. »Sorry, mehr habe ich nicht mitgebracht.« Sie legt ihre Jacke sowie Stiefel ab und trägt beides zur Tür.

»Willst du dir einen Film ansehen?«, lade ich sie ein.

Sie schaut zu mir, zum Fernseher und dann zur Couch. »Klar. Ich ziehe mich nur zuerst um«, antwortet sie, bereits auf dem Weg zu ihrem Zimmer.

Ich kicke mir die Schuhe von den Füßen und laufe hoch, um ebenfalls meine Kleidung zu wechseln. Wieder unten angekommen, suche ich nach den Fernbedienungen für den Fernseher und den DVD-Player. »Worauf hast du Lust?«, frage ich, als Gia in einem T-Shirt und Jogginghosen zurückkehrt. Beide

Kleidungsstücke sind ihr zu groß.

»Was kannst du anbieten?«

»Nicht viel. Ich habe ein paar Gruselfilme und ein paar Komödien.« Ich zeige ihr meine DVDs, und sie schaut sie sich durch.

»Der sieht gut aus.« Sie reicht mir einen der Horrorfilme, bevor sie sich in die Ecke der Couch drückt. Nachdem ich den Film eingelegt habe, starte ich den DVD-Player und nehme neben ihr Platz. Sie geht nicht darauf ein, dass ich so nahe bei ihr sitze, wofür ich dankbar bin. Als der Film anfängt, unheimlich zu werden, kuschelt sie sich an meine Seite und versteckt ihr Gesicht an meiner Brust. Ich lege den Arm um sie und atme den Duft ihres Haars ein. Es ist die Quelle des Vanillegeruchs, der mich in letzter Zeit nicht mehr loslässt.

»Ich werde Albträume kriegen.« Sie lehnt sich zurück, um mich anzuschauen, als der Film sein Ende erreicht und der Abspann läuft. »Es gab nicht mal ein Happy End. Alle sind gestorben.«

»Grübchen, du hast den Film ausgesucht«, murmle ich lächelnd.

»Ich weiß.« Sie schüttelt den Kopf. »Warum zum Teufel hast du mich das tun lassen?«

Schmunzelnd ziehe ich sie näher an mich heran und küsse ihr Haar. »Wenn du Albträume hast, findest du mich oben.«

»Als könnte ich nach diesem Film jemals wieder ruhig schlafen«, grummelt sie, blickt über meine Schulter zu ihrer Zimmertür und beißt sich in ihre Unterlippe.

»Hm.« Ich lege mich hin und ziehe sie mit mir auf dem Weg nach unten. Dann rücke ich sie so zurecht, dass die Hälfte ihres Körpers auf meinem liegt und ihr Gesicht an meiner Brust ruht.

»Was machst du da?«, will sie wissen und klingt völlig überrumpelt.

»Nachdem du in deinem Bett nicht schlafen kannst, schlafen wir einfach hier.«

»Colton.«

»Gia«, gebe ich zurück, schnappe mir die Decke, die sie auf

die Couchlehne gelegt hat und breite sie über uns aus.

»Ich glaube ...«

Sie versucht, sich von mir abzustoßen, aber ich lasse sie nicht los, halte sie einfach noch fester. »Hör auf, so viel nachzudenken.« Ich streiche ihr durch das Haar.

»Ist das überhaupt bequem für dich?«

»Mir geht es gut«, erwidere ich, und sie lässt einen tiefen Seufzer hören. Mir bleibt verborgen, ob es sich um einen der genervten oder der erleichterten Sorte handelt.

»Colton«, murmelt sie, und ich senke den Kopf, um sie anzusehen.

»Ja?«

»Ich ...« Scheinbar unsicher hält sie inne. »Ist egal«, murmelt sie, legt ihren Kopf zurück auf meine Brust und steckt die Hand unter ihre Wange.

»Gia.« Mit der Hand seitlich über ihren Hals und ihre Kinnpartie streichend, warte ich darauf, dass sie mich wieder ansieht. Sobald ich ihren Blick auffange, lege ich die Finger um ihr Kinn und hebe es an. Gleichzeitig senke ich den Mund auf ihren. Der Kuss ist nicht tief. Er ist nichts weiter als die sanfte Berührung zweier Münder. »Schlaf«, weise ich sie an ihren Lippen an. Nachdem sie ihre Wange wieder an meine Brust gedrückt hat, schnappe ich mir die Fernbedienung und schalte den Fernseher aus.

»Gute Nacht, Colton.«

»Nacht, Gia.« Ich streichle über ihr Haar, bis ich spüre, wie ihr Körper nachgiebig wird. Nach einer Weile blicke ich durch die Dunkelheit zu ihr hinab und sehe, dass sie eingeschlafen ist. Dann folge ich ihr.

Zum ersten Mal seit einer scheinbaren Ewigkeit träume ich nicht, dass ich angeschossen werde und beinah meine Beine verliere. Ich träume davon, ein wunderschönes Mädchen mit smaragdfarbenen Augen zu meiner Frau zu machen. Als ich mitten in der Nacht mit Gia in meinen Armen aufwache, schwöre ich mir, diesen Traum Realität werden zu lassen.

7. Kapitel

Gia

Der erste Kuss ist immer der süßeste ...
Bis zum zweiten

Mit einem Blinzeln gegen das helle Licht ankämpfend brauche ich eine Sekunde, bis sich der Schlaf verflüchtigt und mir klar wird, dass ich immer noch mit Colton auf der Couch liege. Irgendwann in der Nacht sind wir etwas gewandert. Jetzt ist mein Rücken der Lehne zugewandt. Sein Arm und sein Bein liegen über mir und halten mich gefangen. Es gibt keine Möglichkeit, seiner Umarmung zu entkommen, ohne ihn aufzuwecken.

Er hat mich geküsst.

Der Gedanke bringt mich dazu, die Lider zu senken. Meine Lippen kribbeln. Seine waren weicher als in meiner Fantasie, und ich habe seit dem Moment, in dem wir uns getroffen haben, an sie gedacht. Er hat außerdem nicht versucht, den Kuss zu vertiefen, und ich frage mich, ob das bedeutet, dass ihm der Kuss nicht gefallen hat, oder dass er es mir zuliebe langsam angehen will. Ich muss Nat anrufen und herausfinden, was sie darüber denkt.

»Hör auf so viel zu grübeln«, durchbricht Coltons tiefe, schläfrige Stimme meine Gedanken, und ich öffne blitzschnell die Augen, um in seine zu schauen.

»Du hast mich geküsst«, werfe ich ihm vor, was sich sogar in meinen Ohren dämlich anhört. Denn letzte Nacht habe ich mich nicht gegen den Kuss gewehrt oder bin zurückgewichen. Als er vorbei war, habe ich den Kopf einfach wieder an seine Brust gelegt, auf der ich eingeschlafen und die ganze Nacht hindurch geblieben bin.

»Es ist zu früh für dieses Gespräch. Schlaf weiter. Wir haben mindestens noch eine Stunde, bevor wir aufstehen müssen«, meint er und legt sein Kinn auf meinen Scheitel.

Seinen Hals anstarrend, frage ich mich, wie wohl seine Haut schmeckt. Ich überlege, ob es ihm auffallen würde, wenn ich sie mit der Zunge berühren würde. Nachdem ich davon ausgehe, dass er das wahrscheinlich bemerken würde, schließe ich die Augen und versuche wieder einzuschlafen. Aber es geht nicht. Ich bin viel zu aufgedreht, um überhaupt ans Schlafen zu denken. »Colton.«

»Ja?«, fragt er und klingt nicht viel wacher als noch vor ein paar Minuten.

»Ich kann nicht mehr schlafen.«

»Willst du rummachen?«, schlägt er vor, und ein Schauer rast über meine Haut, während ich den Griff um sein T-Shirt unter meiner Wange verstärke.

»Ich glaube nicht, dass das klug wäre. Und du?«, frage ich und hoffe, dass er mir zustimmen wird. Gleichzeitig wünsche ich mir das Gegenteil.

»Ich werde dich küssen, Gia, und es wird sehr oft passieren. Klug oder nicht, so ist das eben.«

»Ich ...«

»Versuch nicht mal, so zu tun, als würde sich da zwischen uns nichts entwickeln. Das macht mich nur wütend«, knurrt er und senkt das Kinn, um mich anzusehen.

»Ich versuche nicht, es zu leugnen. Ich mag dich und ...« Ich halte inne und versuche meine Gedanken zu ordnen, was schwierig ist, da er mich noch immer ansieht. »Ich mag dich einfach. Aber du bist der einzige Freund, den ich hier habe. Ich meine – ja, ich habe Nina und Ned, aber sie sind älter, also ist es nicht dasselbe. Ich will die Freundschaft mit dir nicht verlieren, falls das mit uns ein schlechtes Ende nimmt. Wenn eine Beziehung zwischen uns nicht funktioniert, wird das so sein.«

»Es ist früh genug, sich darüber einen Kopf zu machen, wenn es wirklich nicht passt.«

»Das kannst du nicht einfach entscheiden.«

»Kann ich wohl.«

»Kannst du nicht«, protestiere ich, bevor er uns so positioniert, dass mein Rücken an die Couch gelehnt ist und er mich mit einem Oberschenkel zwischen meinen fixiert. »Colton«, keuche ich, kriege aber nicht mehr als das raus.

Sein Mund trifft auf meinen; seine Lippen sind unnachgiebig und fordernd – das Gegenteil von letzter Nacht. Ich öffne mich ihm, und als ich das tue, gleitet seine Zunge zwischen meine Lippen. Sein Geschmack überkommt mich und ein Schauer der puren Freude gleitet über meine Haut und durch jeden Zentimeter meines Körpers. Ich erwidere seinen Kuss und stöhne auf, als er meinen Kopf zur Seite neigt, um den Kuss zu vertiefen. Seinem Stöhnen lauschend, lasse ich meine Hände unter sein Shirt zu seinem Rücken wandern, wo mich warme Haut begrüßt.

»Oh, verdammt«, murmelt Colton und sein Mund verlässt meinen. »Ma, was zum Teufel ...?«

Seine Mom? Oh, Gott!

Ich presse die Lider fest aufeinander. Am liebsten würde ich in der Couch versinken oder mich in Luft auflösen.

»Es tut mir leid. Ich werde ...«

Ich höre sonst nichts mehr, bis auf das Geräusch der Tür, die sich hinter ihr schließt. Zumindest nehme ich an, dass sie gegangen ist. Andererseits könnte sie immer noch hier sein – nicht, dass ich die Augen öffnen werde, um es herauszufinden. »Das ist gerade nicht wirklich passiert«, flüstere ich und wünsche mir, es wäre so. Aber es ist sowas von passiert. Coltons Mom ist gerade hereingeplatzt, während wir auf seiner Couch rummachten, wo wir auch noch die *Nacht* verbracht haben.

»Gia.« Er legt die Hand an meine Wange, doch ich schüttle den Kopf.

»Ich bin gerade nicht da«, antworte ich und spüre, wie er die Stirn an meine legt.

»Schau mich an.«

»Deine Mom hat uns gerade gesehen ... beim Rumknutschen.«

»Und?«

An der Erheiterung in seiner Stimme kann ich ablesen, dass

ich ein Lächeln entdecken würde, sähe ich ihn an. »Sie ist mein Boss.«

»Eigentlich bin ich dein Boss«, murmelt er, und ich reiße die Augen auf, um ihn mit einem bösen Blick zu töten. »Okay, es ist wohl noch zu früh, um darüber zu scherzen.«

»Ich kann das nicht fassen.«

»Es war klar, dass sie das mit uns früher oder später herausfinden wird«, meint er und ich sehe ihn überrascht an. »Ich habe nicht vor, die Tatsache zu verbergen, dass ich dich verdammt gern küsse.«

»Es ist dir nicht erlaubt, mich vor deiner Mutter zu küssen«, zische ich, und Colton grinst.

»Wie gesagt, ich werde die Tatsache, dass ich dich gern küsse, vor niemandem verstecken«, wiederholt er und betont seine Aussage mit einem erneuten Kuss.

»Colton.« Ich stoße ihn gegen seine Brust, was überhaupt nichts dazu beiträgt, ihn von mir runterzukriegen.

»Gia.«

»Colton«, knurre ich frustriert.

»Gia«, stößt er lachend aus und streicht mir über die Wange. »Ich würde diesen sinnlosen Streit nur zu gern fortführen, aber ich muss meiner Mom sagen, dass sie reinkommen kann und nicht mit dem Ohr an die Tür gedrückt auf der Veranda stehen muss.«

»Das mache ich überhaupt nicht«, höre ich Rose durch das Holz der Tür hindurch murmeln.

Meine Wangen brennen.

»Komm rein, Ma«, ruft Colton und zieht mich mit sich hoch, als er sich von der Couch erhebt.

Sobald sich die Tür öffnet, blickt Rose zwischen uns hin und her. Ich ordne meine Frisur und rücke mein Shirt zurecht. »Wie lange läuft das schon?«, fragt sie mit einer Handbewegung in unsere Richtung.

»Äh«, ist meine geistreiche Antwort auf diese Frage.

»Es ist gerade erst passiert«, stellt Colton klar, während er den Arm um meine Taille legt. »Und es wird weiterhin passieren. Wenn du also anklopfen könntest, bevor du reinkommst, wäre das super.«

Meine Wangen fühlen sich noch heißer an und mein Herz – das ohnehin schon heftig schlug – fängt an wie wild zu pochen. »Sag doch sowas nicht zu deiner Mom«, zische ich zu ihm hoch, was Colton zum Grinsen bringt.

Ah! Er ist so nervig.

»Das macht mich sehr glücklich«, quietscht Rose und ihre Worte treffen mich unerwartet. Ich wirble zu ihr herum. »Wirklich glücklich«, fährt sie auf dem Weg in die Küche fort, und erst jetzt bemerke ich, dass sie eine Einkaufstasche bei sich trägt.

»Ma, was hatten wir bezüglich der Einkäufe besprochen, die du immer für mich erledigen willst?«, knurrt Colton, und sie sieht die Augen verdrehend zu ihm hoch.

»Das ist nicht für dich. Es ist für Gia.« Sie öffnet die Tüten und holt weich aussehendes Garn in Creme- und Goldtönen sowie zwei unterschiedlich große Paare Stricknadeln hervor. »Du hast erwähnt, dass du deine noch nicht holen konntest, also wollte ich, dass du bis dahin die hier hast.«

Tränen brennen mir in der Nase, aber ich kämpfe gegen sie an, während ich zu Rose hinübergehe und sie umarme. »Danke.«

»Gern geschehen.« Sobald sie mich losgelassen hat, lächelt sie mild. »Eigentlich habe ich das nur als Vorwand benutzt, um vorbeizukommen und nach euch zu sehen, bevor ihr zur Arbeit müsst.« Ihre Stimme wird sanfter. »Kirk hat mir gestern Nacht erzählt, dass ihr heute nach der Arbeit noch zu einem Lügendetektortest müsst.« Damit erinnert sie mich an etwas, das ich versucht habe zu verdrängen. Das, sowie den Umstand, dass die Polizei davon ausgeht, jemand hätte Grandmas Haus niederbrennen wollen. Und sie und mich gleich mit. Ich kann immer noch nicht an so etwas glauben. Grandma hat keine Feinde und ich genauso wenig. Es gibt keinen Grund, warum jemand so etwas tun sollte.

»Geht es dir gut?«, möchte Rose wissen.

»Ich bin okay. Ich will es einfach nur hinter mich bringen. Nur so kann der wahre Täter gefunden werden, falls die Polizei recht hat und es einen gibt«, gebe ich zurück.

Rose sieht zu ihrem Sohn. »Du begleitest sie.«

»Auf jeden Fall«, antwortet er, und Erleichterung erfüllt mich. Ich wollte ihn nicht darum bitten, mitzukommen, da er bereits mehr als genug für mich getan hat. Aber mit ihm an meiner Seite fühle ich mich besser.

»Gut. Und ich erwarte zumindest eine Nachricht, wenn ihr fertig seid. Sagt mir, wie es gelaufen ist.«

»Das machen wir«, verspreche ich.

Sie berührt kurz meine Hand, bevor sie sich ihrem Sohn zuwendet. »Deine beiden Brüder kommen nächstes Wochenende vorbei, also hätte ich gern, dass wir am Sonntagabend gemeinsam essen«, informiert sie ihn und schaut wieder zu mir. »Damit bist auch du gemeint, Gia.«

»Wir kommen«, antwortet Colton, bevor ich die Chance dazu habe, und Nervosität erfüllt meine Magengrube.

»Habt ihr zwei schon gefrühstückt? Ich könnte euch etwas zubereiten«, bietet sie an, doch Colton schüttelt lächelnd den Kopf.

»Geh heim, Ma.«

»Du bist so gemein zu mir«, klagt sie ihn belustigt an und umarmt ihn. »Wir sehen uns morgen.«

»Sag Dad, dass ich ihn anrufe, wenn wir in der Bar sind.«

»Mache ich«, verspricht sie, bevor sie mir noch eine Umarmung gibt und durch die Tür nach draußen verschwindet.

»Das lief gut«, meint Colton.

Ich schaue zuerst zu ihm, dann zur Tür. Es lief wirklich gut, aber war es nicht zu einfach? Sollte sich eine Mom nicht Sorgen machen, wenn ihr Sohn mit einer Frau zusammenlebt, die er gerade erst kennengelernt hat? Und vor allem, wenn mit besagter Frau auch noch was läuft?

»Hör auf so viel zu grübeln, Gia.«

»Ich ...«

»Hör auf, alles zu verkomplizieren. Meine Eltern mögen dich.

Sie mochten dich, bevor wir uns geküsst haben, und sie werden dich jetzt, wo wir es getan haben, immer noch mögen.«

»Ich muss duschen«, sage ich, weil ich darüber gerade nicht nachdenken will. Coltons Blick verdunkelt sich sofort vor Lust. »Allein«, füge ich hinzu, auch wenn mich der Gedanke an eine gemeinsame Dusche fast dazu verleitet, diese Entscheidung zu hinterfragen und es mir anders zu überlegen.

»Wenn du fertig bist, fahre ich uns zur Arbeit.«

»Okay.« Ich hetze an ihm vorbei in mein Zimmer, wo ich die Tür hinter mir schließe und absperre. Bei meinem Handy angekommen, das ich letzte Nacht zum Laden angesteckt habe, schicke ich Nat eine Nachricht und mache mich schließlich auf in die Dusche. Als ich rauskomme, erwartet mich eine Antwort meiner besten Freundin, die aus nur einem Wort besteht.

Endlich.

»Danke, Miss Caro«, höre ich den Lügendetektortechniker neben mir sagen. Er schüttelt meine Hand, nachdem er die Kabel und weitere um mich gewickelte Dinge entfernt hat.

Der Test dauerte nicht lange; insgesamt vielleicht zwanzig Minuten. Mir wurden nicht allzu viele Fragen gestellt, nur ungefähr acht, dafür aber jede dreimal. Ich teilte dem Mann zu Beginn mit, ich sei nervös, aber er meinte, das wäre völlig normal und das würde die Resultate nicht verfälschen. Dennoch war ich angespannt, denn manche Fragen riefen in mir sehr unangenehme Gefühle hervor.

»Wie lange wird es dauern, bis Sie die Ergebnisse haben?«, frage ich ihn, während ich meine Tasche vom Boden neben meinem Stuhl an mich nehme und aufstehe.

»Während des Tests habe ich bei Ihnen keine Hinweise auf Lügen wahrgenommen«, antwortet er, und ich lasse ein erleichtertes Seufzen hören. »Ich gebe die Resultate an Detective Preston weiter. Ich bin sicher, er wird Sie innerhalb der nächsten zwei Tage kontaktieren.«

»Danke«, sage ich, und er nickt mir zu, bevor er wieder zu seinem Tisch zurückkehrt.

Sobald ich die Zimmertür geöffnet habe, entdecke ich Colton, der auf mich mit dem Rücken an die Wand gelehnt wartet. Als er mich sieht, nimmt er meine Hand und zieht mich an seine Brust. »Alles okay?«

Ich nicke, und seine Umarmung wird fester. »Er hat mir erklärt, er hätte während des Tests keine Hinweise auf Lügen verzeichnet. Falls also wirklich jemand das Haus angezündet hat, können sie sich jetzt hoffentlich dran machen, diese Person zu finden.«

»Falls?«, hakt er nach.

Ich lege den Kopf in den Nacken, um ihn anzusehen. »Warum sollte jemand einbrechen und Grandmas Haus in Brand stecken?«, stelle ich abermals dieselbe Frage, die ich schon eine Million Mal gestellt habe. »Sie hat keine Feinde, und ich ebenfalls nicht. Das alles ergibt keinen Sinn für mich. Du weißt, dass Grandma in einem schlechten Zustand ist und ihre vergangenen Kochversuche schon nicht gut verlaufen sind. Vermutlich hat sie das Feuer unabsichtlich verursacht.«

»Die Cops meinten doch, es wurde ein Brandbeschleuniger verwendet.«

»Ich weiß«, murmle ich, weil ich immer noch keine Erklärung dafür gefunden habe.

»Hoffentlich kriegen sie es heraus.«

»Ja«, stimme ich zu. »Ich muss dringend ins Haus und ein paar Sachen für Grandmas Zimmer im Hospiz holen. Ich hoffe, dass sie sich wohler fühlen und endlich einleben wird, wenn es mehr nach ihrem Zuhause aussieht.«

»Wir machen das schon. Sobald wir das Okay bekommen«, verspricht er. »Bereit hier zu verschwinden?«

»Ja«, stimme ich mit einem erleichterten Seufzen zu.

Er nimmt meine Hand und führt mich aus dem Gebäude. Nachdem wir den Ausgang passiert haben, machen wir uns auf zu Coltons Suburban und steigen ein. »Würde es dich stören, noch bei Grandma anzuhalten, bevor wir nach Hause fahren?«

Er schaut mit sanftem Blick zu mir rüber. »Habe ich nicht.«

»Danke«, murmle ich.

Er nimmt meine Hand und zieht sie zu sich auf seinen Schoß. Ich hole das Handy aus meiner Jackentasche und ignoriere, wie sich seine Berührung anfühlt. »Ich rufe nur schnell Nat an und sage ihr, dass sie nicht herkommen muss, um den Leuten in den Hintern zu treten.«

Colton lacht, aber ich mache keine Witze. Nat war mehr als nur sauer, als ich ihr erzählte, ich müsste einen Lügendetektortest machen. Sie drohte anzureisen, falls mich die Cops nicht von der Liste der Verdächtigen streichen. Als Anwältin würde sie das nur allzu gern übernehmen.

»Wie lief es?«, fragt sie, sobald sie abgehoben hat, und bringt mich zum Lächeln. Offensichtlich hat sie auf meinen Anruf gewartet.

»Ganz gut. Der Lügendetektortechniker meinte, dass ich offensichtlich nicht gelogen habe, also ist jetzt hoffentlich alles vom Tisch und wir können mit unserem Leben weitermachen.«

»Natürlich hast du nicht gelogen«, grummelt sie genervt. »Was jetzt?«

»Keine Ahnung. Ich schätze, ich muss einfach abwarten, bis mich der Detective anruft.«

»Ich bete darum, dass das bald geschieht.«

»Ich auch«, stimme ich zu. »Wie ich mit Colton vorhin besprochen habe, will ich ins Haus rein und ein paar Sachen für Grandma holen. Sie hat im Heim nicht mal ein einziges ihrer Kleidungsstücke.«

»Wenn du bis morgen Nachmittag nichts von den Behörden gehört hast, ruf mich an. Ich melde mich dann persönlich bei diesem Haufen und verlange eine Erklärung für ihr Vorgehen. Du hast nichts falsch gemacht und mit ihnen kooperiert, also gibt es keinen Grund für sie, dich vom Haus fernzuhalten«, faucht Nat, und ich kann an ihrem Tonfall erkennen, wie sehr sie sich aufregt – darin ist sie wirklich gut.

»Wie wäre es, wenn wir dich als Plan D benutzen?«, schlage ich vor, und sie gibt einen amüsierten Laut von sich.

»Schön. Du kannst morgen auf der Dienststelle anrufen. Aber jetzt mal ernsthaft, wenn sie dich bis Freitag nicht reinlassen, fliege ich zu dir und wir brechen in dieses verdammte Haus ein«, schnappt sie, und ich weiß, das würde sie für mich tun.

»Hoffentlich kommt es nicht dazu«, antworte ich, und Colton drückt meine Finger.

»Wie läuft es denn sonst so?«, will sie wissen, was mich dazu bringt, mir auf die Lippen zu beißen. »Bist du gerade mit Colton unterwegs?«

»Ja«, antworte ich knapp, und sie lässt einen lauten Jubelruf hören.

»Ich liebe es. Hat er dich zu deinem Termin begleitet?«

»Hat er.«

»Ich wusste vorher schon, dass ich den Kerl mag, aber jetzt mag ich ihn wirklich«, säuselt sie, und ich muss ihr in dieser Hinsicht zustimmen. »Na ja, ich weiß, dass du offensichtlich nicht über ihn sprechen kannst, da er neben dir sitzt, aber sobald du Zeit hast, brauche ich alle Einzelheiten über diesen Kuss. Wirklich alle.«

»Ich rufe dich an.«

»Gut. Hab dich lieb.«

»Ich dich auch. Ich melde mich bald.«

»Tu das, und vergiss nicht, mir das Bild zu schicken.«

»Ganz sicher nicht«, murmle ich, und sie lacht erneut.

»Schön, wir reden später. Grüß Colton von mir.«

»Mache ich. Bis später.« Ich lege auf und schicke Rose eine Nachricht, um ihr mitzuteilen, dass alles gut gelaufen ist, bevor ich das Handy wieder in meine Jackentasche gleiten lasse. »Nat lässt dich grüßen«, informiere ich Colton, während wir auf dem Parkplatz des Pflegeheims eintreffen.

»Du kannst ihr das Gleiche von mir ausrichten, wenn du ihr alle Einzelheiten verrätst«, meint er, und mein Atem rauscht regelrecht aus mir heraus. »Die Lautstärke von deinem Handy ist ziemlich hoch.« Er lächelt, und ich verenge die Augen.

»Es ist unhöflich zu lauschen«, schimpfe ich mit ihm, während er das Auto auf einem der Gästeparkplätze abstellt.

»Ich habe nicht gelauscht.«

»Wie auch immer.« Ich versuche, ihm meine Hand zu entziehen, aber er lässt mich nicht los. Stattdessen benutzt er seinen Griff, um mich auf seine Seite des Autos zu bugsieren. »Colton«, zische ich, bevor sein Mund auf meinem landet und sich seine Zunge zwischen meine geöffneten Lippen drängt. Ich kämpfe nicht gegen den Kuss an. Im Gegenteil, ich neige den Kopf zur Seite und bleibe ihm nichts schuldig, was bedeutet, dass wir am Ende gute zehn Minuten in seinem Suburban rumknutschen, bis er den Kuss verlangsamt und sich von mir löst. »Ich muss reingehen und nach meiner Grandma sehen«, sage ich, als ich die Augen endlich aufkriege und ihn ansehe.

»Ja.« Seine Stimme ist tief und der dunkle Klang tanzt über meine Haut. Bringt mich dazu, auf seinen Schoß zu klettern und ihn noch einmal küssen zu wollen. »Wir sollten los.«

»Das sollten wir.« Zustimmend nicke ich, doch keiner von uns zieht sich zurück oder steigt aus. Wir sitzen einfach da und schauen einander an. Zeitgleich mit meinem Herzschlag kriege ich meine Atmung wieder unter Kontrolle. Und obwohl ich das nicht will, löse ich meinen Griff um sein Shirt. Dann lehne ich mich zurück. »Wir sollten reingehen. Ich will sicher sein, dass sie ein bisschen isst«, erkläre ich, und Colton nickt, bevor er meine Hand loslässt.

Mit der Tasche unter dem Arm öffne ich die Tür und springe raus. Bis ich es hinter den Wagen geschafft habe, steht er schon da und reicht mir die Hand, um mit mir zur Rezeption zu gehen.

Sobald wir den Gang zu Grandmas Zimmer hinter uns gelassen haben, treten wir gemeinsam ein. Meine Großmutter sitzt in ihrem Stuhl. Vor ihr steht ein Tablett mit Essen, auf dem sich immer noch die Abdeckung befindet.

»Hey, Grandma«, rufe ich, und ihr Blick huscht zu meinem. Sie blinzelt. Und zum ersten Mal seit über einer Woche bekomme ich ein kleines Lächeln geschenkt. »Das ist mein Freund Colton«, stelle ich ihn vor, während ich die Jacke ausziehe und sie zusammen mit meiner Tasche auf das Ende des

Bettes fallen lasse.

»Nett, Sie kennenzulernen, Ma'am«, begrüßt Colton meine Großmutter, und als sie ihn ansieht, lächelt sie erneut.

Tränen der Erleichterung und des Glücks sammeln sich in meinen Augen, aber ich halte sie zurück. Stattdessen nehme ich den Deckel von ihrem Essen und sehe, dass ihre Mahlzeit heute Abend aus Kartoffelpüree, einem Maiskolben und aus etwas besteht, das wie Hackbraten aussieht.

»Du hast gar nichts gegessen. Bist du nicht hungrig?« Ich ziehe meinen Stuhl neben ihren und nehme das eingewickelte Besteck vom Rand des Tabletts.

»Ich könnte schon etwas vertragen«, gesteht sie mir, und Erleichterung erfüllt mich, als sie mir den Löffel aus der Hand nimmt. Ich spüre, wie Colton einen weiteren Sessel zu uns stellt, und sitze einfach nur da, während ich Grandma dabei zusehe, wie sie einen Bissen in ihren Mund schiebt.

»Wie geht es dir heute?«, frage ich, nachdem sie einen Schluck von dem Apfelsaft genommen hat, der ebenfalls auf dem Tablett steht.

»Okay, glaube ich, aber ich wünschte, sie würden mich aus dem Gefängnis entlassen. Ich habe nichts falsch gemacht. Ich weiß nicht, warum sie mich gefangen halten.«

»Grandma, du bist nicht im Gefängnis.« Ich fühle mich schuldig, weil es hier irgendwie schon wie unter Arrest zugeht, auch wenn es sich um keine Haftanstalt handelt. »Du bist im *Morning Point Pflegeheim*«, erkläre ich sanft, und sie blickt mich an, bevor sie sich im Zimmer umsieht. Ich kann erkennen, wie sich die Zahnräder in ihrem Kopf drehen, ihr verwirrter Blick zeigt mir jedoch, dass sie mich immer noch nicht versteht.

»Wieso?«

»Ich ...« Meine Worte kommen zu einem jähen Ende, als ein großer, gutaussehender dunkelhäutiger Mann in Krankenhauskittel und Turnschuhen das Zimmer betritt.

»Sorry, ich wusste nicht, dass Mrs Ricci Besuch hat«, entschuldigt er sich und bleibt am anderen Ende des Zimmers stehen. »Ich bin nur vorbeigekommen, um ihr beim Essen zu helfen, aber wie ich sehe, haben Sie schon damit angefangen.«

»Ja, Entschuldigung«, sage ich zu ihm, und er sieht mich freundlich an.

»Kein Grund, sich zu entschuldigen. Das ist schon in Ordnung.« Er schickt mir ein freundliches Lächeln. »Ich bin Stan, einer der in diesem Haus tätigen Pfleger. Ich arbeite seit neuestem abends.«

»Nett, dich kennenzulernen, Stan. Ich bin Gia, ihre Enkelin. Und das ist Colton«, stelle ich uns vor, und er nickt Colton zu.

»Habt ihr vor, eine Weile zu bleiben?«, fragt er, und ich bejahe.

»Cool. Drückt einfach auf die Glocke an der Wand, wenn ihr mit dem Essen fertig seid, dann komme ich, um das Tablett zu holen.«

»Machen wir. Danke nochmal.«

»Kein Problem.« Er lächelt mir zu und wendet sich dann an Grandma. »Genießen Sie Ihren Besuch«, wünscht er ihr, bevor er geht.

»Er wirkt nett«, sage ich, doch sie zuckt die Achseln.

»Er ist nett ... für einen Gefängniswärter«, murmelt sie, bevor sie einen weiteren Bissen nimmt. Obwohl ich weiß, dass das unhöflich ist, muss ich lachen.

»Deine Grandma schien heute okay zu sein«, meint Colton zwei Stunden später, als er mir die Beifahrertür seines Suburbans öffnet.

»Den Eindruck hatte ich auch«, stimme ich ihm zu, obwohl ich das noch für eine Untertreibung halte. Nachdem wir eine Weile bei ihr saßen, gingen wir mit ihr eine Runde um das Haus. Dann halfen wir ihr in den Pyjama und brachten sie zu Bett. Als wir gingen, war sie immer noch der Meinung, sie befände sich in einer Haftanstalt. Sie war jedoch die ganze Zeit, in der wir da waren, gesprächig und aufmerksam. Im Vergleich zu gestern ein riesiger Unterschied. Gestern dachte ich, ich würde bald einen Anruf mit der Information erhalten, dass sie von uns gegangen sei.

»Geht es dir ein bisschen besser?«, fragt Colton, während er sich hinter das Steuer schiebt.

Nachdem ich meinen Gurt befestigt habe, wende ich mich ihm zu. »Ja, ich habe es gebraucht, sie so zu sehen«, gebe ich zu, und sein Ausdruck wird sanft.

»Dann bin ich froh, dass dein Wunsch in Erfüllung gegangen ist.« Er startet den Motor und fährt rückwärts aus dem Parkplatz.

Als mein Magen knurrt, lege ich meine Hand darauf. »Ich bin am Verhungern.«

»Wow, sie hat Hunger«, scherzt Colton, und ich verpasse ihm einen leichten Boxhieb.

»Es ist schwer, an Essen zu denken, wenn man sich Sorgen um seine Familie macht.«

»Du hast recht.« Er berührt mein Knie. »Wie wäre es, wenn wir auf dem Nachhauseweg anhalten und eine Pizza mitnehmen?«

»Das klingt gut. Allerdings muss ich bald wieder mit dem Kochen anfangen. Wenn ich weiterhin so viel Zeug aus Mitnahmelokalen esse, bin ich am Ende zehn Kilo schwerer«, murmle ich, während ich auf mein Handy schaue, um sicherzugehen, dass ich keine Anrufe verpasst habe.

»Ich mag all das hier.« Er drückt meinen Oberschenkel. »Und wenn du Gewicht zulegst, wird mir das auch gefallen«, gesteht er, und mein Magen überschlägt sich auf eine gute Art und Weise. »Trotzdem hast du recht. Wenn du möchtest, können wir morgen nach der Arbeit Lebensmittel einkaufen.«

»Hast du morgen nicht die Nachtschicht über?« Ich erinnere mich, dass auf dem Terminplan stand, dass er an den meisten Tagen von vier Uhr bis zur Sperrstunde arbeitet.

»Ich habe meine Schichten diese Woche mit Dad getauscht, damit ich bei dir sein kann, falls du mich brauchst.« Er zuckt die Schultern, als wäre das keine große Sache, obwohl es nicht nur eine große, sondern eine riesige Sache ist.

»Jetzt machst du es mir aber schwer, dich nicht zu küssen«, gestehe ich ehrlich.

»Ich werde dich nicht aufhalten«, erwidert er, während sich ein Lächeln auf seinem Gesicht ausbreitet. »Aber vielleicht könntest du damit warten, bis wir zu Hause sind. Sonst müssen wir das Rummachen unterbrechen, um reinzugehen und unsere Pizza zu holen.«

»Gute Idee.«

Kurz wird sein Griff um meinen Oberschenkel fester, bevor er mich loslässt, um mir sein Handy zu reichen. »Bestell für uns. Die Nummer ist unter *Bob's Pizza* gespeichert.«

»Welche Pizza willst du?«

»Worauf auch immer du Lust hast, solang keine Früchte drauf sind.«

»Du meinst Ananas?«, frage ich nach, und er lächelt.

»Ja, zum Beispiel Ananas. Ich esse keine Früchte auf meiner Pizza.«

»Bist du verrückt?« Ich starre ihn mit offenem Mund an.

Das scheint ihn zu belustigen. »Ich schätze mal, du magst Früchte auf deiner Pizza?«

»Man kann Pizza doch nicht ohne essen«, offenbare ich ihm meine ehrliche Meinung.

Er lacht. »Dann bestell eben eine halbe Pizza mit – was auch immer du willst –, und eine halbe mit Fleisch.«

»Fleischpizza. Könntest du den Mann in dir noch mehr raushängen lassen?«, necke ich ihn amüsiert und scrolle durch seine Kontakte, bis ich die Nummer von *Bob's Pizza* in seinem Handy finde. Dann drücke ich auf *anrufen* und bestelle eine große Pizza – eine Hälfte mit Fleisch und die andere Hawaii. Da wir nur fünf Minuten zu dem Lokal brauchen, vertreiben wir uns fünfzehn Minuten damit, auf dem Parkplatz rumzumachen, bevor es Zeit ist, die Pizza abzuholen.

Als ich am nächsten Vormittag mein Handy in meiner hinteren Jeanstasche klingeln höre, lasse ich den Lappen aus meiner Hand fallen und hole es hervor. Die Nummer kenne ich nicht, aber sie ist aus dem Ort, also streiche ich über das Display und lege das Handy an mein Ohr.

»Hallo«, sage ich beim Abheben.

»Miss Caro. Hier spricht Detective Preston.«

»Hi, Detective. Wie geht es Ihnen?«, begrüße ich ihn und schaue zu Colton rüber.

»Gut, danke der Nachfrage«, meint er, während Colton von seinem Platz hinter der Bar auf mich zukommt. »Ich wollte Sie wissen lassen, dass Chad Sie heute Nachmittag kontaktieren sollte. Er wird Ihnen Anweisungen geben, wie Sie in Ihr Haus und an Ihre Besitztümer kommen können.«

»Das sind tolle Neuigkeiten«, teile ich ihm erleichtert mit. Endlich kann ich für Grandma ein paar ihrer Sachen holen.

»Ich weiß Ihre Kooperation mit uns wirklich zu schätzen. Falls Sie irgendwelche Fragen darüber haben, welche Fortschritte wir bei Ihrem Fall erzielen, können Sie diese Nummer anrufen.«

»Das werde ich machen. Danke nochmal, Detective. Ich wünsche Ihnen einen schönen Tag.«

»Ich Ihnen ebenfalls, Miss Caro.« Er beendet den Anruf, und ich stecke das Handy in meine Tasche zurück, verspüre aber immer noch ein unbehagliches Gefühl im Bauch.

»Was hat er gesagt?«, will Colton wissen und verschränkt die Arme vor der Brust, als ich den Lappen wieder hochnehme, um den Tisch weiter abzuwischen.

»Er geht davon aus, dass mich Chad heute Nachmittag darüber aufklären wird, wie ich die Sachen aus dem Haus kriegen kann.«

»Das sind gute Nachrichten«, meint er und mustert mich.

»Das sind sie«, erwidere ich und wende mich dem nächsten Tisch zu.

»Warum bist du trotz dieser erfreulichen Neuigkeiten nicht glücklich?«

»Es war nicht die Rede davon, dass ich von der Liste der Verdächtigen runtergestrichen bin«, gebe ich zu bedenken.

»Du hast nichts falsch gemacht. Du hast den Lügendetektortest bestanden. Ich bin mir ziemlich sicher, dass du nun als unschuldig giltst, Grübchen.«

»Das mag schon sein, aber er hat es nicht *ausgesprochen*, also weiß ich nicht, ob es wirklich so ist oder nicht.«

»Ruf ihn nochmal an.«

»Was?« Ich halte inne und schaue zu Colton hoch.

»Wenn du dir dermaßen Sorgen darüber machst, dann frag ihn direkt, ob du als unschuldig giltst.«

»Das kann ich nicht machen.« Kopfschüttelnd laufe ich zum nächsten Tisch und putze weiter.

»Warum nicht?«, will Colton offenkundig irritiert wissen, und ich lasse ein genervtes Schnauben hören.

»Weil das verdächtig wirken würde.«

»Wie zum Teufel könnte es verdächtig wirken, wenn du ihn fragst, ob er dich für unschuldig hält?«

»Hast du jemals ein Buch gelesen oder dir einen Film angeschaut? Die Person, die schuldig ist, versucht so zu tun, als wäre sie unschuldig.«

»Babe, du bist verdammt noch mal unschuldig«, knurrt er.

»Das weiß ich«, gebe ich zerknirscht zurück. »Was der Grund dafür ist, warum ich ihn nicht danach fragen kann. Ich muss warten, bis sie mir von sich aus sagen, was vor sich geht.«

»Es ist elf«, erklärt er mir wie aus dem Nichts, und ich spüre, wie sich meine Augenbrauen reflexartig zusammenziehen.

»Und?«, frage ich nach, weil ich nicht weiß, was er damit meint.

»Du hast gesagt, ich darf dich während der Arbeitszeit nicht küssen.«

»Das darfst du auch nicht«, bestätige ich und mache ein paar Schritte, damit der Tisch zwischen uns steht. »Auf der Arbeit gilt absolutes Kussverbot.« Diese Regel habe ich gestern Morgen aufgestellt, als wir an der Bar ankamen. Ich kann nicht viel dagegen tun, dass Coltons Eltern über die Sache zwischen uns

– was auch immer das sein mag – Bescheid wissen, aber ich kann zumindest verhindern, dass sie es mit eigenen Augen zu sehen bekommen.

»Wenn du dich so verrückt und süß aufführst, bekomme ich richtig Lust darauf, dich zu küssen.«

»Colton«, warne ich ihn, als er um den Tisch herum auf mich zukommt.

»Was, wenn ich dich mit nach draußen nehme?«

»Das darfst du auch nicht. Ich muss arbeiten, und das gilt auch für dich.«

»Ich kann nicht glauben, dass ich dieser verrückten Regel zugestimmt habe«, murmelt er und wirkt dabei genauso genervt, wie er klingt. Ich lächle ihn an. »Hör auf, mich so anzugrinsen.«

»Ich höre sofort auf«, sage ich durch mein Lächeln hindurch, und sein Blick fällt auf meinen Mund.

»Gott.« Er wirbelt herum und lässt mich stehen. »Ich muss was erledigen. Ich bin drüben, falls du mich suchst«, sagt er, ohne mich anzusehen.

»Ich werde hier sein«, rufe ich seinem Rücken zu, während er kopfschüttelnd in seinem Büro verschwindet.

Mit einem breiten Grinsen auf dem Gesicht, widme ich mich den übrigen Tischen.

Mehr als zwei Stunden später ist alles fertig gereinigt und ich bringe meinen Putzkram ins Büro. Dort schaue ich auf die Uhr an der Wand und sehe, dass es bereits nach zwei ist. Colton ist vor zirka zwanzig Minuten losgefahren, um ein paar Sachen aus dem Lager zu holen und uns in einer von ihm bevorzugten Sandwichbude ein Mittagessen zu besorgen. Da ich heute Morgen zwei Schüsseln Cornflakes gegessen habe, bin ich nicht hungrig, aber er ließ sich nicht davon abbringen, dass ich etwas esse müsse. Nachdem ich weiß, welche Kämpfe ich gewinnen kann und welche nicht, habe ich nachgegeben.

Hinter der Bar schenke ich mir eine Diät-Cola ein und nehme einen Schluck. Als sich die Tür öffnet, erwarte ich, Colton zu sehen. Meine Wirbelsäule versteift sich, als ich nicht ihn sondern Lisa erblicke. Sie trägt Stoffhosen, einen dazu passenden Blazer sowie eine gelbe Seidenbluse.

Nachdem ich den Blick von ihr genommen habe, bemerke ich, dass sie von zwei weiteren Frauen begleitet wird. Eine ist blond und hat denselben Haarschnitt wie Lisa. Sie hat eine Weste über einem Jeanshirt mit dunkelblauen Jeans sowie Stiefeln an. Die andere, eine Brünette mit einem kurzen Bob, trägt eine militärgrüne Jacke mit Jeans und schwarzen Ballerinas.

Sobald mich Lisa an der Bar entdeckt, macht sie sich mit den zwei Frauen in meine Richtung auf. Mir ist sofort klar, warum sie hier sind. Ich kann es an der stutenbissigen Art erkennen, mit der mich Lisa ansieht, und daran, wie die beiden Mädchen sie flankieren.

»Ist Colton da?«, fragt Lisa, sobald sie den Tresen erreicht.

»Nope«, antworte ich. »Kann ich euch Mädels etwas zu trinken bringen?«

»Was läuft zwischen dir und Colton?«, verlangt die Brünette zu wissen und mustert mich geringschätzig.

»Ich glaube nicht, dass dich das etwas angeht«, sage ich ehrlich und schaue die drei an. »Trinkt ihr was?«

»Bist du mit ihm zusammen?«, will die Blonde wissen.

»Ihr wurdet gemeinsam in der Stadt gesehen«, fügt Lisa hinzu. »Echt stilvoll, mit ihm im hellen Tageslicht rumzuknutschen.«

»Du klingst eifersüchtig«, bemerke ich, und in ihren Augen blitzt Wut auf, bevor sie sich mit etwas füllen, das nur als Mitleid bezeichnet werden kann.

»Ich bin nicht eifersüchtig. Er gehört mir. Er hat schon immer mir gehört. Wir sind ein Paar, seit wir fünfzehn waren, und wenn er endlich über das alles hinwegkommt, werden wir wieder Ein Paar sein. Sogar seine Mom hat versucht, uns wieder zusammenzubringen.«

Während ich sie anstarre, wird mir bewusst, dass sie das wirklich glaubt. Sie denkt, Colton wird ihr am Ende verzeihen und wieder zu ihr zurückkommen. Mir ist klar, dass das nicht ausgeschlossen ist, aber ich bezweifle es. Der Schaden, den sie angerichtet hat, kann nicht repariert werden. Was Rose denkt, weiß ich wiederum nicht.

»Trinkt ihr etwas?«, wiederhole ich meine Frage, und die drei wechseln einen Blick, bevor sie sich vor mir auf die Barhocker setzen.

»Wir nehmen alle ein Wasser«, bestellt Lisa, und ich ziehe drei Gläser hervor, bevor ich diese mit Eis und Wasser fülle. Als ich die vollen Gläser zu ihnen schiebe, bin ich fast versucht, sie in ihre Schöße zu kippen. Aber das verkneife ich mir, weil es unhöflich wäre und ich keine Lust darauf habe, die Überschwemmung aufzuwischen, die das verursachen würde.

»Wie geht es deiner Großmutter?«, fragt Lisas blonde Freundin und bringt meine ohnehin schon angespannten Muskeln dazu, sich beinahe schmerzhaft zusammenzuziehen. »Ich habe gehört, sie ist nicht mehr richtig im Kopf.«

»Mir kam zu Ohren, du wärst nur in die Stadt gezogen, um dir ihr Geld unter den Nagel zu reißen. Nachdem das nicht funktioniert hat, hast du versucht sie umzubringen, indem du ihr Haus angezündet hast«, beschuldigt mich die Brünette, und meine Hände ballen sich an meinen Seiten zu Fäusten.

»Ihr müsst jetzt gehen«, knurre ich, bereit, sie über die Bar anzuspringen.

»Ich bin sicher, Rose würde es nicht gefallen, wenn du so mit zahlenden Kunden sprichst«, säuselt Lisa. »Tatsächlich werde ich sie später anrufen und sie wissen lassen, wie unhöflich du zu uns warst.«

»Ruf sie gleich an«, schlage ich vor, und ihre Augen verengen sich zu Schlitzen, bevor sie alle gleichzeitig aufstehen, als wäre es eine durchgeplante Performance.

»Das hier ist meine erste und letzte Warnung«, droht Lisa und wirft dabei die drei vollen Gläser um, was dazu führt, dass die Bar vom Wasser überflutet wird und die Gläser auf den Boden fallen, wo sie zerspringen. »Halte dich von Colton fern.«

»Das wird schwer funktionieren, da ich bei ihm wohne«, gebe ich zu bedenken, und ein Ruck geht durch ihren Körper, während Überraschung ihren Blick erfüllt. Ich kann kein Mitleid für dieses Miststück aufbringen. Aber da sie offensichtlich irre ist, hätte ich diese Information vielleicht besser für mich behalten sollen.

»Komm schon, Lisa. Lass uns von hier verschwinden«, bittet die Brünette, umfasst ihre Freundin am Arm und schleift sie zur Tür. Die dritte im Bunde folgt ihnen.

Ich warte, bis sich die Tür hinter den dreien geschlossen hat, ehe ich einen schmerzhaften Atemzug nehme. Mir war bis dahin nicht mal klar, dass ich die Luft angehalten habe. Tränen brennen mir hinter den Augenlidern, aber ich kämpfe gegen sie an, bis ich wieder allein bin, dann beuge ich mich vorne über. Dabei lege ich die Hände auf die Knie und versuche, mich zu beruhigen. Meine Nerven hängen am seidenen Faden und mein Körper fühlt sich an wie unter Strom, als hätte ich zu viel Kaffee getrunken. Die Zähne zusammenbeißend, bekämpfe ich den Drang, Colton anzurufen und ihm zu erzählen, was passiert ist. Ich will nicht, dass er sich deswegen Sorgen machen oder über Lisa nachdenken und sich mit ihr befassen muss. Vor allem, da ich genau weiß, dass sie nur darauf abzielt.

»Gia.« Als ich Colton meinen Namen sagen höre, reiße ich den Kopf hoch und bemerke, wie er mit sorgenvollem Blick auf mich zukommt. »Was zur Hölle ist passiert?«, fragt er und sieht zuerst zu mir, dann zu dem zersplitterten Glas und der Pfütze Wasser zu meinen Füßen.

»Nichts«, antworte ich zittrig und beobachte, wie er eine Tüte auf die Bar stellt. »Du kennst mich doch. Ich bin ungeschickt.«

Er verengt die Augen. »Sag mir, was passiert ist, und warum du dreinblickst, als hättest du ein Gespenst gesehen.«

»Nichts ist geschehen.« Ich winke ab. »Wie gesagt, es war ein Unfall.« Ich schnappe mir die Mülltonne von ihrem Platz unter der Anrichte und stelle sie auf den Boden. Dann mache ich mich auf in Richtung Büro, um Besen und Schaufel zu holen.

»Lüg mich nicht an«, bittet er mich sanft und legt dabei die Finger um mein Handgelenk, um mich am Weggehen zu hindern.

Nachdem ich mich ihm zugewandt habe, um zu ihm hochzusehen, versuche ich, den plötzlichen Knoten in meinem Hals zu schlucken. »Ich lüge nicht«, bekräftige ich, und er atmet durch. »Bitte lass mich los, damit ich diese Bescherung beseitigen kann«, flüstere ich, doch Colton senkt den Kopf und legt seine Lippen auf meine. Die Berührung ist so sanft, dass ich mich an ihn schmiegen und ihm alles über Lisa und ihre Gefolgschaft offenbaren will.

»Lass die Scherben liegen. Ich räume sie später weg«, verlangt er, während er mich loslässt, und ich seufze erleichtert auf.

»Iss dein Mittagessen. Ich weiß, dass du hungrig bist. Ich mache das schon weg«, erwidere ich.

»Ich lasse dich sicher keines der Gläser wegräumen. Hol einfach ein paar Handtücher von hinten«, verlangt er.

Mitten im Raum stehend, schaue ich ihm beim Verschwinden zu, bevor ich mich auf den Weg zum Schrank mache, wo ich einen Stapel Barhandtücher zusammen mit einem Mopp und einem Eimer hole.

Wir brauchen eine Weile, bis wir wieder alles in Ordnung gebracht haben, und ich kann sehen, dass Colton frustriert und genervt ist. Aber er bittet mich nicht noch einmal, ihm zu erzählen, was vorgefallen ist. Das scheint im schwerer zu fallen, als immer wieder nachzufragen.

8. Kapitel

Gia

Freier Fall

»Gia, kann ich kurz mit dir reden?«, bittet mich Rose, während sie ihren Kopf durch den Spalt in der Bürotür steckt.

Ich sehe sie an und stelle meinen Putzkram ab. Anders als die gesamte letzte Woche, hat mich Colton heute Morgen nicht zur Arbeit gebracht. Er teilte mir mit, er hätte ein paar Sachen zu erledigen. Dann gab er mir seine Schlüssel zur Bar und erklärte mir, wie ich die Alarmanlage abstellen und wieder einschalten konnte, sobald ich drin war. Außerdem erwähnte er, dass seine Mom vor dem Aufschließen hier sein würde, damit ich nicht allein sei.

Ich habe ihn nicht gefragt, was er zu tun hatte, aber was es auch war, es war offensichtlich, dass es ihm auf die Nerven ging. Das wiederum macht mir Sorgen. Er hat kein weiteres Mal gefragt, was vorgefallen ist. Allerdings weiß ich, dass er von dem Thema noch nicht abgelassen hat, weil es zwischen uns letzte Nacht und heute Morgen anders war. Er hat mich zwar geküsst, als ich von einem Besuch bei Grandma nach Hause kam und bevor wir zu Bett gingen; aber es war nur ein sanfter Kuss auf den Mund. Das Gleiche heute Früh, als er aufbrach. Nur eine schnelle Berührung seiner Lippen auf meinen. Nichts weiter. Das völlige Gegenteil von den heißen Küssen, die wir die letzten Tage über geteilt hatten.

Die Grübeleien abschüttelnd, wasche ich mir schnell die Hände und trockne sie an einem der Lappen ab, bevor ich diesen unter die Anrichte lege.

»Was gibt es?«, frage ich, als ich das Büro betrete, wo ich Rose mit einem Laptop vor sich am Tisch vorfinde.

»Setz dich, Liebes.« Sie deutet auf den Stuhl.

Ich nehme Platz, lege die Hände in meinen Schoß und mustere ihr Profil. Sie wirkt unglücklich. »Ist alles okay?«, frage ich nach ein paar Minuten leise, und sie spannt den Kiefer an, während sie den Laptop in meine Richtung dreht. Als mein Blick auf das Bild auf dem Monitor fällt, überschlägt sich mein Magen. Der Moment, der auf dem Bildschirm eingefroren wurde, ist jener, als Lisa die Gläser umgeworfen hat, kurz bevor sie am Boden aufkamen.

»Colton hat mich gebeten, mir die Videos der Sicherheitskamera anzusehen. Er meinte, du hättest total erschrocken gewirkt, als er gestern Mittag in die Bar zurückkam. Er macht sich Sorgen und wollte sicherstellen, dass wir über die Person Bescheid wüssten, die dafür verantwortlich ist. Vor allem, falls dich jemand belästigt hat, damit wir denjenigen davon abhalten können, es nochmal zu tun. Ich dachte, er wäre einfach überfürsorglich, also habe ich die Aufzeichnungen nicht gleich überprüft. Ich sehe jetzt, dass ich das sofort hätte tun sollen.«

Ich wusste nicht, dass es in der Bar Videokameras gibt, aber ich hätte es mir denken können. »Ich ...«

»Warum bist du nicht damit rausgerückt, was passiert ist?«

Ich hebe meinen Blick zu ihrem, unsicher, wie ich ihre Frage beantworten soll; unsicher, was ich ihr anvertrauen kann.

»Gia, das ist nicht okay.« Sie deutet auf den Computer. »Nicht mal ein bisschen.«

»Ich weiß.« Ich wringe die Hände in meinem Schoß und lasse den Blick auf meine Oberschenkel sinken.

»Süße, warum hast du nicht wenigstens mit mir gesprochen?«, will sie wissen.

»Ich hätte davon erzählen sollen, aber ich wollte ihr damit nicht in die Hände spielen.«

»Was hat sie zu dir gesagt?«

Ich hebe den Blick und beiße mir auf die Innenseite meiner Wange. »Nichts eigentlich.«

»An deinem Gesichtsausdruck im Video kann ich erkennen, dass dich ihre Worte getroffen haben, also lüg mich nicht an«, schimpft sie sanft und schließt den Laptop. »Und behaupte nicht, dass nichts passiert ist. Es gibt eine Stelle im Video, wo du eindeutig über die Bar springen und dich auf sie stürzen wolltest.«

»Sie hat von meiner Grandma gesprochen«, gebe ich zu, und ihr Blick wird wütend.

»Ist das alles?«

»Sie meinte, ich sollte mich von Colton fernhalten. Dass er ihr gehören würde. Und dass du versucht hättest, sie beide wieder zusammenzubringen«, murmle ich schulterzuckend.

»Hat Colton mit dir darüber gesprochen, was ihm zugestoßen ist?«, will sie wissen, und ich nicke. Ihr Schultern sacken nach vorn. »Als Lisa mit ihm Schluss gemacht hat, habe ich ihre Beweggründe dafür verstanden. Ich konnte nachvollziehen, dass ihr die gemeinsam geplante Zukunft plötzlich entrissen wurde, und sie Angst vor dem Unbekannten hatte. Angst davor, mit einem Mann zusammen zu sein, der nie wieder würde laufen können. Ich habe das verstanden, weil ich mich selbst plötzlich der Realität stellen musste, dass mein Junge vielleicht nie wieder okay sein würde.« Sie holt tief Luft und atmet wieder aus. »Ich hätte erkennen müssen, dass das, was Lisa getan hat, niemals richtig sein konnte. Wenn sie meinen Sohn wirklich so geliebt hätte, wie sie es beteuerte, hätte sie ihn auch zerbrochen akzeptiert. Ein Teil davon ist meine Schuld«, flüstert sie schließlich, und ich erkenne Tränen, die sich in ihren Augen sammeln. »Ich habe nicht darüber nachgedacht, was das alles für ihn bedeutet haben muss. Sie hat ihn zu einem Zeitpunkt alleingelassen, als er sie am dringendsten gebraucht hätte. Ich wollte einfach nur, dass alles wieder in Ordnung kommt. Dass mein Junge die Zukunft haben konnte, die er sich erträumt hatte.«

»Rose«, wimmere ich und sehe Tränen über ihre Wangen laufen.

»Coltons Dad war wütend auf mich, weil ich versucht habe, die zwei wieder zusammenzubringen. Ich habe nicht verstanden warum, bis du in die Stadt gezogen bist und mich ...« Ihre Worte enden in einem Schluchzen, das mich beinahe umbringt. Ich reiche ihr ein paar Kleenex, die ich aus der Packung gezogen habe, dann berühre ich ihren Arm, um sie irgendwie zu trösten.

»Er ... er hat mich gefragt, wie es mir ginge, wäre *ich* diejenige, die nach einem Schuss ihre Beine nicht mehr bewegen könnte. Wie würde ich mich dabei fühlen, wenn er mir sagte, nicht mehr mit mir zusammen sein zu können, weil er mit dem Gedanken an mich als Querschnittsgelähmte nicht umgehen konnte? Was ich täte, wenn ich meine Beine wieder bewegen könnte und er plötzlich antanzen und so tun würde, als könnten wir nahtlos an unser altes Leben anknüpfen?« Sie beendet den Satz mit einem weiteren Schluchzen, und ich zucke zusammen. »Als er es mir so erklärt hat, verstand ich endlich.« Sie schnieft, und ich frage mich, was ich darauf antworten soll. Was ich überhaupt sagen könnte, um es für sie besser zu machen. »Ich kapiere es jetzt, und weiß, dass ich Mist gebaut habe. Ich hätte nicht mit ihr reden und mich einmischen sollen.«

»Du hast getan, was du für das Richtige für Colton gehalten hast«, tröste ich sie sanft, doch sie schüttelt verneinend den Kopf.

»Ich habe getan, was für mich das Beste war. Ich wollte den Vorfall einfach nicht wahrhaben und so tun, als wäre alles beim Alten.« Sie hat recht, aber ich sage nichts dazu, sondern warte nur darauf, dass sie aufhört zu weinen. »Es tut mir leid, dass ich das alles bei dir abgeladen habe.«

»Es ist okay«, versichere ich ihr. »Geht es dir nun besser?«

»Etwas.« Sie wischt sich die Tränen weg. »Ich glaube, ich musste das rauslassen«, meint sie und schickt mir ein halbherziges Lächeln. »Ich mache Lisa klar, dass sie von jetzt an hier keinen Zutritt mehr hat.«

»Ich will dir keine Probleme bereiten«, sage ich ehrlich. »Lisa hat mich sowieso schon ins Visier genommen, ich möchte ihr nicht noch mehr Gründe liefern, mich zu hassen, als sie ohnehin schon hat.«

»Dass sie hierhergekommen ist, um dich in die Ecke zu drängen, ist ein Problem, Süße. Colton hat klargestellt, dass er nicht mehr in ihrer Nähe sein will. Also mache ich das nicht nur für dich, sondern vor allem für meinen Sohn.«

»Okay«, stimme ich zu, obwohl ein Teil von mir Lisa nicht die Befriedigung geben will, dass sie Coltons oder mein Leben in irgendeiner Weise berührt hat.

Rose umfasst meine Hände. »Du bedeutest meinem Sohn viel.«

»Ich ...«

»Ich werde ihm nichts davon erzählen, was ich auf dem Video gesehen habe. Aber ich denke, du solltest mit ihm darüber reden, was passiert ist«, drängt sie mich, und ich hebe das Kinn, damit sie weiß, dass ich sie gehört habe. »Du kannst ihm vertrauen.«

»Ich rede mit ihm«, verspreche ich, und das ist nicht mal gelogen, weil ich es immerhin vorhabe. Ich weiß nur nicht, wann es passieren wird.

»Gut.« Sie lässt meine Hände los. »Geh schon. Ich komme raus, sobald ich diese Bestellung fertig habe.«

Mit einem Nicken stehe ich auf und schließe hinter mir die Bürotür. Ich schenke mir einen Becher Kaffee ein und füge Sahne und zwei Löffel Zucker hinzu, bevor ich mich mit den Ellenbogen auf die glänzende Holzoberfläche der Bar lehne und einen Schluck nehme. Ich habe immer noch ein wenig Putzarbeit vor mir, aber diese kann warten.

Als ich einen weiteren Schluck nehme, betritt Colton die Bar. Er sieht immer noch so unglaublich gut aus wie heute Morgen. Sein Haar ist in den letzten Wochen gewachsen und inzwischen lang genug, um hineinzugreifen, wenn er mich küsst. Seine letzte Rasur ist drei Tage her, was einen Bartschatten auf seine Kinnpartie wirft – mein absoluter Lieblingslook an ihm. Das karierte Hemd, das er heute trägt, weist Creme-, Rot- und Brauntöne auf, die seine Augen und seine attraktive und zugleich raue Erscheinung betonen.

Als ich den Ausdruck in seinem Blick bemerke, richtige ich mich auf. »Ist alles okay?«

Er beantwortet meine Frage nicht. Stattdessen fixiert er mich, als würde er nach etwas suchen, während er um die Bar herum zu mir kommt. Sobald er nah genug ist, nimmt er mir den Kaffeebecher aus den Händen, stellt ihn zur Seite, und küsst mich. Hart. Tief. Und sehr, sehr innig. Nachdem er meinen Mund wieder freigegeben hat, rückt er mich in seinen Armen zurecht.

»Was habe ich darüber gesagt, mich hier zu küssen?«, frage ich, atemlos zu ihm hochblickend, und bereue die Worte in dem Moment, als ich erkenne, dass er wütend wirkt. Wobei, eigentlich nicht bloß wütend. Er sieht stinksauer aus.

»Ich habe heute Morgen Tide besucht. Seine Ex ist mit Britanny befreundet«, informiert er mich leise, und ich starre zu ihm hoch. Wer ist Britanny? »Britanny hat Anna davon erzählt, dass sie mit Lisa hierhergekommen ist, um dich zur Rede zu stellen.«

Oh, verdammt.

»Ja, Baby«, stimmt er meinem Gesichtsausdruck zu und spannt die Arme um mich an. »Du hättest mir sagen sollen, was passiert ist, Gia.«

»Ich ...«

»Du hättest mit mir reden müssen«, unterbricht er mich. »Ich habe dir schon einmal gesagt, dass ich es wissen möchte, wenn dieses Miststück nochmal vorbeikommt.«

»Ich ...«, versuche ich es erneut, höre aber auf, weil er mich so fest an sich drückt, dass es mir die Luft aus der Lunge presst.

»Du hast nicht mit mir geredet.«

»Aber ...«

»Das ist nicht okay«, unterbricht er mich erneut.

»Hör auf, mir ins Wort zu fallen und lass mich ausreden«, schnappe ich und mache mich von ihm los. »Deswegen wollte ich es dir nicht sagen. Weil ich wusste, dass sie genau das von mir erwartet. Dass ich zu dir renne und du ihr gibst, was sie will – und zwar jegliche Aufmerksamkeit, die sie von dir kriegen kann. Also ja, vielleicht hätte ich dir erzählen sollen, was geschehen ist. Allerdings tut es mir nicht leid, es nicht getan zu haben. Sie verdient es nicht, noch mehr von dir zu bekommen. Nicht mal die Zeit, die es braucht, daran zu denken, welches Miststück sie ist.«

»Du hast versucht, mich zu beschützen?«, fragt er überrascht, und ich zucke die Schultern. Dann sehe ich dabei zu, wie sein Ausdruck sanft wird und er näher kommt.

»Deine Mom ist hier«, warne ich ihn und vielleicht auch mich selbst.

»Ich werde dich nicht küssen, Gia.«

»Gut«, murmle ich, ein bisschen geknickt.

Er legt die Hand um meine Taille und streicht mit dem Daumen über meine Rippen hoch, bis direkt unter meine Brust. »Ich werde dich nicht sofort küssen. Sondern damit warten, bis wir zu Hause sind. Dann werde ich noch eine Menge anderer Dinge mit dir anstellen«, warnt er, und mein gesamter Körper kribbelt, während meine Atmung flacher wird.

»Ich glaube, wir brauchen noch eine Regel«, informiere ich ihn und kralle mich in sein Shirt, damit ich nicht umkippe.

»Und zwar?«

»Du darfst solche Sachen nicht zu mir sagen, wenn wir arbeiten.«

»Technisch gesehen arbeite ich gerade nicht.« Er streicht mit dem Daumen weiter nach oben und lässt meine Knie weichwerden.

Den Kopf nach unten senkend, schaut er mir in die Augen. »Mir ist auch noch eine Regel eingefallen.«

»Und zwar?«, frage ich atemlos, weil ich die Arme um seine Schultern schlingen und den Mund auf seinen drücken will.

»Jedes Mal, wenn du etwas vor mir geheim hältst, kriegst du den Hintern versohlt.«

Oh, Gott. Der Gedanke daran, dass er mir den Hintern versohl, sollte mich nicht dazu bringen, ihn bespringen zu wollen, aber genau das löst er in mir aus. »Colton«, zische ich.

Er kommt noch näher, was dazu führt, dass sein Atem über meinen Mund streicht. »Was sie mit dir gemacht hat, ist nicht okay. Was sie zu dir gesagt hat, war nicht okay. Du hättest mit mir reden sollen, damit ich ...«

»Was?«, bin ich es diesmal, die ihn unterbricht und sich dabei von ihm weglehnt. Die Wut von vorhin ist wieder zurückgekehrt. »Was hättest du getan? Wärst du zu ihr nach Hause gefahren und hättest sie zur Rede gestellt?«

»Ich hätte ihr klargemacht, dass du tabu bist – so wie ich es heute Morgen getan habe, nachdem ich bei Tide war.«

»Also bist du los und hast dich mit ihr getroffen?«, will ich wissen, und mit einem Mal ist mir schlecht. Eifersucht ist für mich eine brandneue Emotion, aber genau die kommt in mir hoch, wenn ich daran denke, dass er auch nur in ihrer Nähe war – pure, hässliche Eifersucht.

»Ich habe mich nicht mit ihr getroffen, sondern mit ihrem Vater gesprochen. Ich habe ihm erzählt, was in den letzten Wochen vorgefallen ist. Ich habe keine Ahnung, ob es helfen wird, aber ich hoffe, dass er zu ihr durchdringt, wenn er ihr mitteilt, dass er ihr kein Geld mehr geben wird. Er zahlt ihre Wohnung und ihr Auto und hat mir versprochen, ihr das Leben ungemütlich zu machen, wenn sie sich nicht einkriegt und so weitermacht wie bisher.«

»Glaubst du wirklich, dass ihr Dad ihr das antun würde?«, frage ich zweifelnd. Mein Dad hätte das mit mir niemals gemacht, und wir hatten nicht das beste Verhältnis.

»Er ist einer der wenigen Richter in der Stadt und hat es sich zum Ziel gesetzt, nächstes Jahr Bürgermeister zu werden. Ihr Dad muss somit auf seinen Ruf achten. Ich bezweifle, dass er die Eskapaden seiner Tochter ans Tageslicht kommen lassen möchte. Es schickt sich nicht, andere zu belästigen.«

»Warum sollte jemanden stören, was sie mit mir anstellt?«

»Zu Ninas Buchklub zählen hauptsächlich Frauen, die seit Ewigkeiten in dieser Stadt leben. Viele von ihnen gehören dem Stadtrat an. Sie wissen, dass du hergekommen bist, um dich um deine kranke Grandma zu kümmern. Allein deswegen mögen sie dich. Abgesehen davon kennen die meisten meine Geschichte und wissen, warum Lisa und ich nicht mehr zusammen sind. Diese Menschen hier sind noch von der alten Schule. Frauen, die mit ihren Männern durch dick und dünn gehen. Viele sind ohnehin schon schlecht auf Lisa zu sprechen. Wenn sie davon Wind bekommen, dass sie dich belästigt, wird Lisas Vater definitiv nicht zum Bürgermeister gewählt. Und das will er noch mehr, als seine Tochter glücklich zu machen, indem er über ihren ganzen Bullshit hinwegsieht.«

»Kleinstadtpolitik«, murmle ich und frage mich, ob es vielleicht eine gute Entscheidung war, Lisas Taten bei ihrem Vater zu petzen. Nicht dass sie mir viel angetan hat, aber die diversen Geschehnisse der letzten Zeit haben den Stress und die Sorge in mir beständig gesteigert. »Ich hoffe, es hilft.«

Colton drückt mich an sich.

»Du hoffst, dass was hilft?«, fragt Rose und ich zucke zusammen. Ich habe völlig vergessen, dass sie hier ist. Andererseits entgeht mir oft, dass eine Welt außerhalb von Colton existiert, wenn er mir so nah ist.

»Ich habe mit Lisas Dad gesprochen«, offenbart Colton, und ihr Blick huscht zu mir.

»Er weiß es«, fahre ich fort. »Jemand namens Britanny hat jemandem namens Anna davon erzählt, die es an Tide weitergegeben hat und so kam es zu Colton.«

»Verstehe«, murmelt Rose und schaut von mir zu ihrem Sohn. »Was hatte William zu alldem zu sagen?«

»Er meinte, er würde mit Lisa reden und sicherstellen, dass sie Ruhe gibt.«

»Das sind gute Nachrichten.«

»So ist es«, stimmt Colton zu. »Hoffen wir, dass es diesmal funktioniert. Wenn nicht, bringe ich Gia dazu, gegen sie eine einstweilige Verfügung zu erwirken.«

»Was?«, frage ich erschrocken.

Colton wendet sich mir zu. »Wenn sie nicht aufhört, ist das unser nächster Schritt.«

»Das ist doch nicht notwendig. Sie hat mich nicht verletzt oder wirklich belästigt. Sie versucht nur, mich zu benutzen, um an dich heranzukommen.«

»Das mag stimmen, aber ich will kein Risiko eingehen. Wenn sie dich nach dem Gespräch mit ihrem Vater immer noch nicht in Ruhe lässt, gehen wir zur Polizei und füllen eine einstweilige Verfügung gegen sie aus. Dann hat sie gar keine andere Wahl, als dich zum Teufel nochmal in Frieden zu lassen.«

»Colton.« Weil er sich wegen der ganzen Angelegenheit so lächerlich benimmt, schüttle ich den Kopf. »Das ist absurd.«

»Ist es nicht.«

»Ist es«, widerspreche ich und zeige auf seine Brust, während ich gegen den Drang ankämpfe, mit dem Fuß aufzustampfen, um meinen Standpunkt zu unterstreichen. »Es ist keine dermaßen große Sache. Sie wird es so aussehen lassen, als wäre ich die Irre, obwohl sie sich das auf den Hut schreiben kann.«

»Sie ist verrückt, was auch der Grund ist, warum ich dafür sorgen muss, dass du vor ihr sicher bist.«

Während ich in seine Augen schaue, frage ich mich, ob so etwas schon mal vorgekommen ist, aber bevor ich fragen kann, höre ich ein lautes *Jo!* durch die Bar grollen.

Über Coltons Schulter blickend, sehe ich Tide in abgetragenen, wohl von der Arbeit schmutzigen Jeans, einem marineblauen Thermoshirt und einer beigen Jeansjacke sowie mit einer Sonnenbrille auf dem Kopf die Bar betreten. Er hält ein kleines Mädchen auf der Hüfte. Sofort weiß ich, dass es sich um seine Tochter handelt. Obwohl sie erst drei ist, ist die Ähnlichkeit unverkennbar. Ihr blondes Haar – in der gleichen Farbe wie das ihres Dads – steckt in zwei geflochtenen, schiefen Zöpfen, und ihre großen, blauen Augen haben den gleichen Farbton wie seine. Als ich Tide das erste Mal gesehen habe, erschien er mir attraktiv. Aber als er auf uns zukommt, sein kleines Mädchen so sanft im Arm haltend, ist er nicht bloß gutaussehend. Er verkörpert noch etwas anderes. Etwas, das eine Frau zu schätzen weiß.

»Onkel Colton.« Das Mädchen winkt aufgeregt und erwischt Tide zweimal im Gesicht, bevor er ihr kleines Handgelenk erwischt und ihre Handfläche küsst. Er flüstert ihr etwas ins Ohr, ehe er auf halbem Weg zu uns stehenbleibt und sie runterlässt. Sobald die Kleine sicher auf den Beinen steht, läuft sie auf uns zu. Als sie um die Bar herumsaust, verschwindet sie eine Sekunde lang aus unserem Sichtfeld. Dann taucht sie wieder auf, immer noch mit vollem Karacho auf Colton zulaufend.

»Hey, Mäuschen«, begrüßt Colton sie, hebt sie auf und küsst

sie auf die Wange.

Okay, Tide mit einem kleinen Mädchen im Arm ist ein großartiger Anblick. Aber als ich Colton dabei zusehe, wie er die Kleine hält und sie angrinst, als wäre sie das süßeste Ding, das er in seinem Leben gesehen hat, lässt das meine Eierstöcke direkt explodieren.

»Was machst du hier?«, fragt er, und sie sieht ihn mit einem Lächeln an, das eine niedliche Zahnlücke zwischen den Schneidezähnen offenbart.

»Daddy mufte mich mit zur Arbeit bringen«, erzählt sie, bevor sie zu Rose schaut. »Kann ich eine Limo haben, Nana Rofe?«

»Engelchen, du darfst keine Limo trinken«, wendet Tide von der anderen Seite der Bar ein. Dabei stellt er eine große, mit pinken und violetten Gänseblümchen bedruckte Tasche hin.

»Mama läfft mich«, meint sie mit zusammengezogenen Brauen, woraufhin ein Muskel in Tides Wange zuckt.

»Ich weiß, Engelchen, aber du kannst trotzdem keine Limo haben. Wie wäre es mit einem Saft?«

»Ich will Limo«, quengelt die Kleine, und ich weiß, was gleich kommt, als ich ihr Kinn zittern sehe und sie ihre winzigen Hände zu Fäusten ballt. Da ich schon mit Kindern in ihrem Alter gearbeitet habe, weiß ich, dass sie wahrscheinlich anfangen wird zu weinen. Vielleicht wird sie sich sogar auf den Boden werfen und versuchen, ihren Willen durchzusetzen, wenn wir nicht bald was tun.

»Hattest du schon mal Meerjungfrauensaft?«, frage ich, und sie schaut von ihrem Dad zu mir. Kopfschüttelnd, bevor sie sich an Coltons Schulter schmiegt. Das tut sie auf eine süße Art, die Kinder so an sich haben, wenn sie schüchtern sind. »Echt?« Ich reiße die Augen auf, als könnte ich nicht fassen, dass sie ihn noch nie probiert hat, obwohl ich selbst nicht mal weiß, was zum Teufel Meerjungfrauensaft sein soll oder was ich ihr zusammenmixen werde. Ich will nur nicht, dass sie weint. »Du musst ihn versuchen. Er ist lecker und total magisch.«

»Magisch?«, quietscht sie und mustert mich dabei.

Ich nicke übertrieben. »Ja, magisch.« Ich lehne mich näher zu ihr, stelle mich auf die Zehenspitzen und flüstere in ihr Ohr. »Er macht dich unsichtbar.«

»Unfehbar?«, fragt sie atemlos. In ihren geweiteten Augen steckt süßes, mädchenhaftes Erstaunen.

»Jepp. Willst du ein bisschen davon probieren?«

»Okay.« Sie hebt den Kopf, um mich anzulächeln, und mein Herz schmilzt auf der Stelle.

»Ein Meerjungfrauensaft. Kommt sofort.« Auf dem Weg zum kleinen Kühlschrank unter der Bar lächle ich. Ich bete darum, dass ich darin etwas finde, dass sie haben darf. Ich schnappe mir einen Krug Ananassaft und gieße etwas davon in ein kleines Glas. Dann nehme ich eine Flasche Grenadinesirup und füge gerade genug hinzu, damit sich das Getränk ganz oben zu einem rötlichen Gold und am Boden in ein goldenes Gelb verfärbt. Sobald das getan ist, werfe ich noch eine Kirsche rein. Mit dem fertigen Getränk drehe ich mich um und bemerke, dass mich alle komisch ansehen.

Shit.

»Äh ... bitte sag mir, dass sie auf nichts, was ich da reingetan habe, allergisch ist«, flüstere ich Tide zu.

»Ist sie nicht«, murmelt er und wendet sich an seine Tochter. »Olivia, sag danke zu Gia.«

»Danke, Gia.« Sie strahlt mich an, während Colton sie hoch in die Luft hebt und sich dafür ein Kichern von ihr verdient. Er reicht sie über die Bar an ihren Vater weiter, der sie nimmt und sich auf einen der Barhocker setzt. Das Mädchen landet auf seinem Schoß.

»Gern geschehen, Süße.« Ich lächle sie an und stecke einen Strohhalm in das Glas, bevor ich es an ihren Dad aushändige, damit er ihr beim Trinken helfen kann.

Als ich Wärme an meinem Rücken spüre, bemerke ich Coltons Hände auf meiner Hüfte, bevor er sie nach vorn zu meinem Bauch gleiten lässt. So zieht er mich an seine Brust, was einen Schauer über meinen Körper jagt. »Deine Regeln sind scheiße«, flüstert er mir ins Ohr, und ich weiß genau, was er meint, neige aber nicht den Kopf, um ihn anzusehen, obwohl mir danach ist. Stattdessen betrachte ich Olivia, die einen Schluck von ihrem Getränk nimmt, und entspanne mich ein bisschen, als sie es nicht von sich stößt, sondern noch einmal trinkt.

»Bist du sicher, dass du keine Lust auf Vegas hast? Oder vielleicht auf einen Abstecher zum Standesamt in der Stadt?«, fragt Tide, und ich lasse lächelnd und kopfschüttelnd den Blick zu ihm huschen. »Schade.« Er setzt ein teuflisches Grinsen auf, das ihm bestimmt viel weibliche Aufmerksamkeit einbringt.

»Ich dachte, Anna würde sich heute während deiner Arbeit um Olivia kümmern«, meint Colton und hält mich weiterhin zwischen sich und der Bar fest.

»Hat sie auch. Sie rief mich vor einer Stunde an und bat mich, Olivia zu holen, damit sie ein paar Sachen erledigen kann«, antwortet er leise.

»Mama hat heute Abend ein Date, alfo wollte fie thoppen gehen«, informiert uns Olivia, und der Muskel in Tides Wange zuckt erneut, als er die Neuigkeiten erfährt. »Fie hat gefagt, daff ich nicht mitkommen darf.« Mein Herz bricht ein bisschen, als ich in ihrem Blick sehe, wie traurig sie deswegen ist.

»Wie wäre es, wenn du mit Nana Rose mitkommst?«, schlägt Rose vor, und Olivia schaut sie an. »Ich muss heute ein paar Kekse machen, und ich könnte deine Hilfe brauchen.«

»Echt?« Ihr Ausdruck erhellt sich.

»Echt.« Rose nickt. »Sobald du ausgetrunken hast, gehen wir.«

»Jippie!« Olivia grinst und nimmt dabei einen weiteren Schluck durch den Strohhalm. Diesmal saugt sie den Saft so schnell runter, wie sie kann, was mich zum Lächeln bringt.

»Danke.« Tide wirkt erleichtert. »Mom hat angeboten, auf sie aufzupassen, aber sie kann vor vier nicht von der Arbeit weg. Und Dad ist bis Freitag unterwegs, also ist es ihm auch nicht möglich einzuspringen.«

»Ich habe dir schon mal gesagt, dass du mich immer anrufen kannst, wenn du meine Hilfe benötigst«, lässt Rose ihn wissen, und ich beobachte, wie sein Ausdruck sanfter wird.

»Ich kann sie um fünf, halb sechs abholen. Oder Mom bitten, Olivia um vier mitzunehmen. Was besser für dich passt.«

»Sie kann gern bei mir bleiben, bis du sie abholen kommst. Dann muss deine Mom nicht früher aus der Arbeit weg.«

»Sicher?«

»Stell keine dummen Fragen. Du weißt, dass ich es liebe, mit meinem Mädchen Zeit zu verbringen«, schimpft sie, und ich kann in ihrem Blick erkennen, dass sie wirklich gern mit Olivia zusammen ist.

»Danke«, meint er erneut, und sie nickt.

»Ich hole meine Tasche und meine Jacke. Bin gleich wieder da«, versichert sie und schaut zu Colton und mir. »Ihr zwei kommt hier zurecht, oder?«

»Wir schaffen das schon, Ma«, antwortet Colton, während ich nicke.

»Gut.« Sie macht sich auf den Weg ins Büro und ist eine Minute später in ihrer Jacke wieder zurück. »Wo ist Olivia hin?«, fragt sie.

»Ich bin hier«, antwortet Olivia, und auch ich tue so, als könnte ich sie nirgendwo entdecken.

»Das ist so seltsam. Sie ist gerade noch hier gesessen.« Ich zeige direkt auf Tides Schoß, wo sie immer noch sitzt.

»Ich bin doch hier.« Sie lacht auf und winkt uns mit beiden Händen zu.

»Es muss am Meerjungfrauensaft liegen«, flüstere ich gespielt, und sie kichert lauter, was mich zum Lächeln bringt.

»Oh, hier bist du ja!«, ruft Rose aus, als sich Olivia auf die Oberschenkel ihres Dads stellt, um unsere Aufmerksamkeit zu erlangen.

»Ich war unfehbar«, verkündet sie stolz.

»Das warst du.« Ich zwinkere ihr zu, und sie lächelt, bevor sie Rose ansieht. »Können wir jetft Kekse machen?«

»Ja, gib deinem Dad aber zuerst einen Kuss und sag allen auf Wiedersehen.«

»Hab dich lieb, Engelchen. Sei lieb zu Nana Rose«, weist

Tide sie an, nachdem sie sich zu ihm gedreht und ihm einen Schmatz auf die Wange gegeben hat.

»Verfprochen«, schwört sie glücklich, bevor sie von seinem Schoß rutscht.

»Ich rufe dich an, wenn ich auf dem Weg bin«, sagt Tide zu Rose, während er ihr Olivias Tasche aushändigt.

»Alles klar.«

Lächelnd sehe ich ihnen beim Gehen zu. »Tschüss, Onkel Colton! Tschüss Meerjungfrauenlady!«

Ich winke ihr lachend zu.

»Danke, dass du sie abgelenkt hast«, bedankt sich Tide bei mir, sobald sie außer Sicht sind.

»Kein Problem.« Ich zucke die Schultern.

»Du kannst gut mit Kindern umgehen«, murmelt Colton sanft, und ich wende ihm das Gesicht zu, um ihn anzusehen.

»Ich liebe Kinder«, antworte ich leise.

Sein ganzer Ausdruck wird weicher und etwas, das ich im Moment nicht ergründen will, erfüllt seinen Blick.

»Ich muss zurück zur Arbeit«, verkündet Tide und unterbricht zum Glück den Moment.

Ich schaue ihm zu, wie er von seinem Hocker aufsteht und Colton seine Faust hinstreckt, damit dieser die Geste erwidert. »Wir sehen uns in der Früh im Fitnessstudio.«

»Wir sehen uns«, stimmt Colton zu.

»Gib gut acht auf meinen Jungen«, weist mich Tide an, bevor er sich zum Gehen wendet.

So bleiben Colton und ich allein zurück. Noch immer spüre ich ihn an meinem Rücken, und versuche wegzurutschen, aber er lässt mich nicht weit kommen. »Ich muss arbeiten«, wispere ich, woraufhin sich die Hand, die immer noch auf meinem Bauch ruht, fester an mich drückt.

»Es ist Mittagszeit«, erinnert er mich und senkt den Mund auf meinen Nacken. »Wir haben Pause.«

»Wir haben keine Pause«, streite ich belustigt ab und verdrehe dabei die Augen, obwohl er es nicht sehen kann. Ich spüre, wie sich seine Lippen an meinem Hals zu einem Lächeln verziehen.

»Einen Versuch war es wert.« Er küsst meinen Nacken, bevor er mich loslässt, und ich mich zu ihm umdrehe. »Wo hast du gelernt, wie man Meerjungfrauensaft macht?«, will er wissen.

»Den hab ich erfunden, damit sie nicht weint«, gebe ich grinsend zu. »Gott sei Dank habt ihr immer Saft im Kühlschrank. Sonst wäre ich wie eine Idiotin dagestanden.«

Laut lachend wirft er den Kopf in den Nacken. Mir wird warm ums Herz, als ich ihn so vergnügt sehe, und ich muss selbst lächeln. Ich weiß, es ist zu früh dafür, mich in ihn zu verlieben. Aber das passiert gerade unaufhaltsam.

»Oh Gott«, flüstere ich atemlos, als Coltons Mund meinen verlässt, um an meinem Hals weiter nach unten zu wandern. Den Kopf zurückgelehnt, keuche ich auf, als er meinen Hintern umfasst, den er gerade vor ein paar Sekunden auf die Küchenanrichte gehoben hat. Er zieht mich fester an sich und seine Erektion. Er ist so hart, dass ich ihn durch seine *und* meine Jeans hindurch spüren kann. »Das Abendessen brennt gleich an«, warne ich ihn, während ich die Hände unter sein Shirt schiebe. Nicht dass mich das Abendessen gerade besonders interessieren würde, während er mit seiner Zunge und seinen Zähnen so wundervolle Dinge mit mir anstellt.

»Lass es anbrennen. Ich will lieber dich vernaschen«, winkt er ab, und ich schließe genüsslich die Augen.

Seit er vor einigen Tagen herausgefunden hat, was mit Lisa und ihren Freundinnen in der Bar abgegangen ist, hat sich die Sache zwischen uns weiterentwickelt. Ist mit jedem Kuss und jeder Berührung heißer geworden. Ich weiß, es ist nur eine Frage der Zeit, bis wir uns nicht mehr gegen das Unvermeidliche wehren können. Und das will ich inzwischen auch gar nicht mehr.

»Colton.« Ich fange an zu keuchen, als er die Hände unter mein Shirt wandern und an den Seiten hochgleiten lässt. Auf dem Weg über meine Haut nach oben nimmt er das Shirt gleich mit.

»Fuck«, knurrt er und lässt das Kleidungsstück zu Boden fallen. Er richtet seinen Blick auf meine Brüste, die von einem schwarzen Spitzen-BH bedeckt sind. Ich sehe nach unten und beobachte, wie er die Finger unter den Rand der Spitze gleiten lässt. »Okay.« Er leckt sich die Lippen und atmet tief ein. »So sehr ich dich auf meiner Küchenanrichte nehmen will, werde ich das bei unserem ersten Mal sicher nicht tun«, stellt er klar und hebt dabei meine Beine an, damit ich sie um seinen Rücken schlinge. Dann zieht er mich von der Anrichte.

Ich will ihm sagen, dass es mich nicht stört, wo es passiert, solange er nur nicht damit aufhört. Aber dazu komme ich nicht. Sein Mund landet wieder auf meinem, und Colton küsst mich, während er mich durch die Küche zum Herd trägt. Er dreht diesen irgendwie ab, ohne den Kontakt zu meinem Mund zu verlieren. Dann geht er zum Ofen, in dem gerade ein Hühnchen brät, und tut damit dasselbe. Ich unterbreche den Kuss, damit er die Stiege hochnavigieren kann, und küsse an seinem Kiefer entlang, bevor ich zu seinem Ohr wandere.

Im Obergeschoss angekommen, drückt er mich mit dem Rücken an die Holzwand. Eine Hand immer noch auf meinem Hintern, fasst er mit der anderen in mein Haar und neigt meinen Kopf, um an meinen Mund zu gelangen. Ich zerre an seinem Hemd, öffne hektisch die Knöpfe, bevor ich es ihm von den Schultern gleiten lasse. Dann mache ich mich von ihm los, um ihn zu betrachten. Das gelingt mir jedoch nicht lang, denn plötzlich hebt er mich höher und beginnt durch meinen BH hindurch an meiner Brustwarze zu saugen. Mit einem dumpfen Geräusch lasse ich meinen Kopf gegen die Wand fallen und greife in sein dichtes Haar, weil ich etwas zum Festhalten brauche. Bevor ich die Liebkosung allzu sehr genießen kann, zieht er mich von der Wand weg, dann fliege ich regelrecht durch die Luft und lande auf dem Bett – mit ihm auf mir.

Geschickt öffnet Colton den Verschluss meines BHs vorne zwischen den Cups. Als er diesmal meinen Nippel mit seinen

Lippen umfängt, bin ich mehr als nur dankbar für unsere neue Position. Die Fersen in die Matratze grabend, drücke ich den Rücken durch und komme ihm entgegen. Colton umfasst meine andere Brust, und ich stöhne tief in meiner Kehle, bevor ich die Hüften gegen seine hebe. *Oh Gott.* Selbst durch unsere Jeans hindurch kann ich spüren, dass er riesig ist; bei dem Gedanken daran ziehen sich meine inneren Wände in mir zusammen.

»Colton«, bringe ich heiser hervor, als er seine freie Hand nach unten gleiten lässt. Als nächstes öffnet er den Knopf meiner Jeans und zieht den Reißverschluss nach unten. Als er meinen Venushügel berührt, beginnt mein Körper vor Verlangen zu zittern und ich erwidere das Stöhnen, das Colton von sich gibt, während sein kräftiger Finger über meinen Kitzler reibt.

Er gibt meine Brust frei und lehnt seine Stirn gegen mein Brustbein. »Fuck, du bist so verdammt feucht.« Er schiebt seinen Finger tiefer in mich, und ich komme ihm mit den Hüften entgegen.

Ich weiß, dass ich das nicht lange durchhalten werde. Ich bin viel zu angetörnt und ich will ihn zu sehr. Als er von mir ablässt, um sich auf die Knie zurückzusetzen, wimmere ich auf. Mit schnellen Bewegungen, als könnte auch er es nicht mehr erwarten, zieht er mir meine Jeans und den Slip aus.

»Gott, du bist wirklich überall perfekt«, murmelt er, während er zwischen meine Schamlippen entlangstreicht und meine Hüften zum Beben bringt. »So verdammt perfekt und so verdammt eng.« Er schiebt einen Finger in mich, dann noch einen und verändert schließlich die Position, um an einem Punkt tief in mir zu reiben, von dessen Existenz ich bis jetzt nicht mal was wusste.

Mit den Schultern drängt er meine Beine auseinander, dann ist sein Mund auf mir. Er leckt zweimal über meinen Kitzler, bevor er hart daran saugt. Ich habe nicht mal die Chance, mich darauf vorzubereiten, bevor ein Orgasmus in jeder Zelle von mir explodiert und mich in eine Milliarde winzige Stücke zerreißt, um mich wieder neu zusammenzusetzen. Als ich wieder zu mir komme, bewegt Colton immer noch seine Finger in mir, aber jetzt tut er es sachte. Liebevoll küsst er die Innenseite meines Oberschenkels, bevor er zu mir hochsieht. Ohne den Blickkontakt zu unterbrechen, knöpft er seine Jeans auf und zieht sie über seine Hüften nach unten.

Mein Mund wird trocken, als ich seinen Anblick in mich aufnehme. Colton ist wunderschön, sein Körper gleicht einer vor Jahrhunderten gemeißelten Skulptur, mit festen Muskeln unter glatter, goldener Haut. Mir die Lippen leckend, lasse ich den Blick auf seinen Schwanz fallen, und mein Atem stockt vor Vorfreude. Er ist dick, lang und ebenso schön. Colton fasst rüber zum Nachttisch, öffnet die Lade und schnappt sich ein Kondom. Dann sehe ich dabei zu, wie er es mit den Zähnen aufreißt und es sich überzieht.

»Bereit?«, fragt er, während er sich zwischen meinen Beinen in Position bringt.

Ich lasse meine Hände hoch zu der warmen Haut seiner Brust wandern, halte mich an seinen Schultern fest und atme tief ein. »Ja.« Ich nicke und spüre, wie die Spitze seines Schwanzes über meinen empfindsamsten Punkt streicht und schließlich dort ankommt, wo ich ihn am meisten brauche.

»Schling die Beine um mich, Baby«, verlangt Colton, und ich tue, was er verlangt.

Mein Körper zittert vor Erwartung, als er langsam in mich gleitet. Er ist so dick, dass ich mit jedem einzelnen Zentimeter einen wundervollen, brennenden Schmerz spüre.

»Du bist so eng. So verdammt perfekt für mich«, murmelt er, während er tief in mich eintaucht und mich auf mehr als nur eine Art füllt.

Tränen brennen mir in den Augen, aber ich halte sie im Zaum. Ich will diesen Moment nicht ruinieren, indem ich mich lächerlich benehme und heule.

Sobald er ganz in mir angekommen ist, streicht er mit den Lippen über meine. »Bist du okay?«

»Ja«, flüstere ich, hebe das Becken hoch und hole ihn so noch ein bisschen näher an mich.

»Gut«, flüstert er zurück und reibt den Daumen über meine

Unterlippe. »Gib mir deinen Mund, Baby.«

Ich gewähre ihm, was er will, und erwidere seinen Kuss, während er sich kurz aus mir zurückzieht, bevor er wieder langsam in mich gleitet. So langsam, dass es beinahe einer Folter gleicht. Alles von ihm, sein Gewicht, seine Männlichkeit, sein Mund, sein Geschmack, sein Duft – all das macht mir deutlich, dass ich geliefert bin. Ich bin ruiniert. Es wird niemals wieder einen anderen für mich geben als diesen Mann.

Als wir beide gemeinsam Erlösung finden, verstärkt sich diese Verbindung, die ich von Anfang an zwischen uns gespürt habe, um das Zehnfache, und mir wird klar, dass ich vorhin falsch lag. Ich verliebe mich nicht bloß in ihn. Ich verliebe mich rasend schnell, als befände ich mich im freien Fall, und es gibt nichts, was ich dagegen tun kann. Im Grunde bin ich mir auch nicht sicher, ob ich mich davon abhalten würde, wenn ich es könnte.

9. Kapitel

Colton

Sie ist die Eine

Eingehüllt in den Duft von Gias Haar, spüre ich ihren an mich geschmiegten nackten Körper und ihren sanft über meine Haut streichenden Atem, und stelle fest, dass ich nicht mehr mit den Dingen hadere, die mir zugestoßen sind. Vielmehr bin ich dankbar dafür. Nachdem ich alles verloren habe, von dem ich immer dachte, dass es mir wichtig sei, erkenne ich nun, dass mir etwas viel Besseres, Realeres gegeben wurde. Etwas, das ich für den Rest meines Lebens hegen und beschützen werde. Jetzt muss ich nur einen Weg finden, Gia dazu zu bringen, dasselbe zu fühlen.

Ich weiß, dass ich ihr etwas bedeute. Aber ich will mehr. Ich will ihr Herz. Ich will jede Nacht mit ihr zu Bett gehen und jeden Morgen neben ihr aufwachen. Damit das möglich ist, muss sie hier in der Stadt ein neues Leben anfangen. Und zwar voll und ganz. Dafür muss sie zuerst einen Job finden, wo sie mit Kindern arbeiten kann. Eine Tätigkeit, die sie liebt. Das war mir sofort klar, als ich sie mit Olivia gesehen habe. Gia vermisst das offensichtlich.

Bei dem Gedanken küsse ich sie auf den Scheitel, greife nach meinem Handy und schaue auf die Uhr. Es ist bereits nach halb sieben Uhr morgens. Obwohl ich sie gern noch einmal nehmen würde, bleibt mir dafür keine Zeit. Ich habe sie letzte Nacht ohnehin zu wenig schlafen lassen. Nach dem ersten Mal sind wir es noch einmal etwas langsamer angegangen. Danach aßen wir zu Abend. Gia saß mit einem meiner Shirts in der Küche, ich in Boxershorts. Danach ließ ich ihr nicht die Chance, in ihr Zimmer zu gehen. Stattdessen trug ich sie wieder die Stiegen hoch, wo ich sie über das Geländer des Lofts gebeugt nochmal genommen habe. Dann brachte ich sie in mein Bett, wo sie mich in der Nacht noch zwei weitere Male weckte.

Ich lasse mein Handy wieder sinken und schlinge einen Arm um Gias Körper. Fast andächtig hauche ich einen Kuss in ihr Haar und versuche, den Moment ganz auszukosten, in der Hoffnung, dass ich es damit durch den Tag schaffe. Ich wollte den Menschen vom ersten Tag an zeigen, dass sie zu mir gehört, doch nun, nachdem sie tatsächlich Mein geworden ist, wird es unmöglich sein, ihre lächerlichen Regeln zu befolgen.

»Warum schläfst du nicht?«, höre ich sie murmeln, und ich hebe den Kopf, um sie anzusehen. Ihre Lider sind geschlossen. »Ich kann dich denken hören. Keine Ahnung, wie es dir geht, aber ich bin völlig geschafft. Sag bitte, was du sagen musst, damit ich weiterschlafen kann, ja?«, gibt sie von sich, und bring mich damit zum Lächeln.

Ich hatte unrecht mit meinem Eindruck, sie wäre schüchtern. Sie ist nicht schüchtern, nicht mal ein bisschen. Zumindest nicht in meiner Gesellschaft. Ich liebe es, dass sie mir widerspricht und nicht vor mir zurückweicht, wenn sie etwas wütend macht. Ich mag es, dass sie mich nicht herumraten lässt, wenn sie etwas stört. Es ist erfrischend. Obwohl ich noch immer verärgert bin, weil sie den ganzen Bullshit mit Lisa vor mir geheim gehalten hat, auch wenn ich zu schätzen weiß, dass sie mich beschützen wollte.

»Wie kann es sein, dass du nicht müde bist?« Sie legt den Kopf in den Nacken und blinzelt mit verschlafenen Augen zu mir hoch.

»Ich habe zwar nicht lange geschlafen, dafür aber tief. Weil du bei mir warst«, gestehe ich ihr, und ihr Ausdruck wird sanft. Seufzend streiche ich mit dem Daumen über ihre Wange. »Ich muss aufstehen. Ich treffe mich mit Tide im Fitnessstudio.«

»Oh«, gibt sie von sich.

»Willst du mitkommen?«

»Du meinst, ob ich mit dir Sport machen will?«, fragt sie mit entsetztem Tonfall, und ich kämpfe gegen die Erheiterung an.

»Ja, Baby. Genau darum geht es.«

»Nein, danke. Ich stehe nicht so auf Fitnessstudios.«

»Warum das?«

»Als ich fünfzehn war, hat meine Stiefmutter meinen Dad dazu gebracht, mich viermal die Woche zum Spinning zu schicken. Sie begleitete mich immer dorthin und lästerte mit ihren Freundinnen darüber, dass ich mit fünfzehn schon Größe achtunddreißig trug. Beim Training haben ihre Witze über mein Gewicht und mein Durchhaltevermögen alle amüsiert, weshalb ich jedes Mal todunglücklich nach Hause kam. Sobald ich nicht mehr gezwungenermaßen daran teilnehmen musste, habe ich mir geschworen, nie wieder in ein Fitnessstudio zu gehen.«

»Ich zweifle daran, dass man dich in einem Fitnesscenter nochmal so hässlich behandeln würde. Aber wenn dir irgendein Arsch jemals Probleme bereiten würde, würde ich ihm eine verpassen.« Ich drücke Gia an mich. »Was hat dein Dad gesagt, als du ihm erzählst hast, was deine Stiefmutter mit dir gemacht hat?«

»Ich habe es ihm gegenüber nie erwähnt«, gibt sie leise zu.

Ich beiße die Zähne zusammen, als ich sie mir als junges Mädchen vorstelle, das gerade seine Mutter verloren hatte und sich danach mit diesem Bullshit rumschlagen musste. »Warum zur Hölle nicht?«

»Ich wollte ihn nicht aufregen«, erklärt sie.

Wut füllt meine Magengrube bei dem Gedanken daran, dass sie diesen Mist für sich behalten hat. »Also hast du die miese Behandlung durch diese Frauen zugelassen, nur um deinen Dad nicht zu belasten? So wie du die Ungeheuerlichkeiten, die Lisa dir an den Kopf geworfen hat, für dich behalten hast, um mich zu beschützen?«

»Ich ...«

»Nein«, unterbreche ich sie und komme mit meinem Gesicht näher an ihres. »Lass nicht zu, dass dich irgendjemand auf so eine Art behandelt. Und falls sowas durch irgendeinen beschissenen Zufall nochmal geschieht, will ich es wissen. Dann kümmere ich mich darum«, knurre ich.

Ich spüre, wie sie ihren Kiefer anspannt. »Ich kann selbst auf mich aufpassen.«

»Indem du was machst? Alles in dich hineinfrisst und versuchst, es deinen Mitmenschen leicht zu machen?«

»Na ja ...«

»Baby.« Ich drücke ihre Schulter. »Ich hoffe bei Gott, dass dich dein Vater beschützt hätte, hätte er gewusst, was passiert ist. Dein Dad ist heute nicht mehr hier, aber ich bin es. Also ist es meine Aufgabe, auf dich acht zu geben. Bitte lass mich das tun.«

»Ich versuche es«, flüstert sie, und ich schließe die Augen, während ich meine Stirn an ihre lehne. Ich spüre, wie sie die Hand an meine Wange legt, und öffne die Lider, um ihrem Blick zu begegnen. Sie sagt nichts, und ich schweige ebenso. Es gibt auch nichts zu sagen, als ihre Lippen auf meine treffen. Ich vertiefe den Kuss, und drehe sie auf den Rücken. Nachdem ich mich zwischen ihren Beinen positioniert habe, verbringe ich die nächste halbe Stunde damit, Liebe mit ihr zu machen. Was bedeutet, dass ich zu spät bei Tide im Fitnessstudio eintreffe. Nicht dass mich das auch nur irgendwie beschäftigen würde.

Drei Tage später lehne ich mich mit einer Tasse Kaffee in der Hand an das Geländer der Veranda und sehe zu Gia. In Jeans, einem Hoodie und Turnschuhen versucht sie Loki beizubringen, einen Ball zu apportieren. Der Hund hat keine Ahnung, was sie von ihm will, aber es gefällt ihm, dass sie ihm nachläuft. Wenn er losrennt und sich den Ball holt, gibt ihn Loki ihr nicht mehr zurück. Ich schmunzle in meinen Becher. Seit zwei Tagen versucht Gia, dem Hund das Spiel zu vermitteln, und es ist fraglich, ob er das jemals verstehen wird. Allerdings ist sie fest entschlossen, also wer weiß?

»Loki, komm her Junge.« Gia klatscht sich auf ihre Oberschenkel, um ihn herzulocken, Loki bleibt jedoch ein paar Schritte von ihr entfernt mit dem gelben Tennisball im Maul stehen. »Lass den Ball fallen«, weist sie ihn an. Er kommt ihrem Befehl nicht nach, sondern macht einen Schritt zurück, bevor er wieder abrauscht. Frustriert die Arme in die Luft werfend, düst sie ihm ein weiteres Mal hinterher und bringt mich zum Glucksen.

»Grübchen, ich denke, du führst einen aussichtslosen Kampf«, stelle ich fest, als Loki in den Wald läuft. Ihr Blick trifft meinen und sie setzt ein breites Grinsen auf. Gott, ich bin ihr vollkommen verfallen, und es ist mir sowas von egal.

»Er wird es am Ende schon kapieren«, sagt sie überzeugt und kommt dabei auf die Veranda zu. »Ich verstehe immer noch nicht, warum du ihm das Apportieren nicht schon als Welpe beigebracht hast.«

»Er war schon älter, als ich ihn übernommen habe. Ich habe ihn aus einem Zwinger geholt, nachdem ich hierhergezogen bin.«

»Das wusste ich nicht«, gesteht Gia, nachdem sie die Stiege hochgekommen ist, um mir den Kaffeebecher aus der Hand zu nehmen und einen Schluck zu trinken.

Ich lege meinen Arm um ihre Taille, ziehe sie näher an mich und küsse sie auf die Schläfe. »Jetzt weißt du Bescheid.«

»Das tue ich«, stimmt sie zu und legt den Kopf in den Nacken. Ich komme ihr entgegen und küsse sie. »Wann sollen wir nochmal zu deinen Eltern fahren?«

»Abendessen ist um sechs, aber Mom will normalerweise alle um vier dahaben, um Unterstützung bei der Vorbereitung zu erhalten.«

Gia zieht ihr Handy aus ihrer hinteren Hosentasche und schaut auf die Uhr. »Ich sollte mich duschen gehen und fertigmachen«, murmelt sie, als sie sieht, dass es bereits halb drei am Nachmittag ist, und steckt ihr Handy wieder ein.

»Ich könnte dir dabei behilflich sein.«

»Ich bin sicher, dass du das könntest. Oder du würdest mich davon abbringen, mich fertigzumachen. Was bedeuten würde, dass wir zu spät bei deinen Eltern ankommen.«

»Wie könnte ich so etwas tun?«, frage ich mit einer Unschuldsmiene. Ich lasse eine Hand unter den Saum ihres Pullovers und nach unten zu ihrer Jeans wandern, um damit eine ihrer Pobacken zu umschließen.

»Warst du nicht erst gestern der Grund, warum ich zu spät zur Arbeit gekommen bin?«, wirft sie mir ein wenig atemlos vor. Ich lächle bei dem Gedanken daran, wie ich sie in der Küche vernascht habe, nachdem sie eine Schüssel Müsli gegessen hatte. Und dann nochmal in der Dusche, gegen die Wand gedrückt.

»Du warst nicht mal fünfzehn Minuten zu spät«, erinnere ich sie, und ihr Blick fällt auf meinen Mund.

»Die Antwort lautet nein. Ich will keinen schlechten ersten Eindruck auf deine Familie machen«, erklärt sie und klingt, als würde sie bedauern, dass uns nicht mehr Zeit bleibt.

»Meine Familie liebt dich schon jetzt.«

»Ich habe deine Brüder noch gar nicht kennengelernt«, ruft sie mir in Erinnerung. Sie ist nervös, obwohl es dafür keinen Anlass gibt. Meine Brüder werden in ihr genau das erkennen, was sie ist – eine liebenswerte, offenherzige Frau, die in ihrem Inneren genauso schön ist wie äußerlich.

»Den Grund für unser verspätetes Eintreffen verstehen meine Brüder schon, wenn sie dich sehen.«

»Das hast du jetzt nicht ernsthaft gesagt«, stammelt sie entgeistert.

»Grübchen, du bist wunderschön und hast einen Körper, der meine volle Aufmerksamkeit und Hingabe verdient. Und glaub mir, ich widme mich meinen Aufgaben nur zu gern.«

»Ich halte dich gerade echt nicht aus«, meint sie lachend und verdreht die Augen, bevor sie einen weiteren Schluck Kaffee nimmt. Dann reicht sie mir die Tasse. »Ich sollte nicht lange brauchen. Während ich mich zurechtmache, kannst du versuchen, Loki das Apportieren beizubringen.«

»Das ist vergeudete Energie.« Ich verlagere den Kaffeebecher, damit ich die Hand um ihren Zopf schließen und ihren Kopf zurückziehen kann. »Ruf mich, falls du meine Hilfe brauchst.«

»Mache ich.« Sie lächelt, bevor ich sie küsse. Unwillig gebe ich sie frei und sehe ihr dabei zu, wie sie in das Haus geht, bevor ich nach hinten zur Garage schlendere. Nachdem ich den Code für die Tür eingegeben habe, mustere ich das Chaos an der Seite, wo mein Suburban geparkt war. Der Boden ist übersät mit Kisten und mehreren Möbelstücken aus dem Haus von Gias Großmutter. Diese Dinge wird sie durchschauen und teilweise zur Spendensammlung geben. Ein paar Kleidungsstücke haben wir ihrer Grandma mitgebracht, aber einiges muss vor dem nächsten Gebrauch gewaschen werden, da der Stoff nach Rauch riecht.

Ich gehe an den gestapelten Kisten vorbei nach hinten zu meinem Waffensafe. Dort gebe ich den Code ein, um ein bisschen Bargeld zu entnehmen, damit ich beim Tanken nicht meine Karte benutzen muss. Als ich den Safe öffne, ziehe ich die Brauen zusammen, denn meine Waffe liegt nicht an ihrem angestammten Platz. »Was soll der Scheiß?« Ich durchsuche alles und stelle fest, dass außer dieser Waffe nichts fehlt, nicht mal der Stapel Geld, den ich auf einer der Munitionskisten abgelegt habe.

Ich hole mein Handy hervor, wähle Dads Nummer und warte.

»Was gibt es?«, höre ich seine Stimme, sobald er abhebt, und blicke auf meine Stiefel, während ich mir den Nacken reibe.

»Haben du oder Mom zufällig meine Neunmillimeter aus dem Safe in der Garage genommen?«

»Was?«, fragt er, offenkundig perplex.

»Meine Waffe ist weg. Meine Neunmillimeter. Das Teil, das du mir vor vier Jahren zu Weihnachten geschenkt hast.«

»Sie ist verschwunden? Ich habe sie nicht. Warte mal. Lass mich deine Mom fragen«, sagt er, und ich höre ihn nach meiner Mutter rufen, bevor er sich mit dieser über die abgängige Waffe austauscht. »Sie meint, sie hätte sie nicht genommen.«

»Was ist hier los?« Ich hebe den Kopf und starre die Stelle an, wo sie sich befinden müsste.

»Fehlt sonst etwas?«

»Nichts, nicht mal das Bargeld, das ich immer im Safe aufbewahre.«

»Du musst die Cops anrufen und die Sache melden.«

»Stimmt«, murmle ich und frage mich, wer zum Teufel den Code zu meinem Safe haben und was ihn veranlassen könnte, genau diese eine Waffe zu stehlen. Neben dieser befanden sich darin noch fünf wertvollere Waffen, sowie meine üblichen tausend Dollar in bar.

»Willst du, dass ich zu dir runterfahre?«

»Nein, ich kümmere mich darum.«

»Sicher?«

»Ja«, seufze ich. »Wir sehen uns in ein paar Stunden, und ich lasse dich dann wissen, was die Cops gesagt haben.«

»Okay«, gibt er zurück, bevor ich auflege.

Online finde ich die Nummer der örtlichen Polizeistation und rufe direkt dort an. Nachdem es sich um keinen Notfall handelt, will ich vermeiden, die 911 zu wählen. Ich werde an Detective Mitchell weitergeleitet und lasse ihn das mit der Waffe wissen, bevor ich ihm die Seriennummer und andere Informationen durchgebe. Dankenswerterweise muss ich nicht persönlich erscheinen, und er verspricht mir, sich zu melden, falls die Waffe auftaucht.

Nach dem Telefonat speichere ich einen neuen Code für die Tür des Safes ein und gehe zurück in das Haus. Wegen der fehlenden Waffe läuten die Alarmglocken in meinem Kopf wie verrückt, meine Haut kribbelt und mein Magen hat sich verknotet. Ich suche Gias Zimmer auf, wo ich damit rechne, sie beim Anziehen anzutreffen. Nachdem sie nicht dort ist, laufe ich wieder nach unten und öffne die Tür zum Gästezimmer. Ich finde sie im angrenzenden Bad vor dem Waschbecken. Sie trägt ein T-Shirt und sonst nichts. Mich an den Türstock lehnend, schaue ich ihr dabei zu, wie sie ihre Haare zu Locken formt.

»Du hättest dich oben zurechtmachen können«, informiere ich sie, und ihr Blick trifft meinen im Spiegel.

»Mein Zeug ist hier unten«, gibt sie zurück, und ich versuche, mich davon möglichst nicht beeinflussen zu lassen. Ich will ihre Sachen nicht hier unten haben, aber ich weiß auch, dass ich sie nicht zu sehr drängen darf, obwohl alles in mir meinen Willen durchsetzen möchte.

»Bist du okay?«, fragt sie nach einer Minute, und ich reiße meinen Blick von ihrem Haar los, um ihr in die Augen zu sehen.

»Ja«, lüge ich, und sie neigt den Kopf zur Seite.

»Bist du sicher?«

»Ich bin sicher.« Ich stelle mich hinter sie und lege einen Arm um ihre Taille. Ihren Duft tief einatmend, versuche ich das Gefühl in meinem Bauch zu vertreiben.

»Ich sollte in fünfzehn Minuten oder so fertig sein. Würde es dich stören, wenn wir ein paar Minuten früher losfahren? Ich möchte unterwegs noch ein paar Blumen für deine Mom besorgen?«

»Du musst meiner Mom keine Blumen mitbringen«, sage ich ihr lächelnd.

Sie umschließt meine auf ihrem Bauch liegenden Hände mit ihren. »Ich weiß, dass ich das nicht muss. Meine Mom hat das immer getan, wenn sie zu einem Abendessen eingeladen war, und mir gefällt der Gedanke«, erklärt sie, und mein Magen verknotet sich jetzt aus einem anderen Grund.

»Wir halten irgendwo«, verspreche ich, küsse sie auf den Hals und sehe sie dann durch den Spiegel an. Obwohl ich liebe, dass sie mit mir über ihre Eltern sprechen will, belastet mich die Traurigkeit, die ich dabei in ihren Augen entdecke.

»Wenn ich irgendwann fertig sein soll, musst du mich loslassen«, flüstert sie einen Moment später. Nachdem ich sie zu mir gedreht habe, küsse ich sie und gebe sie frei, damit sie weitermachen kann.

Auf dem Weg nach oben ins Loft ziehe ich mein Shirt aus und rufe meinen Dad zurück. Ich lasse ihn wissen, was der Detective gesagt hat. Bevor ich auflege, bitte ich ihn noch, Gia gegenüber nichts von alledem zu erwähnen. Ich will nicht, dass sie sich Sorgen macht. Sie hat schon genug um die Ohren, und es gefällt mir nicht, dass ich teilweise dafür verantwortlich bin. Lisa ist nicht wieder in die Bar zurückgekehrt oder hat auf anderen Wegen den Kontakt zu Gia gesucht. Vor ein paar

Tagen kamen jedoch ihre Freundinnen in der Bar vorbei und wollten Gia beeinflussen. Der Vorfall ereignete sich während meiner Abwesenheit, weil einer meiner Kollegen vom Militär in der Stadt zu Besuch war.

Als ich wieder unten ankomme, finde ich Gia in der Küche. Sie trägt ein Paar enge, dunkle Jeans, die am Knöchel hochgekrempelt sind, dazu hochhackige schwarze Stiefeletten. Es sind dieselben wie an dem Tag, an dem wir uns kennengelernt haben. Außerdem hat sie einen weich aussehenden, cremefarbenen Pullover an, der hinten einen tiefen V-Ausschnitt aufweist, über den sich schwarze Streifen aus Satin spannen.

Als Gia den Klang meiner Stiefel vernimmt, dreht sie sich mir lächelnd zu. Zum ersten Mal, seit wir uns kennen, hat sie Make-up aufgelegt. Es ist dezent, aber der Effekt ist ausreichend, um das Strahlen ihrer Augen und die Fülle ihrer üppigen Lippen zu betonen.

»Du siehst wunderschön aus«, sage ich, und sie lächelt liebevoll zurück.

»Danke dir.« Sobald ich vor ihr stehe, neigt Gia den Kopf für einen Kuss nach hinten. Die letzte Woche über habe ich mich an diese Geste von ihr gewöhnt. Jedes Mal, wenn sie meinen Mund fordert, tut sie das. Wortlos lässt sie mich wissen, was sie will. Es gefällt mir, dass sie mir das schenkt.

»Nur, damit das klar ist – deine Regeln gelten nicht, wenn wir im Haus meiner Eltern sind. Ich kann und werde dich küssen, wann immer ich will.«

Sie wirkt erheitert. »Nicht vor deinen Eltern.«

»Dem stimme ich nicht zu, Baby«, erwidere ich, während ich ihr das Haar über die Schulter zurückstreiche und sie auf den Hals küsse. »Können wir los?«

»Ja, ich wollte nur noch Loki etwas zu fressen rausstellen, nachdem er sich weigert, reinzukommen«, murmelt sie, und ich lächle, während ich ihr dabei zusehe, wie sie eine Schüssel mit Trockenfutter füllt.

Ich nehme ihr den vollen Napf aus der Hand. »Ich habe dir gesagt, er ist sein eigener Herr.« Nachdem ich die Vordertür geöffnet habe, stelle ich die Schüssel draußen hin und pfeife nach Loki. Er rennt die Stiegen hoch und fängt an zu fressen. Ich streichle dem Riesen über den Kopf, ziehe die Tür hinter mir wieder zu und nehme meine und Gias Jacke vom Haken, um ihr in ihre hineinzuhelfen. Dann sehe ich dabei zu, wie sie sich den dicken creme- und goldfarbenen Schal um den Hals legt, den sie aus dem von meiner Mom mitgebrachten Garn gestrickt hat.

»Bereit?«, frage ich, und ihr Blick trifft meinen.

»So bereit, wie ich es nur sein kann.«

Ich führe sie durch die Eingangstür zu meinem Suburban und helfe ihr hinein. Dann jogge ich rüber zur Fahrerseite, setze mich hinters Steuer und fahre uns in die Stadt. Nach einem Zwischenstopp bei einer Tankstelle halte ich beim örtlichen Lebensmittelladen, da das Blumengeschäft sonntags geschlossen hat. Gia braucht eine Ewigkeit dafür, die Blumen auszusuchen, was bedeutet, dass es bereits nach vier ist, als wir auf den Highway biegen. Das macht sie offensichtlich nervös.

»Es wird schon alles gutgehen. Du kannst aufhören, die Tür anzustarren, als würdest du darüber nachdenken, sie zu öffnen und raus auf die Straße zu springen«, beruhige ich sie, während ich ihre Hand umfasse und sie auf meinen Oberschenkel ziehe.

»Daran habe ich überhaupt nicht gedacht«, grummelt sie leise, und bringt mich zum Lächeln.

»Hast du schon mal bei der Familie eines festen Freundes zu Abend gegessen?«, will ich wissen, und ihre Hand zuckt bei den Worten *fester Freund*.

»Nein ... ich ...« Sie räuspert sich. »Ich hatte noch nie wirklich einen Freund.«

»Was?«, frage ich schockiert und werfe ihr einen schnellen Blick zu, bevor ich mich wieder auf die Straße konzentriere.

»Ich hatte noch nie einen Freund. Es gab einige Dates, aber es wurde nie was Ernstes.«

»Du verarschst mich, oder?«

»Das tue ich nicht.«

Ich sehe, wie sie auf ihrem Platz hin und her rutscht.

»Babe, wie zum Teufel kann das sein?« Mir ist unbegreiflich, wie es möglich ist, dass eine Frau mit ihrem Aussehen und ihrer Ausstrahlung bisher noch keine richtige Beziehung hatte.

»Ich weiß nicht. Es ist einfach nie geschehen.«

»Du weißt aber, dass das zwischen uns was Ernstes ist, oder?«, frage ich, um mich zu vergewissern, dass ihr klar ist, was zwischen uns passiert.

»Ich wusste es nicht«, gibt sie zu, und ich festige meinen Griff um das Lenkrad, und auch den um ihre Hand.

»Das ist es aber. Ich bin dein Mann, dein Freund, dein Lebensgefährte. Wie auch immer du mich nennen willst, das bin ich für dich.«

»Lebensgefährte?«, wiederholt sie, und ich höre die Belustigung in ihrer Stimme, ignoriere diese aber und bleibe weiterhin fokussiert.

»Das hier ist mehr als nur eine Bettgeschichte«, stelle ich klar und versuche, mir die Verstimmung nicht anhören zu lassen. »Verstehst du das?«

»Das tue ich«, flüstert sie. »Wir haben nie darüber geredet.«

»Ich dachte nicht, dass wir das müssten. Du schläfst seit einer Weile in meinem Bett, und davor haben wir beinahe jeden Abend gemeinsam gegessen, sind ausgegangen und haben Zeit miteinander verbracht.«

»Ich wollte es nicht zu etwas Größerem machen, als es vielleicht war. Auch wenn ich darauf gehofft habe«, gibt sie zu, und ich entdecke, dass sie auf ihrer Unterlippe herumkaut.

»Baby, du musst anfangen, mit mir über Dinge zu sprechen, die dir auf dem Herzen liegen. Hab bitte nie Scheu, mich etwas zu fragen, das mit uns zu tun hat.«

»Okay.«

Ich stoße ein Seufzen aus. »Wie kann es sein, dass du mich so verdammt glücklich machst und gleichzeitig meine Nerven so strapazierst?« Gia drückt meine Hand, während ich meine Aufmerksamkeit auf die Einfahrt meiner Eltern richte.

»Ich bin froh. Ich meine, nicht darüber, dass ich dich nerve, aber ich bin froh, dass du«, sie hält inne, als wäre sie unsicher, wie sie die nächsten Worte formulieren soll, »mein Freund sein willst.«

»Gott, Grübchen. Ich bin froh, dass dich das glücklich macht. Du hättest mich ja ohnehin am Hals, weil ich dich nie im Leben wieder loslasse.«

»Du ... du lässt mich nicht wieder los?«

»Nope.«

»Oh«, meint sie, während wir vor dem Haus meiner Eltern anhalten.

Ich stelle den Motor ab und öffne ihren Gurt, bevor ich die Hand an ihren Nacken lege, um sie an mich zu ziehen. Als ich in ihre sorgenvollen Augen blicke, schüttle ich den Kopf. »Bitte wirf jetzt nicht die Nerven weg.«

»Ich werfe die Nerven nicht weg.«

»Gut«, sage ich, obwohl offensichtlich ist, dass sie lügt. Ich lasse meine Hand weiter nach oben wandern und umfasse ihr Kinn. »Es hat sich nichts geändert.« Ich senke den Kopf und berühre ihre Lippen mit meinen. »Und? Bist du bereit, meine Brüder kennenzulernen?«, frage ich, und die Sorge, die während unseres Kusses aus ihren Augen verschwunden war, kehrt zurück. »Sie warten schon draußen auf uns, also ist es zu spät, um wegzulaufen.«

Gia neigt den Kopf, um sich meine Worte zu bestätigen. Meine beiden Brüder stehen auf der Veranda und beobachten uns. »Oh, mein Gott«, flüstert sie, und ich stoße einen erheiterten Laut aus.

Nachdem ich mich von ihr gelöst habe, öffne ich die Tür und laufe um das Auto herum zu ihrer Seite. Ich nehme ihr den Blumenstrauß aus der Hand und helfe ihr aus dem Wagen. Danach gebe ich Gia die Blumen zurück und lege den Arm um ihre Hüfte, um sie in Richtung Veranda zu begleiten. »Jungs, das ist Gia. Gia, mein Bruder Cade.« Ich nicke ihm zu, während wir die Stufen hochgehen.

Cade hat das gleiche dunkle Haar und die gleichen dunklen Augen wie ich, ist aber ein paar Zentimeter kleiner. Außerdem hat er die Statur einer Bulldogge, weil er die ganze Zeit trainiert, um für seinen Job als Polizist in Form zu bleiben.

»Und mein Bruder Carson.« Ich weise mit dem Kinn in dessen Richtung, als wir oben ankommen.

Carson ist so groß und ähnlich gebaut wie ich, aber ihm wurde das rotblonde Haar meiner Mutter gegeben – was er in unserer Kindheit hasste. Jetzt könnte es ihm nicht gleichgültiger sein, es hat ihn nie daran gehindert, jede Frau zu kriegen, die er sich in den Kopf gesetzt hatte.

»Es ist schön, euch kennenzulernen«, begrüßt Gia die beiden.

Carson grinst und zieht sie in eine Umarmung. Ungeschickt tätschelt Gia seinen Rücken. »Gleichfalls, Gia«, sagt er, als er sie loslässt, und Cade schüttelt den Kopf.

Er schubst Carson weg. »Mom kann nicht aufhören, über dich zu reden.« Cade umarmt sie ebenfalls, jedoch kürzer als Carson.

»Wo sind die Mädchen?«, frage ich an Cade gewandt.

»Janet musste zum Laden, um Bier zu holen, deshalb sind die Mädchen drinnen und helfen Mom beim Kochen. Gleichzeitig verwüsten sie die Küche.«

»Ich sollte zu ihnen gehen und sie unterstützen«, murmelt Gia, und ich schaue zu ihr nach unten.

»Klar, Baby.« Ich halte sie weiter im Arm, als sie den Kopf in den Nacken legt, um mir ihren Mund anzubieten. Offenbar ist es okay für sie, wenn ich sie vor meinen Brüdern küsse. Nachdem ich ihrer Aufforderung nachgekommen bin, lasse ich die Hand von ihrer Taille sinken. »Ich komme gleich nach.«

Gia nickt und wendet sich Cade und Carson zu. »Es freut mich, euch endlich zu treffen.« Dann senkt sie den Blick und geht ins Haus.

Sobald sie fort ist, stelle ich mich meinen Brüdern.

»Sie ist süß«, bemerkt Carson, während er von der Tür zu mir sieht. »Echt süß.«

»Wo ist Dad?«, frage ich kopfschüttelnd.

»Draußen in der Werkstatt«, informiert mich Cade.

Ich nehme die Stufen nach unten und gehe um das Haus herum. Meine Brüder folgen mir. Als ich die Werkstatt öffne, entdecke ich meinen Dad dort, wo er sich üblicherweise aufhält, wenn er eine Sekunde für sich hat: Er schraubt an seinem Motorrad herum.

»Holt ihr mir ein Bier?«, bittet er, sobald er uns bemerkt.

Ich mache mich zum Kühlschrank auf und schnappe mir eine Flasche für ihn und eine für mich selbst. Nachdem ich beide mit dem an der Kühlschranktür befestigten Flaschenöffner geöffnet habe, nehme ich einen tiefen Schluck, nachdem ich ihm seine Flasche gereicht habe.

»Ist Gia drinnen?«, will er wissen.

»Ja«, antworte ich und setze mich auf die Holzbank.

»Hast du immer noch nicht vor, das mit der Waffe zu erwähnen?«, will er offensichtlich besorgt wissen.

»Welche Waffe?«, bohrt Cade nach, bevor ich antworten kann.

»Meine Neunmillimeter ist nicht mehr im Safe in meiner Garage«, erkläre ich, während er Carson ein Bier gibt.

»Was?« Cade kommt näher und lässt sich auf einem der Rollsessel aus Leder und Stahl nieder.

»Meine Neunmillimeter ist verschwunden. Ich wollte heute ein bisschen Bargeld aus meinem Safe holen und habe festgestellt, dass sie fort ist.«

»Hast du Meldung erstattet?«, fragt Carson nach einem Schluck Bier.

»Ja, ein Detective schaut sich den Fall an.«

»Wann hast du sie das letzte Mal gesehen?« Ich kann erkennen, dass Cade in seinen Polizistenmodus übergegangen ist.

»Vor ein paar Tagen.« Immer wenn ich Trinkgeld bekomme, lege ich das Geld dort rein, damit ich es nicht mit mir herumtrage. Das war das letzte Mal, dass ich sie gesehen habe.

»Kennt irgendjemand den Code?«, fährt Cade mit seiner Befragung fort, während er die Arme vor der Brust verschränkt und sich breitbeiniger hinstellt.

»Mom und Dad, aber sonst fällt mir niemand ein. Keiner von ihnen hat sie rausgenommen, also habe ich keinen Plan, wer sich Zugang zum Safe verschafft haben könnte. Oder warum diese Person nur die Waffe und nichts Anderes entwendet haben könnte. Ich habe darin Waffen, die jeweils fast einen Tausender wert sind. Es ergibt keinen Sinn«, stelle ich fest und stütze die Ellenbogen auf meinen Knien ab.

»Dein Code war dein Geburtstag. Das hätte jemand erraten können«, meint Dad, und ich seufze. Er hat recht, das könnte passiert sein.

»Du hast nicht vor, Gia zu erzählen, dass dir eine Waffe abgeht?«, hakt Cade nach, und ich schaue ihn an.

»Sie hat schon genug Probleme am Hals. Ich will nicht, dass sie sich auch noch darum Sorgen machen muss.«

»Ist das der wahre Grund, oder glaubst du, sie hat sie genommen?«

Ich richte mich auf.

»Das hat sie verdammt nochmal nicht«, wirft Dad ein und schüttelt den Kopf. »Hast du sie gesehen?«

»Ja, vorhin.« Cade setzt eine nachdenkliche Miene auf.

»Wahrscheinlich würde das Mädchen beim Anblick einer Waffe das Weite suchen. Warum zum Teufel sollte sie eine stehlen?«, fragt Dad.

»Ich weiß es nicht.« Mein Bruder fährt sich durchs Haar. »Ich stelle nur Fragen, um zu versuchen, auf eine Lösung zu kommen.«

»Dann stellst du aber die falschen Fragen«, grummelt Dad, und ich grinse. Er mag Gia. Offenbar meldet sich gerade sein Beschützerinstinkt. »Wir sollten reingehen, bevor eure Mom rauskommt, um zu erfahren, warum wir den Griller noch nicht angeworfen haben.« Mit dem Bier in der Hand erhebt er sich und geht zur Tür.

Gemeinsam überqueren wir den Rasen und betreten die Küche durch die Hintertür. Bei unserem Anblick wird mir unisono *Onkel Colton!* entgegengerufen. Mit einem Lächeln trete ich an meine fünf- und meine sechsjährige Nichte heran. Sie sitzen beide auf der großen, mit einer marmornen Arbeitsfläche versehenen Kücheninsel inmitten des Raumes und verrühren etwas in einer Schüssel.

»Hey, Mizza.« Ich küsse sie auf den Scheitel und beuge mich rüber zu ihrer Schwester. »Hey, Imma.« Ich drücke einen Kuss auf ihre Wange, und sie mustert mich interessiert.

»Wir haben deine Freundin getroffen«, informiert sie mich. »Sie ist hübsch.«

»Das ist sie.« Ich streiche ihr über den Kopf.

»Wirst du sie heiraten?«, will Mizza wissen, und ich spüre, wie sich meine Mundwinkel verziehen.

»Ich weiß nicht, Süße.«

»Ich finde, du solltest sie heiraten und mich zum Blumenmädchen machen.«

»Nein, ich werde das Blumenmädchen sein«, widerspricht Imma laut, während sie ihrer Schwester einen bösen Blick zuwirft.

»Nein, das wirst du nicht«, protestiert ihre Schwester und starrt sie zornig an.

»Worüber streitet ihr euch denn jetzt schon wieder?«, will Janet wissen, die gerade mit Einkaufstüten in die Küche kommt. Gia folgt ihr mit einer Bierkiste in der einen und einer Box *Cider* in der anderen Hand.

»Mizza denkt, dass sie bei Onkel Coltons Hochzeit das Blumenmädchen sein darf«, jammert Imma und sucht den Blick ihrer Mutter. Dabei verschränkt sie schmollend die Arme vor ihrer Brust. »Ich will aber das Blumenmädchen sein.«

»Das geht nicht, weil *ich* das sein werde, wenn er Gia heiratet«, erklärt Mizza selbstzufrieden.

»Auweia«, höre ich Gia flüstern und wende mich ihr zu. Ihre Augen sind geweitet und ihre Wangen gerötet.

»Bevor ihr Mädchen Gia komplett fertigmacht: Wie wäre es, wenn wir darüber reden, sobald die Zeit dafür reif ist?«, schlägt Janet vor, und ich höre Mom lachen. Mir fällt auf, dass sie nicht mal versucht, sich zu involvieren, um die beiden vom Streiten abzuhalten.

»Lass mich das tragen, Baby.« Ich nehme Gia ihre Sachen aus der Hand, küsse sie auf die Schläfe und trage dann das Bier und die *Cider* zum Kühlschrank. Als ich wieder bei ihr bin, lege ich einen Arm um ihre Schultern. »Ich nehme an, du hast inzwischen alle kennengelernt.«

»Habe ich.« Sie schaut zu mir hoch und lächelt. Dabei wirkt sie immer noch, als stünde sie ein bisschen unter Schock.

»Gia, darf ich dein Blumenmädchen sein?«, fragt Imma, der die Vorstellung offenkundig missfällt, später darüber zu reden und am Ende vielleicht ihren Platz an ihre große Schwester zu verlieren.

»Ich ...«

»Nein, kann ich es machen?«, unterbricht sie Mizza, und die Hand, die Gia an meinen Rücken gelegt hat, verkrampft sich um mein Shirt.

»Ich ... na ja ...« Sie hält inne und hebt die Schultern. »Falls das eines Tages passiert, hätte ich euch beide liebend gern als meine Blumenmädchen. Aber«, fügt sie schnell hinzu, »nur, falls das je passiert.«

»Jippie!«, kreischt Mizza und wirft die Hände in die Luft.

»Juhuu!«, tut es Imma ihrer Schwester lautstark gleich.

»Gott«, murmelt Carson an meiner Seite, und meine Lippen verziehen sich wie von selbst, bevor ich Gias Lachen vernehme.

Sofort festige ich meinen Griff um sie, darauf wartend, dass sie ihren Kopf in den Nacken legt, damit ich einen Kuss auf ihren Lippen platzieren kann. Dann lehne ich mich zurück, um ihr in die Augen zu sehen. Sie wirkt nicht mehr irritiert, sondern glücklich und entspannt, was mich mit Erleichterung erfüllt. »Willst du ein Bier?«

»Nein, will sie nicht. Sie will einen *Cider*«, stellt Janet klar, und Gia und ich sehen sie beide an. »Sie und ich werden ein bisschen Mädchenzeit miteinander verbringen.«

»Kann ich mitkommen, Mommy?«, bittet Mizza.

»Und ich?«, fügt Imma mit einem hoffnungsvollen Blick hinzu.

»Sorry, Babys, keine Männer und keine Kinder.«

»Das ist scheiße«, grummelt Mizza und verschränkt schnaubend die Arme vor ihrer Brust.

»Was habe ich über das Wort *scheiße* gesagt?«, wirft Cade ein.

Mizzas Blick fällt auf ihren Vater und ihre Augen weiten sich. »Sorry, Daddy«, murmelt sie.

»Ich brauche immer noch Hilfe mit dem Apfelkuchen«, verkündet Mom, und beide Mädchen beginnen, sie mit Fragen darüber zu bombardieren, was sie tun sollen.

»Bereit, meine Liebe?«, fragt Janet, und ich spüre Gia nicken.

»Ich bin hinten auf der Veranda, falls du mich brauchst«, informiere ich sie und küsse sie nochmal.

»Ich komme schon klar«, flüstert sie.

»Sie wird dich nicht brauchen.« Janet verdreht die Augen in meine Richtung, bevor sie zu ihrem Mann geht und sich auf die Zehenspitzen stellt, um sich einen Kuss zu holen. Dann geht sie rüber zum Kühlschrank und schnappt sich zwei *Cider*. Zurück bei Gia nimmt sie ihre Hand und zieht sie mit sich aus dem Zimmer.

»Sollte ich mir deswegen Sorgen machen?«, frage ich Cade, der mit den Schultern zuckt.

»Ich glaube nicht. Du weißt, dass Janet Lisa nie gemocht hat. Ich schätze, dass sie herausfinden will, wie Gia so tickt, um sicherzustellen, dass sie gut genug für dich ist«, antwortet er, und ich schaue zu der Stelle, wo die beiden Frauen gerade noch standen. »Es wird schon nichts passieren. Komm schon. Wir müssen sicherstellen, dass Dad nicht schon wieder zu viel Kerosin in den Grill schüttet.«

»Stimmt.« Ich schmunzle bei dem Gedanken daran, wie sich mein Vater einmal die Hälfte seiner Gesichtshaare versengte. Damals war es nicht so komisch, aber rückblickend finde ich es zum Totlachen.

Einen Schluck von meinem Bier nehmend, beobachte ich Gia dabei, wie sie mit Mom, Janet und den Mädchen durch die Glasschiebetür hereinkommt. Sie wollen den Kuchen holen, den sie gebacken haben, sowie Vanilleeis. Das Abendessen verlief gut. Gia war entspannt und hat alle zum Lachen gebracht. Es war offensichtlich für mich, dass meine Familie im Begriff war, sich genauso schnell wie ich in sie zu verlieben. Das hat mich nicht überrascht. Es fällt einem leicht, sie zu mögen: Sie ist lieb zu den beiden kleinen Mädchen, geht Mom in der Küche zur Hand und schäkert mit meinen Brüdern.

»Ich finde, ihr passt gut zusammen, Mann«, bemerkt Carson. »Sie ist nett, und es schadet auch nicht, dass sie hübsch anzusehen ist.«

»Ich weiß, und ich würde es zu schätzen wissen, wenn du verdammt noch mal damit aufhören würdest, sie abzuchecken. Und lass die Flirterei«, murmle ich, und sein Lächeln wird breiter, bevor es sich zu einem Grinsen wandelt.

»Ich glaube nicht, dass ich dich jemals so glücklich oder entspannt erlebt habe«, fügt Cade hinzu, und ich lege den Kopf in den Nacken.

»Wahrscheinlich, weil ich seit einer verdammt langen Zeit nicht mehr so glücklich oder entspannt war«, räume ich ein. »Du weißt, wie es für mich war, als ich annahm, ich würde nie mehr laufen können. Seit mich die Kugel getroffen hatte, war mir, als wäre ich in diesem Moment gefangen geblieben. Selbst als ich wieder laufen gelernt hatte, musste ich jeden Tag damit leben. Und jetzt ...« Ich halte inne und streiche mir mit der Hand durchs Haar. »Jetzt ist es so, als wäre das alles nie passiert. Sie hat diese furchtbare Geschichte aus meinem Kopf gelöscht.«

»Ich habe es dir gesagt«, wirft Dad ein, und ich erkenne ein wissendes Lächeln in seinem Gesicht.

»Ich muss sie erst noch davon überzeugen, dass sie für immer hierherziehen soll. Das alles wird sich für mich erst gut anfühlen, wenn ich weiß, dass sie bei mir leben will. Sie hat noch nie in einer so kleinen Stadt gewohnt, also ist für mich unklar, ob sie hier wirklich glücklich werden kann.«

»Sie ist noch nicht für immer hierhergezogen?«, fragt Carson, und ich schüttle den Kopf.

»Der Großteil ihrer Sachen ist noch in Chicago in einem Haus, das Gia gemeinsam mit einer Freundin bewohnt. Bisher hat sie nicht davon gesprochen, sich langfristig hier niederzulassen. Und da zwischen uns noch alles frisch ist, habe ich es ihr gegenüber nicht zum Thema gemacht.«

»Du solltest Gia sagen, was du empfindest«, schlägt Cade vor und nimmt einen Schluck von seinem Bier.

»Ich lasse es langsam angehen. Ich habe erst heute erfahren, dass sie vor mir noch nicht mal einen Freund hatte und ihr nicht klar war, dass wir zusammen sind. Sie traute sich nicht mal zu denken, dass da zwischen uns mehr ist, obwohl sie es sich gewünscht hat.«

»Frauen sind so verdammt verwirrend«, murmelt Carson, und Dad brummt zustimmend.

»Also ist sie die Eine?«, fragt Cade sanft, und ich spüre, wie sich meine Brust erwärmt und zusammenzieht.

Ich muss über die Antwort nicht mal nachdenken, weil ich mit jeder Faser meines Körpers spüre, dass sie es ist. »Ja, Mann. Sie ist die Eine.«

Jetzt hoffe ich bloß, dass ich auch der Eine für sie bin.

10. Kapitel

Gia

Schmetterling

Auf der Suche nach Socken durchwühle ich Coltons Schubladen, bis ich ein Paar finde und anziehe. Dann laufe ich nach unten und sehe nach dem Abendessen. Ich hatte heute frei, also habe ich beschlossen, Sachen einzukaufen, um einen Braten zuzubereiten – mit allem, was dazugehört. Das inkludiert Babykarotten, eine Sauce und selbstgemachte süße Brötchen – ein Rezept, das mir meine Mom beigebracht hat. Da der Braten immer noch nicht fertig ist und die Brötchen gerade erst aufgehen, nehme ich mein Handy und ein Glas von der Anrichte. Ich schenke mir Wein ein und mache mich auf den Weg durch die Vordertür auf die Veranda. Nachdem ich mein Getränk auf dem Holzgeländer abgestellt habe, rufe ich Nat an.

»Hey, Fremde! Ich war kurz davor, einen Suchtrupp nach Tennessee zu schicken, um dich aufzuspüren«, sagt sie, als sie beim zweiten Klingeln abhebt.

»Das ist nicht notwendig.« Ich nehme lächelnd einen Schluck Wein. »Sorry, dass ich nicht angerufen habe. Letzte Woche ging alles drunter und drüber«, entschuldige ich mich, und das ist nicht mal gelogen. Zwischen dem Abendessen mit Coltons Familie letzten Samstag, meinen Schichten im *Rusty Rose*, den Besuchen bei Grandma und dem Dinner bei Nina und Ned gestern Abend konnte ich kaum Luft holen.

»Das verstehe ich«, meint Nat. »Wie war das Abendessen mit Coltons Familie letztes Wochenende?«

»Gut«, antworte ich leise. Das Abendessen war toll. Eigentlich war es perfekt. Ich fand das Gefühl sehr schön, Teil einer Familie zu sein. Ich habe das so lange nicht mehr gespürt, dass ich total vergessen habe, wie gut es sich anfühlt. Einfach mit Leuten um einen Tisch herumzusitzen, die einander etwas bedeuten, ihren Erzählungen zu lauschen und eigene Geschichten mit ihnen zu teilen. Ich habe das vermisst, und Colton so nah zu sein, händchenhaltend, hat die Sache noch besser gemacht.

»Nur gut? Ich weiß, du hattest dir Sorgen gemacht.«

»Wirklich gut. Seine Brüder sind cool und seine Schwägerin ist lieb. Außerdem sind seine Nichten anbetungswürdig, und du weißt bereits, dass ich seine Eltern liebe. Das Treffen war toll. Ich habe mir grundlos Sorgen gemacht.«

»Und wie läuft es zwischen dir und Colton?«, bohrt Nat nach, und ich nehme meinen Wein mit zu einem der Schaukelstühle und setze mich. In diesem Moment kommt Loki daher und legt den Kopf auf meinen Schoß.

»Ich habe mich vollkommen in ihn verliebt«, gebe ich leise zu, während ich auf das Wasser hinausschaue. Es ist gerade dabei, die rosarote Farbe des Himmels anzunehmen.

»Du hast Angst«, flüstert sie, meinen Ton richtig einschätzend, und ich schließe kurz die Augen.

»Todesangst«, wispere ich zurück und nehme einen weiteren Schluck Wein. »Vor zwei Tagen hat er mein ganzes Zeug aus seinem Gästezimmer nach oben gebracht und mir gesagt, ich soll es auspacken. Er hatte ein paar Schubladen für mich ausgeräumt und Platz in seinem Schrank gemacht.«

»Er verliert keine Zeit.«

»Genau«, stimme ich zu und beiße mir auf die Unterlippe. »Das passiert alles so rasch. Glaubst du, es geht zu schnell?« Das ist dieselbe Frage, die ich mir die ganze letzte Woche über gestellt habe.

»Fühlt es sich richtig an?«, fragt sie zurück, und ich muss über die Antwort nicht einmal nachdenken.

»Ja.«

»Dann spielt es keine Rolle, wie schnell oder langsam ihr es angeht.«

Gott, ich liebe meine beste Freundin, und sie fehlt mir.

»Ich vermisse dich.«

»Ich vermisse dich auch. Deswegen habe ich auch vor, dich

in zwei Wochen zu besuchen.«

»Wirklich?«

»Ja. Leider kann ich diesmal nicht allzu lange bleiben, aber vielleicht darf ich ja noch mal ein paar Wochen im Sommer vorbeikommen?«

»Du weißt, dass du immer willkommen sein wirst«, versichere ich ihr und freue mich darauf, sie Colton und seiner Familie vorzustellen. Vielleicht sogar Tide und Olivia.

»Wie geht es deiner Grandma?«

Bei der Frage trifft mich ein Schmerz mitten in die Brust und strahlt durch mich hindurch. Er bringt meinen Magen dazu, sich zu verknoten. »Nicht gut. Sie ist wieder total in sich gekehrt. Sie ist ... Ich weiß nicht. Sie ist einfach nicht mehr sie selbst, nicht mal mehr der Mensch, der sie war, als ich hier angekommen bin.«

»Was sagen die Ärzte?«, will sie mit besorgtem Ton wissen.

»Nichts Neues. Dass die Krankheit weiter fortschreitet.«

»Das tut mir leid.«

»Mir auch.« Ich stelle das Weinglas neben meinen Füßen auf den Boden, damit ich mit den Fingern über das Fell auf Lokis Kopf streichen kann.

»Wie geht es mit den Brandstiftungsermittlungen und dem Haus weiter?«

»Ich habe seit unserem letzten Gespräch nichts mehr von dem Detective gehört. Colton und Tide haben mir geholfen, aus Grandmas Haus zu holen, was noch zu retten war. Ich bin dabei, mich langsam durch alles hindurchzuarbeiten. Aber es ist viel Kram. Außerdem habe ich vor einer Woche die Versicherung kontaktiert, sie prüfen meinen Antrag immer noch und führen ihre eigenen Ermittlungen durch.«

»Hoffentlich kommen sie bald zu einem Schluss.«

»Das hoffe ich auch.« Ich seufze. »Grandmas Versicherung kommt gerade für alle ihre Kosten auf, aber ich weiß nicht, ob das eine Langzeitlösung ist. Wenn nicht, muss ich einen Weg finden, ihren Aufenthalt im Pflegeheim zu finanzieren, bis ich das Haus für sie verkaufen kann.«

»Lass mich wissen, wenn ich dir aushelfen soll.«

»Es müsste sich schon ausgehen. Außer für meine Studiengebühren habe ich das bisschen Geld, das mir Dad hinterlassen hat, immer noch nicht angefasst. Wenn es sein muss, werde ich es dafür nutzen.«

»Dir ist klar, dass du mich immer fragen kannst und ich dir geben werde, was immer mir möglich ist?«

»Danke.«

»Dafür sind beste Freunde da.«

»Also, wann bin ich damit dran, dich zu retten?«, scherze ich.

»Du wurdest dafür suspendiert, dass du Nick Krouger eine verpasst hast, als wir acht waren und er mir Kaugummi ins Haar geklebt hat. Ich glaube, wir sind quitt.«

»Es hat mir gefallen, ihn zu verprügeln«, murmle ich, und sie lacht. Das ist nicht gelogen. Es hat mir gefallen. Er war ein Fiesling, der die ganze Zeit auf jedem herumgehackt hat. Nachdem ich ihm eins auf die Nase verpasst hatte, hörte er damit auf und wurde tatsächlich zu einem guten Freund.

»Wenn wir schon beim Thema Verprügeln sind – wie läuft es mit Coltons Ex?«

»Sie hat keine Mucken mehr gemacht. Ich weiß nicht, ob es gewirkt hat, dass ihr Dad mit ihr gesprochen hat, aber sie ist nicht mehr vorbeigekommen«, sage ich und spare die Tatsache aus, dass mich ihre Freundinnen sehr wohl in der Bar aufgesucht haben, als Coltons Freund Evan mit seiner Freundin June in der Stadt war.

»Das ist gut.«

»Das ist es. Hoffentlich bleibt es so«, wünsche ich mir seufzend.

»Ich hasse es, aber ich muss ins Bett. Morgen um acht muss ich vor Gericht erscheinen. Aufstehen muss ich aber spätestens um fünf, um mir ein paar Unterlagen durchzuschauen, bevor ich mich auf den Weg in die Stadt mache.«

»Schlaf gut.«

»Hab dich lieb.«

»Hab dich auch lieb.«

»Ruf mich bald wieder an. Warte diesmal nicht so ewig.«

»Versprochen«, sage ich und lege mit ihr gleichzeitig auf. Nachdem ich das Handy in meinen Schoß fallen gelassen habe, beuge ich mich vor und senke mein Gesicht zu Lokis. »Du wirst bald meine beste Freundin kennenlernen«, informiere ich ihn und vergrabe beide Hände in seinem Fell. Er gibt ein Schnaufen von sich, bevor er die Ohren aufstellt.

Als ich das Schnurren eines Motorradmotors näherkommen höre, hebe ich den Kopf und sehe Colton in die Einfahrt biegen und vor dem Haus parken. Ich wusste, er würde einen atemberaubenden Anblick auf seinem Bike abgeben. Bis heute Morgen hatte ich jedoch keine Ahnung, wie sehr es mich antörnen würde, zu verfolgen, wie er sich rittlings auf den Sattel setzte, sich den schwarzen Helm über den Kopf stülpte und den Motor anließ. Am liebsten wäre ich ihm durch die Tür nachgerannt und hätte ihn dazu überredet, wieder reinzukommen, um sich mit mir zu beschäftigen. Er wirkte auf mich sogar noch anziehender als damals, als er so spät noch vorbeigekommen war, um seine Autoschlüssel zu holen.

Während Loki die Stiegen hinuntersaust, um Colton zu begrüßen, schnappe ich mir mein Weinglas und gehe rüber zum Geländer. Ich lehne mich lächelnd dagegen, während er seinen Helm abnimmt und auf den Sattel hinter sich legt. Dann fährt er sich durchs Haar.

»Wie war die Arbeit?«, frage ich, und er sieht zu mir herüber. Sein Blick erhitzt sich, als er erkennt, dass ich eines seiner T-Shirts trage und meine Beine nackt sind.

»Gut.« Colton steigt ab und kommt auf das Haus zu. Dabei lässt er mich nicht mehr aus den Augen, nicht mal, als er Loki streichelt. »Es gefällt mir, nach Hause zu kommen und dich in nichts als meinem Shirt vorzufinden. Auf meiner Veranda, mit einem Glas Wein in der Hand«, gesteht er mir, während er die Stufen zu mir hochkommt, um seinen Arm um meine Hüften zu legen. Er senkt den Mund auf meinen.

»Ich habe auch noch Socken an«, informiere ich ihn.

Er lehnt sich zurück und seine Mundwinkel zucken, als er

den Blick auf meine Füße fallen lässt. »Alles klar.« Mit einer Hand streicht er außen an meinem nackten Oberschenkel entlang und weiter nach oben bis zu meiner Hüfte. Dann fährt er mit dieser unter den Rand meines Höschens. »Hast du hier draußen darauf gewartet, dass ich nach Hause komme?«, fragt er, während er seine Fingerspitzen über meinen Bauch zu meinem Schambein wandern lässt. »Du bist feucht.«

Mich an seinen Schultern festhaltend, grabe ich die Nägel in seine Lederjacke. »Ich bin rausgegangen, um Nat anzurufen«, antworte ich atemlos. Er schiebt die Finger zwischen meine Beine, und ich lasse den Kopf nach hinten fallen.

»Sieh mich an, Baby.« Ich tue, was er verlangt, während er mit seinem Daumen Kreise auf meinem Kitzler malt. »Hast du darauf gewartet, dass ich nach Hause komme?«, wiederholt er seine Worte, und ich nicke. Ich habe darauf gewartet. Ich wollte ihn wieder auf seinem Bike sehen, aber nun will ich ihn definitiv woanders haben.

»Colton.« Meine Hüften zucken und ich lasse den Kopf wieder nach hinten sinken, als er seine Bewegungen beschleunigt.

»Sieh mich an, Baby«, wiederholt er, und ich komme seiner Aufforderung nach. Als er meine Kniekehle umfasst und mein Bein um seine Hüfte legt, reibt der Jeansstoff über die sensible Haut meines Innenschenkels. Dann spüre ich zwei Finger in mich gleiten. »Ich liebe es, wie feucht du für mich wirst.« Er küsst mein Ohr. »Die Laute, die du von dir gibst.« Er knabbert daran. »Und wie weich und süß du dich in meinen Armen anfühlst.«

»Oh Gott«, keuche ich, schlinge die Arme um Coltons Schultern und wende mich ihm zu. »Bitte küss mich«, flehe ich. Sein Mund landet auf meinem, und er schiebt seine Zunge zwischen meine Lippen.

In dem Moment, als mich sein Geschmack trifft, zerspringe ich augenblicklich unter freiem Himmel. Obwohl es noch nicht dunkel und keine Wolke in Sicht ist, tanzen die Sterne und der Blitz schlägt ein; bringt mein gesamtes Wesen dazu, sich von innen nach außen zu erleuchten. Ich stöhne an seinem Mund

und festige meinen Griff in seinem Haar, um zu verhindern, dass ich ihn verliere. Nachdem er seine zweite Hand unter mein anderes Knie geschoben hat, schlinge ich die Beine um seine Hüften, und lasse mich von ihm hineintragen. Ich streife ihm seine Jacke von den Schultern und diese fällt auf dem Weg nach oben auf die Treppe. Unsere Shirts folgen.

»Runter mit dem Höschen«, knurrt er, während er mich auf das Bett sinken lässt. Ich wackle mit den Hüften, um aus meinem Slip zu schlüpfen. Dann sehe ich dabei zu, wie Colton zuerst seine Schuhe von den Füßen kickt und sich seiner Jeans entledigt. Als er nackt vor mir steht, legt er die Hand um seinen Schwanz und fängt an, auf und ab zu streichen. Bei seinem Anblick muss ich wimmern, und alles in mir zieht sich voller Erwartung zusammen. Ich kann nicht genug von ihm kriegen. Und ich weiß, das wird nie der Fall sein. »Komm her.« Er ruft mich mit einem Fingerwink zu sich, und ich komme auf die Knie, bevor ich mich auf ihn zubewege.

Ich denke nicht mal darüber nach, was ich da mache. Colton so zu sehen, seine Hand um seinen Schwanz gelegt, bringt mich dazu, meinen Mund verwenden zu wollen. Ich lege die Hand um seinen Schaft und lecke über die Spitze. Als ich ihn voller Zustimmung stöhnen höre, nehme ich ihn tiefer in mich auf, so tief, dass er hinten an meinen Gaumen stößt.

»Fuck.« Er schiebt die Hand in mein Haar, und ich blicke zu ihm hoch, nur um zu bemerken, dass er mich aus dunklen, lusterfüllten Augen anstarrt. Ich bewege die Hand im Gleichklang mit meinem Mund, streichle seinen Schwanz und hebe und senke meinen Kopf. Nehme ihn so tief in mich auf, wie ich es schaffe. »Gott, so verdammt perfekt.« Colton streicht meinen Rücken hinab und über meinen Hintern, dann sind seine Finger in mir. Bringen mich um seine Länge herum zum Stöhnen und Wimmern. »So sehr ich das auch liebe, Baby, ich komme sicher nicht in deinem Mund«, knurrt er, doch ich ignoriere ihn und mache weiter, völlig in dem Moment verloren. »Fuck.« Er reißt die Hüften zurück und zwingt mich, ihn freizugeben. Im nächsten Moment finde ich mich auf meinem Rücken wieder, sein

Kopf zwischen meinen Beinen. Er leckt, saugt und knabbert an jedem einzelnen Zentimeter von mir. Meine Hüften heben sich wie von selbst vom Bett, um mehr von seinen Liebkosungen und seinen Fingern zu kriegen, die er gnadenlos ihn mich stößt.

»Ich ...«

»Lass los«, murmelt er gegen meine Haut, und ich tue es.

Ich lasse los. Fliege über den Klippenrand in die Dunkelheit, wo er mich auffängt und mich mit seinem Mund auf meinem und seinem Schwanz tief in mir wieder ins Leben holt. Ich schlinge die Beine um Coltons Hüften und grabe die Nägel in seinen Rücken, während er mich hart nimmt. Er stößt mit den Hüften so schnell vor und zurück, dass mir der Atem stockt und alles aus meinem Kopf vertrieben wird, was nicht mit ihm und diesem Augenblick zu tun hat.

Weil ich weiß, dass ich mich ein weiteres Mal verlieren werde, schlinge ich die Beine fester um seine Hüften und meine Arme um seinen Rücken. Als ich dieses Mal komme, kommt er mit mir und stöhnt mir dabei in den Mund, so wie ich in seinen stöhne.

Seine Stöße verlangsamend, legt Colton die Hand an meine Wange. Sobald sich unsere Atmung beruhigt hat, öffne ich die Lider. Als ich seinen Blick bemerke, zieht sich meine Lunge zusammen. Ich muss ihn nicht mal fragen, was er gerade denkt, um es zu wissen. Denn ich bin sicher, mir steht gerade der gleiche Ausdruck ins Gesicht geschrieben. Ich habe mich verliebt und weiß nicht mal, wann es passiert ist.

»Bist du okay?«, vergewissert er sich, während er mit dem Daumen über meine Wange streicht und mich genau beobachtet.

»Ja.«

»Habe ich dir wehgetan?«, will er wissen und sieht mich forschend an. Zur Antwort schüttle ich den Kopf. Nachdem er die Stirn an meine gesenkt hat, sehe ich, wie er die Augen schließt. »Ich habe dich hart genommen.«

Das hat er, aber mir hat jede Sekunde davon gefallen. »Du hast mich auch hart kommen lassen«, murmle ich und streiche dabei über seinem Rücken. »Kann sein, dass ich dich gekratzt habe.«

»Gut.« Er lächelt und schlägt die Lider auf, um mich anzusehen. Oh ja, ich bin Hals über Kopf in ihn verliebt. »Lass mich das Kondom loswerden, ich bin sofort wieder da.«

Ich nicke und frage mich, wie es sein kann, dass ich nicht mal bemerkt habe, dass er es übergestreift hat. »Ich muss die Brötchen in den Ofen tun und nach dem Abendessen sehen«, sage ich, und sein Körper erstarrt über meinem. »Colton?«

»Gib mir einen Moment, Baby«, bittet er mich, und Nervosität füllt meinen Bauch.

»Was ist los?«

»Wie zum Teufel ist es möglich, dass ich solches Glück habe?«, fragt er leise, und der Anflug von Unruhe verschwindet. Dafür erfüllt jetzt ein neues, besseres Gefühl meinen Bauch. »Neben dir aufzuwachen, neben dir einzuschlafen, das ist alles, was ich brauche. Und dennoch machst du das alles mit jedem Tag auf neue Arten immer besser als am Tag davor.«

»Ich ...«

»Ich habe nicht zu hoffen gewagt, jemals wieder glücklich zu sein. Du hast mir das Gegenteil bewiesen.« Tränen steigen mir in die Augen, und ich schließe sie, um dagegen anzukämpfen. Es ist zwecklos – sie schwappen über, aber Colton fängt jede einzelne mit einem sanften Kuss auf, was mich noch heftiger zum Weinen bringt. »Ich hoffe, ich kann dich so glücklich machen, wie du mich«, endet er.

Schluchzend vergrabe ich das Gesicht an seinem Hals. Er schlingt die Arme um mich und dreht uns herum, sodass wir einander zugewandt zum Liegen kommen. »Du ... du machst mich glücklich. Mit dir zusammen zu sein macht mich glücklich«, flüstere ich, sobald ich meine Gefühle unter Kontrolle habe.

»Du machst mich auch glücklich, Baby.« Er küsst mich und legt das Kinn auf meinen Scheitel; hält mich ein paar Minuten lang fest an sich gedrückt, bevor er sich wieder hinunterbeugt, um meine Wange mit der Handfläche zu umfassen und mich anzusehen. »Bist du okay?«

»Ich bin okay«, wispere ich, während ich über seine Kinnpartie streiche.

Er küsst mich zärtlich.

Tief einatmend, versetze ich seiner Brust einen sanften Stoß. »Wir sollten aufstehen.«

»Du hast recht«, stimmt er zu, bewegt sich aber nicht. An dem Ausdruck in seinen Augen kann ich erkennen, dass er etwas loswerden will. Was auch immer ihm in den Sinn gekommen ist, er spricht es nicht aus. Stattdessen schüttelt er den Kopf und zieht mich mit sich hoch, um mich ins Badezimmer zu tragen. Dort setzt er mich auf den Rand des Waschbeckens und küsst mich, bevor er sich um das Kondom kümmert. Nachdem er mich wieder vom Waschtisch gehoben hat, führt er mich zurück ins Schlafzimmer. Er lässt meine Hand los, schnappt sich ein Paar Jogginghosen, zieht sie an, um sich erneut meine Hand zu greifen. Gemeinsam gehen wir nach unten in die Küche. Mir liegt es auf der Zunge, ihm zu sagen, dass ich ihn liebe. Aber ich lasse es bleiben. Ich sollte ihm meine Liebe gestehen, aber ich will von dem, was sich zwischen uns entwickelt, nichts verlieren. Stattdessen mache ich das Abendessen fertig und wir genießen es Seite an Seite. Gut möglich, dass Loki auch eine volle Portion Braten abbekommt.

Als ich am darauffolgenden Abend in der Tür von Grandmas Zimmer stehe, erfüllt Trauer meine Brust. Ich schaue dabei zu, wie ihre Pfleger, Elizabeth und Stan, versuchen, sie festzuhalten, während sie sich aus Leibeskräften gegen sie wehrt.

»Sie hat versucht, mich umzubringen!«, kreischt Grandma lautstark und gibt sich Mühe eine Hand zu heben, um mit dieser auf mich zu zeigen.

Damit ich nicht in Stücke zerspringe, schlinge ich die Arme um meine Mitte und schlucke heftig gegen den schweren Klumpen in meinem Hals an. Als ich mit Stan Blickkontakt aufnehme, erkenne ich ein Bedauern in seiner Miene. Dann schaffen sie es endlich, ihr ein Beruhigungsmittel zu spritzen, das ihr beim Einschlafen helfen wird.

»So ist es gut. Einfach entspannen, meine Liebe«, beschwichtigt Elizabeth Grandma nahe an ihrem Ohr, sobald sich ihre Muskeln zu entspannen beginnen und ihr Körper den Kampf aufgibt. Die Pflegerin steckt das Bettzeug um Grandmas regungslosen Körper herum fest, hebt das Seitenteil des Bettes an und aktiviert den Alarm, der ausgelöst wird, falls sie versucht aus dem Bett zu steigen. »Gia«, ruft sie mich, und ich hebe leicht mein Kinn, um ihr zu signalisieren, dass ich sie gehört habe. »Ich weiß, du hattest vor, zum Abendessen zu bleiben, aber ich glaube nicht, dass das für dich sicher wäre. Sie war heute schon den ganzen Tag nicht gut drauf und ich will nicht riskieren, dass sie dir aus Versehen wehtut, falls sie aufwacht.« Sie kommt auf mich zu und ich schaue an ihr vorbei zum Bett, auf dem Grandma mit offenen Augen ausdruckslos die Decke anstarrt.

»Ich weiß nicht, was sie so aufgeregt hat«, flüstere ich an Elizabeth gewandt. Ihr Ausdruck wird weicher, und ich nehme Bedauern in ihrer Miene wahr.

»So ist das bei ihrer Krankheit, Liebes«, erklärt sie, und ich festige meinen Griff um mich, damit ich nicht kaputtgehe.

»Das hat sie noch nie gemacht«, sage ich leise. »In der einen Minute saß sie in ihrem Stuhl und wir haben an ihrem Puzzle gearbeitet, und in der nächsten hat sie mich zu Boden gestoßen und versucht, mich zu erwürgen. Dabei hat sie geschrien, sie würde nicht zulassen, dass ich sie umbringe.«

Elizabeth legt die Hand auf meine. »Ich habe leider keine Erklärung dafür. Ich wünschte, ich hätte eine«, versichert sie mir und berührt mein Kinn. »Lass mich das anschauen.« Sie zwingt mich, den Kopf zurückzulegen, damit sie meinen Hals untersuchen kann. »Sie hat dich ordentlich erwischt«, murmelt sie, und ich hebe den Arm, um meine Kehle anzufassen, doch Elizabeth hält mich davon ab. »Nicht berühren.« Sie reißt eine Packung auf, die ein in Alkohol getränktes Tuch enthält, und ich zucke zusammen, als meine aufgerissene Haut zu brennen beginnt. »Alles okay, Kleines?«

»Ja.« Als sie fertig ist, versuche ich mich an einem Lächeln, erkenne aber an ihrem Kopfschütteln, dass sie es mir nicht abkauft.

»Ich weiß, das hier ist nicht einfach für dich.«

Es ist wirklich nicht leicht für mich, aber schlimmer ist es für meine Großmutter, die in einer Welt lebt, die für sie nicht länger einen Sinn ergibt. Eine Welt, in der jeder ein Fremder ist. Ich kann mir nicht mal ansatzweise vorstellen, wie das sein muss. »Geh heim, nimm ein Bad und leg dich etwas hin«, weist mich die Pflegerin an, und ich nicke ihr zu, bevor sie das Zimmer verlässt.

Stan bleibt neben mir stehen, und ich schaue zu ihm hoch. »Ich behalte sie heute Nacht im Auge. Alles wird gut.«

»Danke«, sage ich, und er drückt meinen Unterarm, bevor er durch die Tür hindurch verschwindet. Ich setze mich in den Stuhl neben Grandmas Bett und fasse über das Seitenteil, um ihre Hand in meine zu nehmen. Ihre Augen sind noch immer geöffnet, aber sie reagiert nicht auf mich.

Ich lege meine Stirn auf meinen Arm und fange an zu weinen. Es dauert eine lange Zeit, bis ich mich wieder fasse, und als es endlich soweit ist, sind Grandmas Lider geschlossen. Zittrig atme ich noch einmal durch, dann stehe ich auf und lehne mich über das Bett, um einen Kuss auf ihre runzlige Wange zu drücken. »Ich komme morgen wieder. Hab dich lieb.« Sie festigt den Griff um meine Finger. Ich stelle mir vor, sie wüsste, wer ich bin, und würde mir *Ich hab dich auch lieb* sagen, bevor ich sie loslasse.

Dreißig Minuten später treffe ich vor dem *Rusty Rose* ein und parke meinen Jeep, bevor ich aussteige.

Sobald ich das Pflegeheim verlassen hatte, rief ich Colton an und erzählte ihm von dem Vorfall. Bevor ich ausgeredet hatte, versprach er mir, heimzukommen. Ich erinnerte ihn daran, dass das nicht gehen würde. Es ist Samstag, und samstags arbeiten immer alle, sogar seine Eltern. Also befahl er mir, meinen Hintern zu ihm zu bewegen, damit er sich davon überzeugen konnte, dass ich okay war. Seine Reaktion überrascht mich nicht. Er macht sich schon länger Sorgen um mich. Auch wenn er nicht darüber spricht, kann ich es in seinen Augen lesen, wann immer wir über meine Großmutter reden.

Ich öffne die Tür zur Bar und werde von den Stimmen feiernder Menschen, und lauter Musik begrüßt. Mich wundert nicht, dass die Bar voll ist. Seit das Wetter langsam wärmer geworden ist, ist hier immer viel los. Mich durch die Leute navigierend, mache ich mich auf den Weg zur Bar. Als mich Colton entdeckt, füllt sich sein Blick mit Sorge. Sobald ich ihm nah genug bin, nimmt er meine Hand und zieht mich mit sich in das Büro, das er hinter uns schließt.

»Du hast geweint«, sagt er vorwurfsvoll, nachdem er sich zu mir umgedreht hat.

»Ich bin okay«, versichere ich ihm, doch er schüttelt den Kopf und zieht mich an seine Brust. Dabei legt er einen Arm um mich und umfasst mit dem anderen meinen Kopf. Ich umarme ihn und kämpfe gegen eine frische Welle Tränen an.

»Fuck, ich hätte dich so nicht fahren lassen sollen«, murmelt er.

»Ich bin okay«, wiederhole ich.

Er legt seine Hand seitlich an meinen Hals, was mich zusammenzucken lässt. »Gott.« Er neigt meinen Kopf weiter nach hinten und fokussiert sich auf die drei tiefen Kratzer, die dort zu sehen sind. »Das hat sie dir angetan?«

»Es war nicht mit Absicht«, verteidige ich Grandma, und sein Blick wird weicher.

»Das weiß ich, Baby«, antwortet er sanft. »Von jetzt an komme ich mit, wenn du sie besuchen gehst.«

»Das ist nicht nötig.«

»Von jetzt an komme ich mit«, wiederholt er ruppig, und ich streite mich nicht weiter mit ihm, weil ich den Ton kenne und mir klar ist, dass es aussichtlos wäre. »Es tut mir so leid.«

»Mir auch.« Ich lasse die Stirn an seine Brust sinken. »Ich hasse, dass sie so leidet. Ich meine, ich weiß, dass sie keine

Schmerzen hat, aber trotzdem. Was sie durchmachen muss, wirkt schlimmer«, erkläre ich, und er stimmt mir weder zu, noch widerspricht er mir. Er hält mich einfach fest, was ich mehr als alles andere brauche. Ich fühle mich am sichersten, wenn ich in seinen Armen bin, wenn ich bei ihm bin. »Ich sollte dich weiterarbeiten lassen«, gebe ich nach ein paar Minuten seufzend zu bedenken.

»Du solltest zulassen, dass ich dich halte«, korrigiert er mich und küsst mich dabei auf meinen Scheitel. Also tue ich genau das. Ich lasse mich eine gefühlte Ewigkeit einfach von ihm halten, bis er mein Kinn umfasst, um meinen Kopf nach hinten zu neigen. »Ich fahre dich heim.«

»Du musst arbeiten.«

»Ich kann weg, um dich nach Hause zu bringen.« Er klingt aufgebracht. Ich schaue hoch in seine Augen und erkenne die Anspannung in ihnen.

»Ich bin mit meinem Jeep da.«

»Dein Jeep wird eine Nacht hier überleben. Ich fahre dich morgen Früh wieder hierher.«

»Bist du sicher?«

»Das bin ich«, antwortet Colton. Dabei streichelt er mir über die Wange. »Lass mich Dad kurz sagen, dass wir aufbrechen.«

»Klar.« Ich nicke, und er küsst mich sanft, bevor er mich loslässt und die Tür öffnet.

Ihm in die Bar folgend, sehe ich, wie er an seinen Dad herantritt. Während er spricht, schweift Kirks Blick zu meinem und seine Züge werden weich. Er tätschelt Coltons Schulter und macht sich auf den Weg zu mir. Als er mich erreicht hat, legt er seinen Arm um meine Schulter. »Alles gut, Süße?«, fragt er und mir wird warm ums Herz. Ich habe mich nicht nur in Colton, sondern auch in seine Familie verliebt.

»Das wird schon«, versichere ich ihm und meine es auch so. Mit Colton, seiner Familie und Natasha an meiner Seite werde ich immer okay sein. Das weiß ich.

»Willst du einen Drink?«

»Erst wenn ich zu Hause bin. Dort wartet ein Glas Wein auf

mich.«

Ich lächle zu Kirk hoch, und er erwidert die Geste, bevor er mich auf die Schläfe küsst und loslässt. »Wir sehen uns morgen.«

»Bis morgen«, stimme ich zu und nehme Coltons Hand, als er sie mir hinhält. Mit der Jacke unter dem Arm führt er mich durch die Hintertür nach draußen zu seinem Bike. Ich habe total vergessen, dass er heute mit dem Motorrad zur Arbeit gefahren ist.

»Ich ...«, fange ich an, ihm meinen Gedanken mitzuteilen, dass er meinen Jeep nehmen sollte. Doch er setzt mir bereits seinen Helm auf und schließt den Verschluss. »Du brauchst auch einen Helm«, erinnere ich ihn und er geht rüber zu dem Motorrad neben seinem und nimmt diesen dort vom Sattel.

»Ich borge mir den von Dad aus«, erklärt er und setzt den Helm auf, der genauso schwarz wie seiner ist. Colton hilft mir in seine Lederjacke, die unverkennbar nach ihm riecht. Dann schwingt er sich auf das Bike und streckt mir die Hand entgegen.

»Ich weiß nicht, was ich machen muss«, gestehe ich, und er lächelt.

»Es ist ganz leicht, Baby. Wirf einfach das Bein drüber und halt dich an mir fest.«

»Ich bin ...« Als ich ihm sagen will, dass ich mir bei der Sache nicht sicher bin, unterbricht er mich. Er schnappt sich meine Hand und zieht mich zu sich.

»Bein drüber«, weist er mich an. Ich schwinge das Bein hinter ihm über den Sattel und schlinge die Arme, so fest ich kann, um seine Taille. »Ein bisschen lockerer, Grübchen. Es wird dir gefallen. Versprochen.«

»Da bin ich mir nicht so sicher«, murmle ich, aber Colton ignoriert mich. Stattdessen startet er den Motor und erweckt das Bike zum Leben. Quietschend drücke ich mich fester an ihn, als er losfährt. Sobald wir auf der Straße sind, spüre ich, wie ich mich entspanne. Trotz der kühlen Nachtluft, die gegen meine Haut peitscht, wird mir heiß. Sein Körper zwischen meinen Schenkeln und das Motorrad, das unter uns vibriert – sowas habe ich noch nie gefühlt. Leider ist die Fahrt genauso schnell wieder vorbei, wie sie angefangen hat. Er parkt vor dem Haus und stellt den Motor ab.

»Wie war es?«, will er von mir wissen.

»Ich möchte das irgendwann wiederholen«, antworte ich atemlos.

Er grinst. »Morgen. Und danach, wann immer du willst.«

»Gut«, sage ich leise, während ich hinter ihm vom Sattel rutsche. Nachdem er mir geholfen hat, den Helm abzunehmen, macht er diesen hinten am Sattel fest und legt seinen eigenen ab. Er steigt vom Motorrad, um mich zur Tür zu begleiten. Loki folgt uns auf dem Fuß.

»Ruf in der Bar an, falls du mich brauchst«, weist er mich an, und ich nicke. Ich lege den Kopf in den Nacken und nehme seinen Kuss entgegen. Dann zieht er sich zurück und mustert mich. »Kommst du klar?«

»Das tue ich.«

»Ruf mich an, bevor du schlafen gehst.«

»Versprochen.« Ich lege die Hände auf seine Brust und erkenne, dass er hin- und hergerissen ist, ob er mich allein lassen soll. »Mach dir keine Sorgen. Ich komme schon zurecht. Ich werde noch mehr von Grandmas Zeug sortieren und an den Decken für die Mädchen arbeiten. Ich habe also zu tun.«

»Okay.« Er drückt seinen Mund nochmal auf meinen, bevor er mich loslässt und mir die Tür öffnet. Auf dem Weg nach drinnen folgt mir Loki und setzt sich neben meine Füße. »Sperr ab«, verlangt Colton, und ich verdrehe die Augen, während ich die Tür schließe. Tue aber, was er verlangt. Durch das Fenster im Wohnzimmer sehe ich dabei zu, wie er zu seinem Bike zurückkehrt, sich den Helm aufsetzt und loszischt.

Sobald Colton aus meinem Blickfeld verschwunden ist, mache ich mich auf in die Küche, wo ich mir ein Glas Wein einschenke und in die Garage mitnehme. Eine nach der anderen, öffne ich die Kisten. Ich sortiere den Kram auf einen Haufen, den ich für Spenden vorgesehen habe, und auf einen zweiten jene Dinge, die ich behalten will. In der letzten Schachtel aus Grandmas Zimmer entdecke ich eine wunderschöne Holzschatulle, in deren Oberfläche Schmetterlinge eingraviert wurden. Ich öffne die Messingverriegelung und hebe den Deckel an. In der Schatulle finde ich dutzende Briefe in versiegelten Umschlägen vor. Alle sind an mich adressiert und weisen den Schriftzug *Zurück an den Absender* auf. Es ist Colleens Handschrift. Ich setze mich auf den Boden und Loki legt sich neben mich.

Dann öffne ich die Briefe der Reihe nach. Sie sind alle von meiner Großmutter, einer für jeden Geburtstag, jedes Weihnachten, Ostern, Thanksgiving und all die Feiertage dazwischen. Alle handgeschrieben mit einer schnörkelreichen Schrift, die außergewöhnlich und wunderschön aussieht. Jeder Brief erzählt mir eine Geschichte. Die traurige Geschichte einer Frau, die ihre einzige Tochter verloren hat, bloß um ihre Enkelin Jahre später ebenfalls zu verlieren, als deren Dad starb und dessen neue Frau dem Mädchen eine Lüge auftischte. Während ich die Briefe lese, brennt meine Lunge vor Wut und mein Herz füllt sich mit Schmerz.

Liebster Schmetterling,
ich bin eben vom Arzt nach Hause gekommen. Man hat mir gesagt, ich hätte Demenz. Ich denke nicht, dass sie wissen, wovon sie reden. Ich habe meinen Verstand nicht verloren. Zumindest glaube ich das. Andererseits bin ich nicht sicher, ob ich es wüsste, wenn es so wäre.

Ich lache und atme zitternd ein, ehe ich weiterlese:

Und ich weiß, dass ich dich nicht vergessen habe. Ich denke oft an dich und wünschte, du würdest meine Briefe beantworten, wenn auch nur, um mir zu sagen, dass alles okay ist und du glücklich bist.
Ich hab dich lieb, mein Schmetterling.
Grandma

Schmetterling. Ich hatte ganz vergessen, dass sie mich immer so genannt hatte. Ich habe keine Ahnung, wie ich das vergessen konnte. Während ich den Brief an meine Brust drücke, verschwimmt meine Sicht. Achtsam lege ich die Briefe wieder in die Schatulle, schließe den Deckel und stehe auf. Ich trage das Kästchen mit mir ins Haus, stelle es in der Küche auf die Anrichte und gieße Wein in mein leeres Glas. Dann nehme ich einen tiefen Schluck und hoffe, dass dieser das ätzende Brennen in meiner Kehle vertreiben wird. Es fällt mir schwer, zu atmen. Aber es hilft nicht. Ich umklammere das Glas fester und kämpfe gegen den Drang an, es gegen die Wand zu werfen und hinauszuschreien, wie unfair das Leben ist. Ich kämpfe dagegen an, meine Stiefmutter anzurufen und sie anzubrüllen, weil sie mir das angetan hat.

Tränen laufen mir über die Wangen. Was auch immer ich jetzt tue, kann nichts mehr an alldem ändern. Nie werde ich die Zeit zurückbekommen, die ich mit einer Frau verpasst habe, die mir die Welt bedeutet hat. Eine Frau, die mich gebraucht hätte und die dachte, ich hätte sie verlassen, nachdem sie bereits ihren Mann und ihre Tochter verloren hatte. Nichts wird mir diese Zeit zurückgeben. Tränen und Flüche können das nicht wieder heilmachen. Es ist zu spät für meine Grandma und mich. Wir können uns nicht wieder aufbauen, was uns gestohlen wurde.

Ich nehme die Schatulle mit nach oben, setze mich auf das Bett und halte sie auf meinem Schoß, streiche dabei über einen der eingravierten Schmetterlingsflügel. Dann öffne ich den Deckel und lese die Briefe ein weiteres Mal. Ich sauge jedes einzelne Wort in mich auf, bevor ich mich zu einem Ball zusammenrolle und mich in den Schlaf weine.

11. Kapitel

Gia

Fast am Ende

»Gia?«, brüllt Colton im Erdgeschoß, und ich verdrehe die Augen im Spiegel vor mir.

»Ja?«, antworte ich möglichst laut um die Zahnbürste herum, die aus meinem Mund ragt.

»Komm bitte mal kurz runter«, ruft er, also spucke ich die Zahnpasta aus und spüle meinen Mund. Die Zahnbürste lasse ich in den Becher neben seine fallen.

Am Geländer des Lofts angekommen, schaue ich zu Colton in die Küche hinunter. Er hält das Handy an sein Ohr, den Blick auf mich gerichtet. »Hast du mich gerufen?«

»Bist du am Freitag ins Lagerhaus gegangen?«, fragt er, und ich mustere den Ausdruck in seinem Gesicht, versuche vergeblich darin zu lesen.

»Ich fahre jeden Freitag hin, um den Vorrat für das Wochenende aufzufüllen«, erinnere ich ihn. Seit ich in der Bar arbeite, war ich jeden Freitag im Lager, um Sachen für das Wochenende zu holen. Dasselbe mache ich auch immer montags, um nach dem Wochenende die Vorräte aufzustocken.

»Hast du abgesperrt, bevor du gegangen bist?«

»Ich schließe immer ab«, erkläre ich und weiche vom Geländer zurück, um nach unten zu gehen. In der Küche bleibe ich ein paar Meter von Colton entfernt stehen und sehe dabei zu, wie er die Hand in seinen Nacken legt und den Blick auf seine Stiefel fallen lässt.

»Sie sagt, sie hätte abgesperrt, also hat sie das auch. Keine Ahnung, wie sich jemand Zutritt verschaffen konnte.« Bei seinen Worten sinkt mein Magen. »Ja. Stimmt. Wir treffen uns dort. Gib mir eine halbe Stunde.« Er nimmt das Handy vom Ohr und schaut mich an. »Irgendjemand ist zwischen Freitag und heute ins Lager eingedrungen. Das Schloss hing offen davor und war nicht beschädigt. Was nicht gestohlen wurde, wurde komplett ruiniert.«

»Was?«, frage ich atemlos und stütze mich mit der Hand auf den Rand der Anrichte, um mich aufrecht zu halten.

»Ich muss dorthin. Dad hat gerade die Cops angerufen, sie sind bereits auf dem Weg.«

»Ich komme mit.«

»Nein, Baby«, lehnt Colton ab.

Ich mache einen Schritt zurück und starre ihn an. »Du denkst doch nicht ...«

»Nein«, unterbricht er mich, bevor ich meine Frage beenden kann, und legt die Hand um meine Hüfte. So bringt er mich ein Stück näher zu sich. »Wenn du sagst, dass du abgeschlossen hast, dann ist es so.«

»Ich habe abgesperrt«, flüstere ich, und er nickt, die Lippen sanft an meine Stirn gepresst.

»Ich muss aufbrechen. Ich rufe dich an.« Er lässt mich nach einem schnellen Kuss los und verschwindet durch die Eingangstür. Dann höre ich, wie er sein Motorrad startet. Durch das Fenster schaue ich ihm beim Wegfahren zu, die Arme um meine Mitte gelegt.

Irgendjemand ist in das Lager eingebrochen. Wer und warum? Ich weiß, dass ich hinter mir abgesperrt habe. Ich prüfe das Schloss immer zweimal, um sicherzugehen. Ohne eine Antwort mache ich mich auf den Weg nach oben, um mich für die Arbeit herzurichten. Als ich mein Handy klingeln höre, halte ich inne. Zurück in der Küche, wo dieses gerade lädt, nehme ich es an mich und streiche mit dem Finger über das Display. »Hallo«, sage ich beim Abheben und halte das Handy an mein Ohr.

»Gia, hier ist Elizabeth.« Sie schweigt, und ich schließe die Augen. Ich weiß, was sie sagen wird, bevor sie es tut. Einfach wegen des Bedauerns in ihrer Stimme. »Ich wollte gerade nach deiner Grandma sehen. Es tut mir so leid, sie ist von uns gegangen, Liebes.«

»Ich ... Wie? Ich habe sie erst gestern Abend gesehen«, flüstere ich. Purer Schmerz strahlt durch meine Brust, drückt meine Lunge zusammen und erschwert mir das Atmen.

»Manchmal passiert es so. In einer Minute sind sie noch unter uns und wirken okay, und in der nächsten sind sie gegangen«, erklärt sie leise, und das Ziehen in meiner Brust breitet sich aus. »Es tut mir leid, Gia. Ich weiß, das wird schwer für dich werden, aber willst du sie sehen, bevor sie weggebracht wird?«

Alles in mir verkrampft sich. Ich will Grandma so nicht sehen und zugleich muss ich das aber. »Ja, ich komme, so schnell ich kann«, krächze ich.

»Ich lasse sie wissen, dass du auf dem Weg bist«, verspricht mir Elizabeth leise. »Nochmal: Es tut mir leid, Gia.«

»Danke.« Ich lege auf und starre das Handy an, während ich versuche, Luft in meine Atemwege zu kriegen. Nachdem ich Coltons Nummer gewählt habe, warte ich darauf, dass er denn Anruf entgegennimmt, was allerdings nicht geschieht. Sein Handy leitet mich zum Anrufbeantworter weiter, also lege ich auf und mache mich auf den Weg nach oben.

Gegen den erdrückenden Schmerz um mein Herz herum ankämpfend, lege ich mein Nachthemd ab, ziehe einen BH an und streife mir Jeans und ein T-Shirt über. Danach gehe ich wieder nach unten, schlüpfe in meine Schuhe, hole meine Schlüssel und steige in den Jeep. Auf Autopilot rufe ich Colton unterwegs noch mal an, hinterlasse aber wieder keine Nachricht, als die Mailbox erneut anspringt.

»Ihre Sachen werden in Kartons gepackt. Sie können diese in ein paar Tagen abholen«, erklärt mir Ritta, die Leiterin des Pflegeheims – eine zierliche, ältere Chinesin mit gütigen Augen und sanften Zügen. Sie nimmt meine Hand und drückt sie. »Das Bestattungsinstitut wird Sie ebenfalls kontaktieren, um die Beerdigung zu organisieren.«

»Okay«, flüstere ich und starre die zerwühlten Laken auf dem Bett an, in dem meine Grandma gerade noch lag. Bis zwei Männer in Anzügen mit einer Bahre kamen und sie aus dem Zimmer trugen; sie fortbrachten.

»Wollen Sie von meinem Büro aus jemanden anrufen, der Sie abholen kommt?«, bietet Ritta an und drückt meine Hand erneut. Mein Blick wandert zu ihrem. Nachdem ich eingetroffen war, habe ich nochmal versucht, Colton zu erreichen, und dann ein weiteres Mal. Er hat nicht abgehoben, und ich habe abermals keine Nachricht hinterlassen.

»Ich komme schon klar.«

»Sind Sie sicher?«, fragt Ritta und hält weiter meine Hand. »Ich glaube nicht, dass Sie in Ihrem Zustand fahren sollten.«

»Ich wohne nicht weit weg von hier. Vielleicht fünfzehn Minuten. Das geht schon«, beruhige ich sie, aber sie wirkt nicht überzeugt. Wenn überhaupt wirkt sie sogar noch sorgenvoller als noch vor ein paar Sekunden.

»Alle zwei Wochen kommt ein Trauerbegleiter zu uns, der sich um Menschen kümmert, die ein Familienmitglied oder einen Freund verloren haben. Manchmal hilft es, die eigenen Erfahrungen mit Personen zu teilen, die dasselbe durchgemacht haben.«

»Ich werde darüber nachdenken«, lüge ich, und Ritta nickt, bevor sie mich endlich loslässt.

»Wenn Sie irgendetwas brauchen, rufen Sie im Büro an und fragen Sie nach mir.«

»Danke.«

Sie nickt kurz, bevor sie das Zimmer verlässt.

Ein letztes Mal sehe ich zum Bett, dann drehe ich mich um und gehe. Dabei richte ich den Blick auf meine Füße, um niemanden anschauen zu müssen. Seit Elizabeths Anruf habe ich mich zusammengerissen, aber ich weiß nicht, wie lange ich das noch schaffe. Ich stehe kurz vor dem Zusammenbruch.

Von meinem Jeep aus versuche ich nochmal Colton zu erreichen und schließe die Augen, da mein Anruf erneut unbeantwortet bleibt. Ich lasse meine Stirn gegen das Lenkrad sinken.

Das ist das erste Mal seit langem, dass ich mich einsam fühle. Ich habe vergessen, wie erdrückend das Gefühl der Einsamkeit sein kann. Wissend, dass ich nicht für immer am Parkplatz ausharren kann, starte ich den Wagen und mache mich auf den Weg nach Hause, wo zumindest Loki auf mich warten wird.

Auf halber Strecke nähert sich der Klang von Polizeisirenen. Im Rückspiegel entdecke ich einen Streifenwagen mit blitzenden Lichtern, der sich hastig von hinten nähert. Mit einem Blick auf den Tacho vergewissere ich mich, dass ich nicht zu schnell dran bin. Das ist nicht der Fall, aber ich fahre langsamer, um ihn vorbeizulassen. Das Einsatzfahrzeug überholt mich jedoch nicht, sondern rollt genauso langsam dahin wie ich, also fahre ich rechts ran. Im Rückspiegel sehe ich einen großen Mann Ende dreißig die Tür öffnen und aus dem Polizeiwagen steigen. Auf dem Weg zu mir setzt er einen Cowboyhut auf. Sobald er neben meinem Auto zum Stehen kommt, lasse ich automatisch das Fenster herunterfahren.

»Ma'am.« Er fasst sich vorne an seinen Hut. »Mir wurde gemeldet, dass ein Fahrzeug, dessen Beschreibung auf Ihres passt, fahrlässig gelenkt wurde und beinahe einen anderen Wagen von der Straße abgedrängt hat«, berichtet er, und ich schüttle irritiert den Kopf.

»Sir, ich war das nicht«, versichere ich ihm und frage mich, ob ich so daneben bin, dass ich das nicht gemerkt haben könnte. Und das könnte wirklich sein. Seit mir die Nachricht von Grandmas Tod übermittelt wurde, fühle ich mich, als befände ich mich in einer Blase.

»Ich brauche Ihren Führerschein und Ihre Fahrzeugpapiere«, fordert er mich auf, also öffne ich zitternd das Handschuhfach. In diesem Moment fällt ein schwarzer Gegenstand heraus und landet mit einem dumpfen Geräusch auf dem Boden. Ich will danach greifen, halte aber inne, als ich erkenne, worum es sich handelt.

»Ist das Ihre Waffe, Ma'am?«, will der Officer wissen, und ich schüttle abermals den Kopf, unfähig zu sprechen. Dabei starre ich die Waffe an, die im Innenraum meines Jeeps liegt. »Legen

Sie die Hände auf das Lenkrad«, weist mich der Officer an. Ich komme seiner Aufforderung sofort nach, dabei pocht mein Herz so heftig in meiner Brust, dass jeder Schlag schmerzt. »Wessen Waffe ist das?«

»Ich weiß es nicht«, gestehe ich ihm ehrlich, und als ich ihn anblicke, bemerke ich, dass er seine Waffe aus dem Holster gezogen hat und sie direkt auf mich richtet. »Ich werde Ihre Tür öffnen. Lassen Sie Ihre Hände, wo sie sind.«

»Okay«, stimme ich zu und presse die Augenlider zusammen, damit ich die nur wenige Zentimeter von meinem Gesicht entfernte Waffe nicht ansehen muss.

»Haben Sie noch weitere Schusswaffen in Ihrem Wagen?«

»Nein.« Ich schüttle den Kopf und höre, wie er die Tür aufmacht.

»Ich werde um Sie herumgreifen, um Ihren Gurt zu öffnen. Lassen Sie Ihre Hände, wo sie sind.«

»Ich bewege sie nicht«, verspreche ich, während er den Arm an mir vorbeischiebt, um den Gurt zu lösen.

»Steigen Sie jetzt aus dem Wagen, aber halten Sie Ihre Hände so, dass ich sie sehen kann«, befiehlt er, und ich öffne die Augen. Ich schaue weder Ihn noch die Waffe an, die er, wie mir nur allzu bewusst ist, immer noch auf mich gerichtet hat. Stattdessen sehe ich zu Boden, während ich aus meinem Sitz aufspringe und, wie von ihm befohlen, die Hände auf meinen Jeep lege. Er ruft Verstärkung und ich höre, wie die Handschellen klicken.

»Gia Caro?«, vernehme ich eine Frauenstimme und hebe den Kopf von meinen Händen. Ich sehe eine mollige Polizistin in einer unvorteilhaften hautengen Uniform auf mich zukommen.

»Das bin ich«, antworte ich.

Sie öffnet die schwere Eisentür des Raumes, in dem ich mich befinde. Dann bedeutet sie mir, aufzustehen. »Sie sind frei.«

Erleichtert danke ich jedem Gott im Universum dafür, dass

mich Nat aus hundert Meilen Entfernung aus diesem Desaster befreien konnte. Ich habe meinen Anruf nicht verwendet, um Colton zu kontaktieren. Stattdessen habe ich Natasha angerufen, weil ich wusste, sie würde abheben. Als ich ihr erzählte, dass ich festgenommen worden war, versicherte sie mir, sie würde mich rausholen; und das obwohl ihr bekannt war, dass ich wegen der Waffe festgehalten wurde. Eine Stunde nach meiner Festnahme hatte ich erfahren, dass es sich bei dieser um gestohlenes Eigentum handelte.

»Folgen Sie mir. Sie müssen ein paar Formulare ausfüllen, bevor sie Ihre Sachen zurückerhalten«, weist die Polizistin mich an und reißt mich so aus meinen Gedanken. Ich folge ihr zu einer großen Doppeltür und dahinter zu einem kleinen Fenster in einer Betonwand. »Das ist Gia Caro«, informiert sie die Frau auf der anderen Seite des Fensters, die hinter einem mit Papierstapeln bedeckten Tisch sitzt.

»Hier sind Ihre Sachen.« Die Frau reicht mir eine große, braune Papiertüte. »Öffnen Sie sie und überprüfen Sie, ob sich darin all Ihre Dinge befinden. Dann unterschreiben Sie bitte hier unten.« Sie legt ein Clipboard an den Rand des Fensters, während ich die Tüte aufmache. Darin finde ich meine Schuhe, mein Handy und meine Ohrringe vor. Da das alles ist, was mir bei der Ankunft abgenommen wurde, unterzeichne ich die Papiere und reiche sie der Beamtin zurück. »Alles fertig«, murmelt sie und drückt auf etwas an der Wand, worauf hinter mir ein lautes Klicken ertönt. »Folgen Sie einfach dem Weg bis zum Ende des Ganges. Gehen Sie dann nach rechts. Die Tür wird sie nach draußen bringen.«

»Danke«, sage ich zu dem weiblichen Officer, als sie die Tür für mich öffnet. Sie nickt zur Antwort.

Nachdem ich dem Gang bis ans Ende gefolgt bin, biege ich rechts ab und bleibe wie angewurzelt stehen, als ich Colton auf einer Bank in der Nähe des Ausgangs sitzen sehe. Sein Kopf ist gesenkt, seine Ellenbogen hat er auf die Oberschenkel gestützt und seine Hände um seinen Nacken gelegt. Ihn zu sehen, befördert alles an die Oberfläche, das sich in meinem Inneren aufgestaut hat.

Ein schmerzensschweres Geräusch entweicht meiner Kehle, und in der Sekunde, wo es meinen Mund verlässt, schießt sein Kopf hoch und sein Blick trifft meinen. Die Hand vor dem Mund, ersticke ich beinahe an einem Schluchzen.

»Fuck.« Er eilt auf mich zu, nimmt mich in die Arme und drückt mich an seine warme Brust. »Verflucht noch mal«, flüstert er, während ich versuche, in seiner Umarmung zu verschwinden. »Es tut mir so furchtbar leid. So furchtbar leid, Baby«, murmelt er, während er mich hochhebt. Das Gesicht eng an seinen Hals geschmiegt, halte ich mich an ihm fest, während er mich nach draußen trägt. »Ich muss dich nach Hause bringen. Bei Gott, ich schwöre, sobald wir dort sind, wirst du mich nicht nochmal verlieren.« Ich schüttle den Kopf, als er versucht, mich dazu zu bringen, ihn freizugeben. »Bitte, Gia«, fleht er, und er klingt hin- und hergerissen. Also lockere ich meinen Griff und lasse ihn mich auf die Beifahrerseite setzen und meinen Gurt festmachen. Nachdem Colton einen Kuss auf mein Haar gedrückt hat, wirft er die Tür zu und joggt um die Motorhaube herum, bevor er sich hinter das Steuer setzt. Sobald er sich angeschnallt hat, nimmt er meine Hand und hält sie fest.

Die Heimfahrt scheint ewig zu dauern, und als wir vor dem Haus ankommen, verkrampfe ich mich, denn das Auto seiner Mutter parkt davor. Ich habe nicht mal daran gedacht, was er oder seine Eltern davon halten könnten, dass ich wegen einer gestohlenen Waffe verhaftet wurde.

»Mom und Dad wollen sich nur vergewissern, dass du okay bist. Sobald sie das sehen, werden sie gehen, dann sind wir für uns.«

»Ich ...«

»Versprochen. Alles wird gut«, sagt er, und ich nicke.

Ich öffne die Tür und springe aus dem Suburban. In der Sekunde, in der meine Füße den Boden berühren, kommt Loki angerannt, stupst mich mit seiner Schnauze an und winselt. Ich streichle seinen Kopf und schaue hoch. Rose und Kirk sind auf dem Weg zu mir.

»Bist du okay, Süße?«, will Rose wissen und zieht mich in eine Umarmung, die meine Nase zum Stechen und meine Augen zum Brennen bringt.

»Ja.«

»Wir haben uns solche Sorgen gemacht, als du nicht zur Arbeit erschienen bist. Niemand wusste, was passiert war, bis deine Freundin anrief.« Ich schließe die Augen. Ich hätte selbst darauf kommen können, dass Nat einen Weg finden würde, sie zu kontaktieren. »Sicher, dass du okay bist?«, fragt sie.

Nein, das bin ich nicht. Aber das sage ich nicht. Stattdessen nicke ich.

»Nach diesem heftigen Tag willst du dich bestimmt ausruhen. Wir kommen morgen Früh wieder und sehen nach dir, nachdem wir deinen Jeep abgeholt haben«, informiert mich Rose, und mein Kinn zittert. »Ruh dich aus, Süße«, flüstert sie, mich immer noch an sich drückend, bevor sie mich loslässt, damit mich Kirk ebenfalls umarmen kann. Sobald er mich losgelassen hat, legt Colton den Arm um meine Schultern und bringt uns zum Haus.

»Meldet euch«, ruft uns Kirk nach.

Weder höre noch sehe ich Coltons Antwort. Aber wie ich ihn kenne, hat er seinem Dad wahrscheinlich zugenickt. Mit gesenktem Kopf vernehme ich das Geräusch zweier Autotüren, die geschlossen werden, während mich Colton die Stufen hochbegleitet. Sobald wir im Haus sind, schließt er die Tür hinter uns und sperrt sie ab, bevor er uns auf die Couch manövriert.

Als wir beide es uns gemütlich gemacht haben, höre ich ihn tief ein- und langsam wieder ausatmen. Dann spannen sich seine Muskeln an, und ich versuche mich darauf vorzubereiten, was er sagen wird. Aber nichts hätte mich darauf vorbereiten können, was aus seinem Mund kommt.

»Die Cops haben Lisa festgenommen. So wie ich das verstehe, wird sie das Gefängnis sobald nicht wieder verlassen.«

Keine Ahnung, was ich erwartet habe, aber das war es nicht.

»Was?«

»Das im Handschuhfach deines Jeeps war meine Waffe.«

Ich spüre, wie sich meine Augen weiten und sich mein Magen verknotet. »Wie bitte?«

»Nachdem die Cops heute Morgen von meinen Eltern aufgebrochen sind, sind wir zur Bar gefahren und Mom hat die Videoaufnahmen vom Wochenende nochmal abgespielt. Sie wollte überprüfen, ob irgendetwas Ungewöhnliches darauf zu finden ist, das uns zu der Person führen könnte, die in das Lager eingebrochen war. In den Aufzeichnungen haben wir Lisa gesehen, wie sie am Sonntag frühmorgens in deinen Jeep eingebrochen ist. Die Kameras sind weiter weg angebracht, also sah man nicht genau, was sie angestellt hatte, aber uns war klar, dass da etwas faul sein musste. Wir haben die Cops angerufen und sie wissen lassen, was passiert war. Im Zuge dessen haben wir von dem für den Brandfall zuständigen Detective erfahren, dass eine Verhaftung vorgenommen wurde. Als er mir verriet, wen sie verhaftet hatten, wusste ich ganz genau, warum Lisa in deinen Jeep eingebrochen war.«

»Sie hat mir eine Falle gestellt?«, frage ich ungläubig und sehe dabei zu, wie sich sein Körper weiter anspannt und ein Muskel in seiner Wange zuckt.

»Ich hasse mich dafür, dass ich diesen Mist in dein Leben gebracht habe. Dafür, dass ich dich nicht vor ihr beschützen konnte.«

»Sie hat mir eine Falle gestellt?«, wiederhole ich. »Wegen Lisa hat man mit einer Waffe auf meinen Kopf gezielt und mich festgenommen? Und das nicht mal eine Stunde, nachdem ich dabei zusehen musste, wie zwei Männer meine tote Großmutter aus ihrem Zimmer getragen haben?«, presse ich hervor und bemerke erst nicht, wie sein Körper erstarrt und eine unheimliche Energie den Raum erfüllt. »Warum? Warum würde sie sowas tun?«

»Deine Großmutter?«, würgt er hervor.

Als ich den Ausdruck in seinen Augen sehe, schließe ich meine. Colton wusste es nicht. Andererseits, woher sollte er es auch wissen? Ich habe nicht mal Nat gegenüber etwas davon erwähnt. Wegen der Festnahme war ich so neben der Spur, dass ich nicht über Grandma nachdenken wollte, bevor ich die Zeit hätte, ihren Verlust zu verarbeiten. »Du wusstest es nicht.«

»Nein.« Seine Stimme klingt rau, während er mich näher an sich drückt. »Erzähl es mir.«

»Gleich nachdem du gegangen bist, hat mich Elizabeth angerufen und es mir mitgeteilt«, berichte ich, und er festigt den Griff um mich. »Ich habe versucht, dich zu erreichen.«

»Verdammt, Baby, ich hätte für dich da sein sollen.«

»Sie ist weg«, flüstere ich, und die Tränen, die ich zurückgehalten habe, quellen über. »Einfach so ist sie weg.«

Colton zieht mich an seinem Körper hoch und dreht uns so herum, dass mein Rücken an der Couchlehne ruht und sein Arm und sein Bein über mir liegen. Ich fühle ich mich sicher und beschützt, wie in einem Kokon. Als würde mich die Welt nie wieder berühren können, weil er immer bei mir sein wird, bereit gegen jede Gefahr anzukämpfen.

»Lass es raus.« Er streicht durch mein Haar, während ich an ihn geschmiegt alles rauslasse.

Als meine Tränen endlich getrocknet sind, schaue ich zu ihm hoch. Er senkt den Kopf. »Ich wünschte, ich könnte all das ungeschehen machen. Es tut mir so leid, Baby. Es tut mir so leid, dass ich nicht für dich da war, als du mich gebraucht hast.«

Mit geschlossenen Augen drücke ich die Stirn an seine Brust. »Du bist ja jetzt hier«, beschwichtige ich ihn, und er lässt seine Lippen an meinem Scheitel ruhen. Seine Brust hebt sich. Die Lider geschlossen, verliere ich am Ende gegen meine Erschöpfung.

»Das ist mir scheißegal«, höre ich Colton sagen und öffne blinzelnd die Augen. Ich finde mich allein auf der Couch wieder. Der Fernseher ist an, die Lautstärke niedrig. Während ich mir das Haar aus dem Gesicht streiche, setze ich mich auf. Über die

Couch hinweg sehe ich Colton mit nacktem Oberkörper in der Küche stehen. Er hat mir den Rücken zugewandt und hält das Handy an sein Ohr. »Ja, Dad, das verstehe ich, aber als die Frau, die ich liebe, mich gebraucht hat, war ich verdammt nochmal nicht für sie da. Sie konnte mich nicht mal erreichen, weil ich mein beschissenes Handy vor lauter Eile auf dem Weg zu dir hiergelassen habe. Dazu kommt noch diese Scheiße, die Lisa abgezogen hat, und du kannst vielleicht verstehen, warum mich das fertigmacht.«

Liebt? Er liebt mich? Mein Herz beginnt, wie wild gegen meinen Brustkorb zu donnern, und mein Magen fühlt sich komisch an, als wäre er zu voll.

»Wir kommen morgen nicht und sie kommt wahrscheinlich eine Weile nicht, außer, um rumzuhängen. Ich will, dass sie sich einen anderen Job sucht.«

Was?

»Ja, sag Mom, ich hab sie auch lieb. Wir sehen uns morgen, und sag ihr danke dafür, dass sie Ned und Nina angerufen und ihnen die Nachricht von Genevrias Tod überbracht hat. Ja, bis später.« Er legt auf und ich sehe, wie sich sein Oberkörper hebt, als er tief Luft holt. Dann spannen sich die Muskeln seiner Arme an und er fährt sich durchs Haar.

»Hast du gerade deinem Dad gesagt, dass ich nicht mehr in der Bar arbeiten werde?«, hake ich nach, anstatt ihn zu fragen, ob er mich liebt.

Er dreht sich mit einem besorgten Blick zu mir um. »Du musst einen Job finden, bei dem du tun kannst, was du liebst.«

»Mir gefällt es in der Bar«, antworte ich ehrlich, doch er schüttelt den Kopf.

»Das mag schon sein, aber das erfüllt dich nicht. Diese Arbeit wird dich auf lange Zeit nicht glücklich machen«, teilt er mir seine Meinung mit, und ich blinzle ihn an. »Ich will, dass du dir hier ein Leben mit mir aufbaust, und damit das möglich ist, musst du einen Job finden, wo du mit Kindern arbeiten kannst.«

»Du willst, dass ich für immer hier bei dir wohne?«, frage ich dämlich, und er neigt den Kopf zur Seite.

»Ja.«

»Ich ...«

»Entweder das oder ich ziehe zu dir nach Chicago«, fügt er hinzu und hält dabei meinem Blick stand. Das Gefühl in meinem Bauch breitet sich auch im Rest meines Körpers aus.

»Wie bitte?«

»Ich werde mein Leben nicht ohne dich leben. Also ziehst du hierher oder ich dorthin. So oder so sind wir zusammen.«

»Das würdest du tun? Nach Chicago übersiedeln, nur um bei mir zu sein?«, flüstere ich, und er zieht die Brauen zusammen.

»Ich liebe dich und daran wird sich auch nichts ändern. Ich will nicht ohne dich sein. Wenn du also in Chicago leben wolltest ... Fuck, wenn du in der Hölle leben wolltest, ich würde dir dorthin folgen und auch noch glücklich dabei sein.«

»Du liebst mich«, wiederhole ich. Ich habe vorhin mitbekommen, wie er diese Worte zu seinem Dad sagte, aber sie aus seinem Mund zu hören, während er mir in die Augen sieht, ist etwas ganz anderes. Es ist unbeschreiblich.

»Mit allem, was ich bin, Baby.« Er lässt die Hand auf seinem Herzen ruhen, und ich spüre, wie all die Emotionen hochkommen.

Mit einem Kopfschütteln schließe ich kurz die Lider. »Ich will nicht zurück nach Chicago. Es gefällt mir hier am See mit dir und Loki.«

»Dann bleiben wir hier.«

»Außerdem liebe ich dich auch«, flüstere ich, und sein Blick wird sanft, während er die Küche verlässt und auf mich zukommt.

Er beugt sich über die Couchlehne und legt die Hand um meinen Hinterkopf. »Denkst du, du kannst hier glücklich werden?«

Ich atme ein und antworte ehrlich. »Solange ich dich bei mir habe, ja, auf jeden Fall.«

»Ich liebe dich, Gia. Ich hatte keine Ahnung, was Liebe ist, bevor ich dich getroffen habe. Aber jetzt weiß ich es, und ich weiß auch, dass ich immer in Ehren halten werde, was du mir gegeben hast.«

»Du bringst mich gleich zum Weinen.«

»Bitte nicht. Ich habe heute so viele Tränen von dir gesehen, dass es für ein Leben reicht.«

Ich lehne meine Stirn an seine Bauchmuskeln. »Wie kann einer der schlimmsten Tage meines Lebens gleichzeitig der beste sein?«, frage ich, und er kommt näher. Dann küsst er mich. Als er sich wieder von mir zurückzieht, schaue ich in seine Augen, und mir wird unzweifelhaft bewusst, dass ich – solange ich ihn habe – alles auf der Welt besitze.

Während ich bei der Gepäckausgabe unten an den Rolltreppen auf Natasha warte, umfasse ich Coltons Hand fester. Es ist vier Tage her, seit Grandma von uns gegangen ist. Ich habe bereits ihr Begräbnis geplant und arrangiert, sodass sie neben Grandpa ihre letzte Ruhe findet. Es fühlt sich an, als hätte ich mit jedem in der Stadt geredet und den Verlust dieser Frau ein zweites Mal betrauert, die ich geliebt und um die ich mich gekümmert habe. Ich würde nicht sagen, dass es dieses Mal einfacher ist, loszulassen, aber es ist anders. Lange bevor sie gestorben ist, ist sie infolge ihrer Krankheit langsam entschwunden und immer weniger sie selbst gewesen. Der größte Unterschied aber ist, dass es nun Menschen gibt, an die ich mich anlehnen kann. Menschen, denen ich etwas bedeute – wie Nat, Ned und Nina, außerdem Colton und seine Familie. Sie alle haben mich an ihren Schultern weinen lassen und mir Unterstützung gewährt, wenn ich sie nötig hatte. Ich weiß nicht, was ich ohne sie täte, und zum Glück, werde ich das wohl nie herausfinden müssen.

»Da ist sie«, rufe ich aus, als ich Nat endlich auf der Rolltreppe entdecke. Sie trägt Sneakers, Jeans und ein Sweatshirt mit dem weißen, fetten Aufdruck *Kinda Classy, Kinda Hood* vorne drauf. Als sie uns entdeckt, erhellt sich ihr Gesicht.

Ich lasse Colton los und fange noch sein Lächeln ein, bevor

ich auf meine Freundin zulaufe, die mit weit ausgestreckten Armen die Rolltreppe hinunter auf mich zueilt. In der Sekunde, in der Nat und ich aufeinandertreffen, fallen wir uns um den Hals und wiegen uns hin und her.

»Mädchen, du hast nicht gelogen. Er ist H-E-I-S-S, und zwar alles in Großbuchstaben«, zischt Nat in mein Ohr und drückt mich dabei so fest, dass das Atmen beinahe wehtut. »Jetzt weiß ich, warum du mir kein Bild von ihm schicken wolltest. Ich würde ihn auch für mich behalten wollen, wenn er mein Mann wäre«, fährt sie fort, und ich muss lachen.

Ich habe meine beste Freundin vermisst, das wusste ich. Aber sie hier zu sehen, macht mir klar, wie sehr. »Du bist hier«, sage ich einfach und lehne mich zurück, um sie anzusehen.

Die Augen verdrehend, deutet sie auf mein Gesicht. »Fang nicht an zu weinen. Du weißt, wenn du das tust, heule ich am Ende auch, und ich habe gerade nicht mein wasserfestes Mascara drauf.«

»Ich werde nicht heulen«, versichere ich ihr und atme tief durch die Nase ein, damit ich meine Worte nicht Lügen strafe.

»Gut.« Nat lächelt, dann wandert ihr Blick über meine Schulter.

Mich umdrehend, sehe ich zu Colton. »Colton, meine beste Freundin auf der ganzen Welt, Natasha. Nat, Colton«, stelle ich die beiden einander vor und sehe dabei zu, wie sie sich umarmen. In den letzten Tagen unterhielten sie sich öfter am Telefon über mich und darüber, was wir im Fall gegen Lisa unternehmen werden. Sie sprachen außerdem mit dem Brandstiftungsermittler, um diesen davon zu überzeugen, dass er Lisa der Liste der Verdächtigen hinzufügt. Was naheliegt, nachdem sie versuchte, mir einen Waffendiebstahl und den Einbruch in das Lager von Coltons Eltern anzuhängen.

Lisa ist tatsächlich in ihr Lager eingedrungen, weil sie davon ausging, Coltons Eltern würden mich verdächtigen und mich in weiterer Folge auf die Straße setzen. Das hätte ihr die Möglichkeit gegeben, sich wieder in seine Familie einzuschleichen. Nur war Lisa nicht schlau genug, um nach Videokameras Ausschau zu halten, als sie in meinen Jeep einbrach, oder um die Beweise für ihre Straftaten loszuwerden. Wie eine komplette Idiotin hat sie den ganzen Alkohol mit sich nach Hause genommen und dort versteckt. Und es war *eine Menge* Alkohol. Sie muss Hilfe dabei gehabt haben, nur weiß ich nicht, ob sie das jemals zugeben wird.

»Ich bin am Verhungern«, offenbart uns Nat und reißt mich aus den Gedanken, während sie mich an der Hand mit sich schleift. Das zwingt wiederum Colton dazu, ebenfalls in Richtung der Gepäckannahme mitzukommen. »Ich will in diesem Restaurant Barbecue essen, von dem du mir erzählt hast«, fährt sie fort. Nachdem sie meine Hand losgelassen hat, macht sie sich auf, um ihren Koffer zu holen, bevor ich antworten kann.

»Ist sie immer so?«, fragt Colton.

Ich lächle zu ihm hoch. »Ja.«

»Das dürfte interessant werden«, murmelt er, und ich grinse breit, während ich die Arme um seine Taille schlinge und die Wange an seine Brust schmiege. Er drückt mich fest an sich.

»Du kommst bestimmt damit klar«, versichere ich ihm.

Colton umfasst mein Kinn und küsst mich. »Ich würde alles für dich tun, sogar ein paar Tage mit deiner Freundin in unserem Haus verbringen, obwohl wir keine Schlafzimmertür haben«, stellt er fest, und ich beiße mir auf die Lippe. Ich habe nicht mal daran gedacht, dass wir oben im Loft keine Tür haben.

Mist.

»Muss ich wirklich damit klarkommen, dass ihr euch die nächsten paar Tage so benehmt?«, will Nat wissen, und ich löse meinen Mund von Coltons, während dieser mich freigibt, um ihr den Koffer abzunehmen. »Ich glaube, das war ein Ja«, beantwortet sie ihre Frage selbst und versucht, dabei verstimmt zu klingen. Aber ich kann sehen, dass sie sich für mich freut. Glücklich, dass ich das hier gefunden habe, auch wenn es bedeutet, dass ich nicht mit ihr zurück nach Chicago kommen werde.

»Eifersüchtig?«, frage ich und stupse ihre Schulter mit meiner an.

Nats Blick huscht zu Colton, der gerade mit ihrem Koffer durch den Ausgang geht. Ich weiß nicht, wie das auf sie wirkt. Aber ich weiß, was ich sehe, und alles davon ist gut.

»Hast du deinen Kerl etwa nicht richtig angeschaut?«

»Doch, das habe ich.« Ich grinse, und sie legt schmollend den Arm um meine Schultern.

»Du warst schon immer ein Glückspilz.«

»Wenn du das sagst.«

»Seid ihr zwei fertig oder wollt ihr noch ein bisschen am Flughafen rumhängen?«, knurrt Colton und beendet so unser Gezanke. Wir verdrehen beide die Augen in seine Richtung, bevor wir lachen und ihm zu seinem Suburban folgen.

»Bist du bereit?«, fragt Nat, und mein Blick trifft auf ihren. Sie wirkt so nervös, wie ich mich fühle. Nachdem sie gestern gelandet war, haben wir ihre Sachen zu Hause abgeliefert, bevor wir sie zum Barbecue mitgenommen haben, das sie geliebt hat. Ich habe es genossen, meine zwei wichtigsten Menschen auf der Welt bei mir zu haben, und bin mehr als nur ein bisschen froh darüber, dass sie sich gut verstehen.

Nachdem Colton heute Morgen zur Arbeit losgefahren war, um sich für seine Mom um ein paar Dinge zu kümmern, erzählte ich Nat von Grandmas Briefen an mich. Dann habe ich mit ihr über eine Idee gesprochen, die mir gekommen war. Nachdem Nat nun mal Nat ist, hat sie sich in die Idee verkrallt und gedrängt, sie in die Tat umzusetzen. Was uns in die Gegenwart bringt.

»Ich bin bereit.« Ich atme tief aus und schaue den Tätowierer an, signalisiere ihm mit einem Nicken meine Zustimmung und sehe, wie er ein strahlendweißes Lächeln aufsetzt. Als ich das Vibrieren der Tätowiermaschine höre, verspanne ich mich, dann beginnt er bereits, das Tattoo in meinen Unterarm zu stechen. Ein Schmetterlingstattoo, das er passend zu jenen gezeichnet hat, die die Holzschatulle zieren. Ich wollte etwas haben, das mich an die Frau erinnert, wie ich sie kannte, als ich ein kleines Mädchen war. Die Frau, die mich Schmetterling nannte und mir das Backen von Schokocookies sowie das Stricken beibrachte. Die eine wundervolle Mutter für meine Mom war und ihre Familie sehr liebte. Das ist die Frau, an die ich mich erinnern will.

»Weiß Colton, dass wir das hier machen?«, will Nat wissen, und ich konzentriere mich kopfschüttelnd auf sie.

»Ich habe ihm gesagt, dass wir Pläne für heute haben, diese aber nicht näher erläutert. Wenn alles vollbracht ist, können wir zur Bar fahren und ich zeige es ihm.«

»Perfekt. Ich werde nach alledem einen Drink brauchen«, meint sie, als wäre sie diejenige, die sich ein Tattoo machen lässt.

Ich lächle, bevor ich wieder zu meinem Arm runterschaue und verfolge, wie der Tätowierer seine Arbeit erledigt.

»Wann haben du und Colton jetzt vor raufzufahren und dein ganzes Zeug zu holen?«

Ich spüre, wie mir die Kehle eng wird, als ich die Trauer in ihrem hübschen Gesicht sehe. »Wir können uns gegenseitig besuchen«, sage ich sanft, und ihr Ausdruck wird weicher, als sie die Hand ausstreckt und meine Wange berührt.

»Es wird ziemlich schlimm für mich werden, dich nicht die ganze Zeit um mich zu haben. Aber ich freue mich für dich. Ich bin froh, dass du Colton gefunden hast, und es ist wahnsinnig schön, dass du so happy bist. Du hast dir das verdient.«

»Ich liebe ihn«, gestehe ich ihr ehrlich.

»Ich weiß.«

»Er hat mir gesagt, er würde mit mir nach Chicago ziehen, falls ich zurückwill.«

»Das überrascht mich nicht. Ich denke, er würde dir überallhin folgen.« Sie lächelt. »Aber ein Mann wie er würde nicht nach Chicago passen.«

Sie hat recht. Er würde nicht dorthin passen, er gehört hierher, und dasselbe gilt für mich. »Ich liebe es hier. Ich liebe es, so nah am See zu wohnen und Coltons Familie um mich zu haben. Es fühlt sich gut an, hier zu sein. Alles fühlt sich richtig an.«

»Ich weiß, und dein Haus ist mega. Ich würde allein wegen der Aussicht auf den See hierherziehen«, gesteht sie mir, und ich spitze sofort die Ohren.

»Wirklich?«

»Ich weiß nicht, ob ich hier leben könnte. Ich bin an die Stadt und den Trubel dort gewöhnt.«

»Du könntest es versuchen.«

»Du kennst meine Einstellung – sag niemals nie. Aber ich denke, dass ich nicht allzu bald herziehen würde.«

»Ich bin glücklich hier. Das könntest du auch sein.«

Sie zuckt die Achseln. »Kümmern wir uns zuerst um dich. Was hast du vor, jetzt wo dich Colton aus deinem Job in der Bar entlassen hat?«

Die Augen darüber verdrehend – auch wenn es stimmt – antworte ich. »Nach dem Begräbnis morgen mache ich mich auf die Suche nach einem anderen Job. Und ich rede heute Abend mit Colton darüber, wann wir nach Chicago fahren und mein Zeug holen.«

»Gut«, meint sie und blickt ins Leere. »Habe ich dir erzählt, dass ich mit einer Freundin gesprochen habe, die Colleen kennt? Sie hat erwähnt, dass deine Stiefmutter nächstes Jahr heiratet.«

»Was? Wer ist der Unglückliche?«

»Keine Ahnung.« Sie zuckt die Achseln.

»Ich habe nicht mehr mit Colleen geredet, seit ich nach Tennessee gezogen bin. Ich habe nicht mal einen Gedanken an sie verschwendet, es sei denn, um mich daran zu erinnern, was für ein Miststück sie ist, weil sie mich angelogen hat.«

»Warum solltest du dich auch mit ihr beschäftigen? Klar, sie ist deine Stiefmutter, aber sie war nie da, wenn du sie gebraucht hast. Sie war nur irgendjemand, bei dem du während der Highschool eine Weile gewohnt hast.«

»Ich schätze, du hast recht«, murmle ich und wünsche mir, es wäre nicht so. Wir haben uns vielleicht nicht verstanden, aber sie war die Frau meines Dads und ist die letzte Verbindung, die ich zu ihm habe. Es wäre nett, mit ihr reden zu können, selbst wenn er unser einziges Gesprächsthema wäre.

»Wie ich sehe, brauchst du jetzt auch einen Drink«, bemerkt Nat, und ich kichere. Der Tätowierer brummt und bringt mich dazu, noch mehr zu lachen.

»Fertig.«

Ich schaue an meinem Arm nach unten und blinzle, während die Tintenreste abgewischt werden. Das Tattoo ist noch schöner geworden, als ich es erwartet habe. Jetzt werde ich immer einen Teil meiner Grandma bei mir haben, egal wohin ich gehe oder was ich tue.

»Danke«, flüstere ich, während der Typ etwas Salbe auf dem Tattoo verteilt und es mit einer Bandage bedeckt.

»Immer gern.« Er rollt mit seinem Sessel nach hinten und steht auf. »Komm raus, wenn du soweit bist.«

»Mädchen, du fängst jetzt besser nicht zum Flennen an«, warnt mich Nat, und ich schaue zu ihr.

Die Tränen wegblinzelnd, atme ich ein und wieder aus. »Ich werde nicht flennen.«

»Gut.« Sie schnappt meine Hand und zieht mich auf die Beine. »Los jetzt. Wir brauchen einen Drink.«

Genau darum kümmern wir uns gleich darauf. Als wir bei der Bar ankommen, präsentiere ich Colton mein Tattoo. In der Sekunde, in der ich ihm erzähle, warum ich es mir habe stechen lassen, zieht er mich in seine Arme und küsst mich lang und hart vor seinem Bruder, seinen Eltern und Nat. Und zum ersten Mal halte ich ihn nicht davon ab. Ich erwidere den Kuss.

12. Kapitel

Colton

In guten wie in schlechten Zeiten

Ich steige aus der Dusche, schlinge ein Handtuch um meine Hüften und verlasse das Bad. Vom Schlafzimmer aus höre ich Gia und Nat unten kichern, als hätten sie zu viel Alkohol erwischt. Was sie dank Mom auch haben, die ihnen den Alkohol ausgeschenkt hat. Sie hat den ganzen Nachmittag über darauf geachtet, dass ihre Gläser voll waren, weshalb die beiden ziemlich angetrunken waren, als ich um fünf mit der Arbeit fertig war. Ich musste Gia zu meinem Suburban tragen, während Carson dasselbe mit Nat gemacht hat. Zum Glück vertrugen beide offensichtlich einiges und keine der beiden musste sich auf dem Heimweg übergeben.

In meinem Schrank suche ich nach einem Paar Jeans und einem T-Shirt und ziehe sie an. Dasselbe mache ich mit meinen Socken sowie den Stiefeln, dann gehe ich nach unten. Am Fuß der Treppe angelangt, trifft mein Blick den von Gia und ich schlendere zu ihr. »Immer noch angeheitert?«, frage ich und nehme den Kuss entgegen, den sie mir anbietet. Sie grinst, was Antwort genug ist. »Nachdem keiner von uns was gegessen hat und ihr bis jetzt nur Alkohol hattet, fahre ich in die Stadt und hole uns eine Pizza. Einverstanden?«

»Klingt gut«, stimmt Gia zu, immer noch den Kopf im Nacken. Also küsse ich sie noch einmal und lächle dabei.

»Kannst du deinen Bruder auch mitbringen?«, fragt Nat, und Gia lacht.

»Lach nicht. Es war so romantisch, wie er mich aus der Bar getragen hat«, schwärmt sie und sieht dabei ganz verträumt drein.

»Er hat dich aus der Bar abtransportiert, weil du nicht mehr selbst laufen konntest«, erinnert Gia sie, und Nat fixiert Gia aus zusammengekniffenen Augen.

»Zerstör meine Träume nicht. Vielleicht ist er mein Prince Charming. Mein eigener Prince Harry«, seufzt sie und lässt sich dramatisch mit den Händen über dem Herzen auf die Couch zurückfallen.

Gegen ein Lachen ankämpfend, bemerke ich, wie Gia ihre Freundin intensiv mustert. »Denk nicht mal dran, Grübchen.«

»Was?«, fragt sie, sich mir zuwendend, und ich schüttle den Kopf. »Na ja«, fängt sie leise an. »Wenn sie zusammenkämen, würde Nat hierherziehen, um bei ihm zu sein, und das wäre das Optimum. Ich hätte dich und meine beste Freundin.«

So gern ich auch hätte, dass all ihre Wünsche in Erfüllung gehen, ich kann mir Carson nicht mit Nat vorstellen. Sie würden sich ständig an die Kehle gehen. Nat ist zu unbekümmert und Carson mag ähnlich wirken, aber er ist im Kern verspannt und stur. Das ist auch der Grund, warum er noch nicht verheiratet ist. Nicht viele Frauen sind bereit zu versuchen, mit ihm klarzukommen – zumindest nicht auf Dauer.

»Wenn es passiert, passiert es. Du spielst jetzt sicher nicht die Kupplerin«, sage ich ihr eindringlich, und sofort sieht sie woanders hin. Verdammt, sie wird die Kupplerin spielen. »Gia.«

»Ich dachte, du wolltest uns eine Pizza holen.«

»Gia«, warne ich sie, und ihr Blick schweift zu mir zurück.

»Colton.«

»Gia.«

»Ist das irgendein seltsames Paarungsritual?«, fragt Nat, und ich seufze. Ich mag Nat, aber heilige Scheiße, ich kann es nicht erwarten, bis sie weg ist, auch wenn sie meine Frau glücklich macht und erst gestern angekommen ist.

»Bin bald wieder da«, verspreche ich ihnen auf dem Weg in die Küche und nehme mir dort die Schlüssel von der Anrichte. Ich gebe Gia noch rasch einen Kuss und werfe ihr einen bedeutungsschweren Blick zu, bevor ich losstarte.

Auf dem Weg in die Stadt rufe ich bei *Bob's* an, weshalb die Pizza bei meiner Ankunft im Restaurant schon fertig ist und ich nicht warten oder irgendwelche Fragen beantworten muss.

Neuigkeiten sprechen sich in Kleinstädten wie Ruby Falls normalerweise schnell herum, aber schlechte Neuigkeiten machen nochmal rascher die Runde. Natürlich weiß jeder bereits, was Lisa getan hat. Am liebsten will ich nicht an das Miststück denken. Ich habe auch keine Lust, die Gespräche der Leute über sie zu verfolgen. Und ganz bestimmt will ich nicht, dass sich Gia mit dieser schlimmen Sache rumschlagen muss. Ich kann immer noch nicht fassen, dass Lisa es so weit getrieben hat. Keine Ahnung, was sie sich dabei gedacht hat, oder ob sie *überhaupt* nachgedacht hat. Aber ich bin froh, dass sie eine Weile eingesperrt sein wird. Ich hoffe nur, dass sie die Zeit nutzt und über die Farce nachdenkt, in die sie ihr Leben verwandelt hat. Und dass sie wieder auf den rechten Weg zurückfindet. Wenn sie das nicht tut, wird sie hoffentlich die Stadt verlassen, sobald sie aus dem Gefängnis kommt. Ich möchte sie nie mehr wiedersehen.

Dreißig Minuten später halte ich vor dem Haus, stelle den Motor ab und gehe mit der Pizza zum Eingang. Beim Öffnen der Tür stelle ich fest, dass Gia und Nat eingepennt sind. Ihre Köpfe ruhen je auf einer der an den Seitenteilen der Couch befindlichen Armlehnen. Loki liegt in der Mitte. Sobald ich die Tür geschlossen habe, mache ich mich auf den Weg in die Küche, wo ich den Karton auf die Anrichte stelle. Ich schnappe mir eine Cola aus dem Kühlschrank und öffne sie. Dann nehme ich ein Stück Pizza aus der Verpackung und führe es an meinen Mund. Ich habe noch nicht mal abgebissen, als mich zwei Paar Augen von der Couch aus anschauen.

»Wolltest du essen, ohne uns aufzuwecken?«, fragt Gia blinzelnd, und ich lächle, bevor ich einen großen Biss nehme. Bob's Pizza ist die beste in der Gegend. Und obwohl sie kalt auch nicht übel ist, schmeckt sie heiß leckerer. Ich sehe dabei zu, wie meine Frau aufsteht und auf mich zukommt. Ich muss lächeln, als sie meine Wange küsst und sich mit einem Sprung auf der Anrichte niederlässt. Sie öffnet den Pizzakarton, greift um ein eigenes Stück und nimmt einen riesigen Bissen. Zwei Sekunden später, macht es sich Nat neben ihr auf der Anrichte gemütlich und organisiert sich ebenfalls eine Ecke.

»Bist du bereit für morgen?«, frage ich, während ich Gia meine Cola reiche, nachdem sie die Hand danach ausgestreckt hat.

»Nein, oder ja. Ich bin bereit, sie in Frieden ruhen zu lassen. Es wird schlimm werden, aber zu wissen, dass sie dort ist, wo sie immer sein wollte – bei Grandpa –, macht die Sache ein bisschen leichter.«

»Ich werde bei dir sein. Das werden wir alle. Du musst das nicht allein durchstehen.«

»Ich weiß«, murmelt sie fast feierlich, und ich seufze. Ich kann es nicht erwarten, bis das alles überstanden ist und hinter uns liegt. Ich hasse die Trauer, die ich in ihren Augen sehe. Es bringt mich um, nichts tun zu können, um es für sie leichter zu machen. Nichts kann ihr den Schmerz nehmen, den sie fühlt. Nur die Zeit.

Ich lege mein Pizzastück auf dem Kartondeckel ab, umfasse mit meiner Hand ihren Nacken, und bringe sie dazu, mich anzusehen. »Ich liebe dich.«

»Ich weiß«, wispert sie.

»Ich verspreche, es wird besser werden.«

»Ich weiß«, wiederholt sie leise.

Rasch senke ich den Mund auf ihren und hole mir einen kurzen Kuss ab, obwohl ich gern mehr hätte. Da ich weiß, dass uns ihre Freundin beobachtet, lasse ich Gia wieder los und lehne mich neben ihr an die Anrichte, um mir wieder meine Pizzaecke zu schnappen. Der morgige Tag wird heftig werden, aber sobald er vorbei ist, werden ihr meine Familie und ihre Freundin dabei helfen, wieder heil zu werden.

Am nächsten Morgen habe ich meinen Arm um Gias Schultern gelegt, während wir den Worten des Pastors einer der örtlichen Kirchen lauschen, der eine kurze Predigt liest. Viele Leute sind gekommen, um sich zu verabschieden. Wesentlich mehr, als ich angenommen hatte. Mom hat eine Todesanzeige in der Zeitung inseriert, weil sie meinte, die Menschen würden von dem

Begräbnis erfahren wollen. Sie lag damit richtig. Wenn man sich umsieht, ist offensichtlich, dass Genevria in der Stadt bekannt war, immerhin hat sie fast ihr ganzes Leben hier verbracht. Außerdem müssen die Leute sie sehr gemocht haben, denn vielen steht die Trauer ins Gesicht geschrieben. Gia näher an mich heranziehend, bemerke ich, wie Nat ihre Hand um Gias legt und sie drückt. Dann spüre ich, wie meine Eltern und meine Familie näher an uns heranrücken. Der heutige Tag ist furchtbar, aber ich bin sicher, dass es Gia hilft, uns alle bei sich zu haben.

Sobald der Gottesdienst vorbei ist und der Pastor seine letzten Sätze gesprochen hat, machen sich die Trauergäste auf den Weg zu uns, um Gia ihr Beileid zu bekunden. Und weil sie so ist, wie sie ist, erträgt sie den Schmerz aufrecht und stolz, schüttelt Hände und nimmt gütige Worte über ihre Großmutter in Empfang. Als nur noch Tide, Nat, meine Familie, Nina, Ned und wir beide übrig sind, lotse ich Gia mit dem Arm um ihre Schultern vom Friedhof, damit sie nicht dabei zusehen muss, wie man den Sarg ihrer Grandma neben dem Grab ihres Großvaters in den Boden versenkt.

An meinem Suburban angekommen, sehe ich Gia meine Eltern umarmen. Dann sind meine Brüder, Ned und Nina dran, bevor sie in ihre Autos steigen.

»Mein Beileid, Gia.« Tide bietet ihr eine Umarmung an, die sie sofort annimmt.

»Danke, Tide.«

Mit einem schnellen Stoß seiner Faust an meine lässt er sie los. »Ich rufe dich morgen an«, murmelt er.

»Bis morgen«, erwidere ich und schaue dabei zu, wie er zu seinem ein paar Meter weiter geparkten Pick-up geht.

»Ich werde ein bisschen mit Carson bei Kirk und Rose zu Hause rumhängen, damit ihr ein wenig Zeit für euch habt«, erklärt Nat, und ich nicke ihr in einer stillen Dankesgeste zu.

»Bist du sicher?«, fragt Gia.

»Ja«, erwidert Nat und schlingt die Arme um ihre Schultern.

»Wir sehen uns später«, verabschiedet sich Gia, und Nat entfernt sich, um zu Carson ins Auto zu steigen.

Nachdem ich Gia auf den Beifahrersitz geholfen habe, schnalle ich sie an und lege eine Hand an ihre Kinnpartie. »Geht es?«

Sie nimmt die Sonnenbrille ab und schaut mich mit einem Kopfschütteln an. »Ich habe nicht geweint.«

»Baby.« Ich lege meine Stirn an ihre.

»Ich habe nicht geweint. Ich hätte weinen sollen.«

»Du hast viele Tränen vergossen, seit sie gestorben ist, Baby.« Und das hat sie wirklich. Zahllose Male bin ich aufgewacht, nur um sie mitten in der Nacht neben mir zusammengerollt weinen zu sehen. Manchmal ist sie auch in einem der Schaukelstühle gesessen und hat mit tränenfeuchten Wangen auf den See hinausgeblickt. Jedes Mal habe ich sie entweder fest an mich gezogen und umarmt, oder sie hochgehoben und zurück ins Bett getragen, um sie dort festzuhalten.

»Die Leute glauben wahrscheinlich, dass ich verrückt bin, weil ich beim Begräbnis meiner eigenen Grandma als einzige nicht geheult habe.«

»Niemand hält dich für verrückt. Du hast dich wundervoll geschlagen. Deine Grandma wäre stolz auf dich. Ich bin so stolz auf dich«, versichere ich ihr, und ihr Gesicht verzieht sich, bevor sie es mit beiden Händen bedeckt und schluchzt. »Siehst du? Du weinst. Bist du jetzt glücklich?«, flüstere ich an ihrer Wange. Als ich sie gleichzeitig lachen und schluchzen höre, lächle ich, bevor ich sie auf ihre Schläfe küsse. »Fahren wir heim.«

»Okay.« Gia wischt sich über ihr Gesicht, während sie mich ansieht. Dann schwenkt ihr Blick über meine Schulter. Ich drehe mich um und verfolge, wie Nat und mein Bruder an uns vorbeifahren. Natasha winkt aus dem Fenster. »Denkst du, Nat wird klarkommen?«

»Sie schafft das schon.«

»Vielleicht kann Carson sie ja nach Hause bringen«, meint sie hoffnungsvoll, und in ihren Augen erscheint der gleiche Ausdruck wie letzte Nacht.

»Gott«, murmle ich und höre sie auflachen. Ich wische mit den Daumen ihre Tränen weg und presse einen sanften Kuss auf ihre Lippen. »Ich liebe dich.«

»Ich liebe dich auch.«

»Bringen wir dich heim.« Einen Schritt zurück machend, werfe ich ihre Tür zu. Auf dem Weg zur Fahrerseite lockere ich meine Krawatte und öffne den obersten Knopf meines Hemdes, um es bequemer zu haben. Dann setze ich mich hinters Steuer und fahre uns nach Hause, wo wir ein paar Stunden im Bett verbringen und nicht mehr tun, als uns gegenseitig festzuhalten und leise zu reden.

Als Nat heimkehrt, erzählt sie, Carson hätte sie nach Hause gebracht – was dazu führt, dass Gia den restlichen Abend über lächelt.

»Melde dich, sobald du gelandet bist!«, ruft Gia. Nat schaut über ihre Schulter zurück und winkt, bevor sie in Richtung Sicherheitscheck davoneilt. »Ich vermisse sie jetzt schon«, gesteht Gia, und ich schlinge den Arm um ihre Taille, bevor wir uns auf den Weg zum Ausgang machen.

»Sie kommt ja wieder. Und du wirst sie in ein paar Wochen sehen, wenn wir in Chicago sind.«

»Ich weiß«, meint sie seufzend, legt den Arm um meinen Rücken und krallt sich an meinem Shirt fest. »Habe ich dir erzählt, dass mich Carson um ihre Nummer gefragt hat?«

»Ja, Baby. Du hast es mir ungefähr hundertfünfzigmal gesagt«, murmle ich.

Sie lacht. »Es ist aufregend.«

»Mach dir nicht zu viele Hoffnungen.« Ich öffne ihr die Tür, damit sie in ihren Jeep steigen kann, mit dem wir zum Flughafen gefahren sind. Mein Dad hat heute meinen Suburban benötigt, um einige Dinge zu transportieren.

»Das tue ich nicht«, lügt sie offenkundig, und ich muss lachen.

Die letzten Tage über hat Gia Pläne geschmiedet und sogar meine Mom dazu gebracht, mitzumachen. Das weiß ich, weil Mom Gia, mich und Nat gestern Abend zum Essen eingeladen hat. Carson war ebenfalls da. Mom und Gia haben uns so am Tisch platziert, dass Carson und Nat nebeneinandersaßen. Nach dem Abendessen schlugen sie vor, ein Spiel mit dem Namen *Know It or Blow It* zu spielen. Wir wurden in Zweierteams eingeteilt, was bedeutete, dass Nat und Carson einmal mehr zusammen endeten. Ich konnte erkennen, dass mein Bruder wusste, was Mom und Gia vorhatten, aber er hat nichts dagegen eingewendet.

»Er hat sie die ganze Nacht über immer wieder angesehen. Ich denke, er mag sie«, quasselt Gia weiter, während ich mich hinters Steuer setze.

»Sie ist hübsch und lieb, Babe, aber Nat lebt hunderte Meilen entfernt, also bezweifle ich, dass er es bei ihr versuchen wird.«

»Da kannst du dir nicht sicher sein.«

»Du hast recht. Ich bin nicht sicher«, stimme ich zu, verlasse die Parkgarage und halte am Ausgang, um zu bezahlen. In diesem Moment höre ich Gias Handy klingeln.

»Hallo«, antwortet sie, nachdem sie das Handy aus ihrer Tasche geholt und an ihr Ohr gelegt hat. »Ja, hier spricht Gia Caro. Ja, Dienstag um vier geht für mich in Ordnung. Okay, toll. Vielen Dank, ich freue mich auch, Sie zu sehen.«

Sie legt auf, und ich werfe ihr einen fragenden Blick zu. »Was gibt es?«

»Das war die Schule, bei der Nat und ich gestern meinen Lebenslauf abgegeben haben. Sie wollen, dass ich nächsten Dienstag für ein Bewerbungsgespräch um eine Lehrerstelle vorbeikomme«, erzählt sie.

Ich strecke die Hand aus und greife nach ihrer. Nachdem ich sie an meinen Mund gehoben habe, hauche ich einen Kuss auf ihre Finger. »Das sind tolle Nachrichten, Baby.«

»Ich will weinen«, flüstert sie.

»Bitte nicht.«

»Es wären Glückstränen«, fügt sie hinzu, und ich drücke ihre

Hand.

»Ich mag keine deiner Tränen. Ob glücklich oder nicht«, erwidere ich ehrlich. »Welche Schulstufe unterrichtest du, wenn du den Job kriegst?«

»*Falls* ich den Job kriege, werde ich Vorschüler unterrichten.«

»*Wenn* du den Job kriegst.«

»*Falls* ich ihn kriege.«

»Grübchen, du bekommst den Job.«

»Wir werden sehen«, murmelt sie.

Eine Woche später beobachte ich Gia dabei, wie sie mit einem undefinierbaren Gesichtsausdruck die Bar betritt. Als sie heute Morgen zu ihrem Bewerbungsgespräch aufbrach, war ich schon bei der Arbeit. Bei ihrem Anblick denke ich mir, dass das vielleicht auch gut so war, sie wäre wegen mir sicher zu spät zu ihrem Gespräch gekommen. Alles, woran ich denken kann, ist, ihr Haar aus dem Dutt auf ihrem Kopf zu befreien, ihre enge gelbe Langarmbluse aufzureißen und den knappen schwarzen Rock an ihren Hüften hochzuschieben. Und an das Gefühl ihrer schwarzen Highheels an meinem Rücken ... Sie sieht aus wie eine heiße Lehrerin.

Ich lasse meinen Blick durch die Bar schweifen und erkenne, dass ich nicht der einzige bin, der wegen ihr schmutzige Gedanken hegt. Doch im Gegensatz zu den Männern, die meine Frau dabei beobachten, wie sie auf mich zukommt, darf ich diese Fantasien auch ausleben.

»Und?«, frage ich mit verschränkten Armen, als sie nur noch ein paar Meter entfernt ist.

»Ich habe den Job!«, ruft sie, läuft um den Tresen herum auf mich zu und wirft sich in meine Arme.

Sofort umfasse ich ihre Taille und küsse sie. Hart und tief. Dabei interessiert mich kein bisschen, wer zusieht. Als ich mich zurückziehe, ist es nur ein Zentimeter, gerade genug, um in ihre Augen sehen zu können. »Ich bin happy für dich.«

»Ich bin auch happy für mich«, gesteht sie, und berühre ihre Lippen nochmal mit meinen. Dann stelle ich Gia wieder auf die Füße, lasse sie aber nicht von meiner Seite weichen. »Ich fange in einer Woche an. Eine der derzeitigen Lehrerinnen bekommt ein Baby und hat nicht vor zurückzukommen.«

»Das sind tolle Neuigkeiten.«

»Es sind wirklich tolle Neuigkeiten«, stimmt sie zu und berührt meinen Hals. »Es ist aber auch blöd.«

»Was ist blöd?«, frage ich und mustere sie dabei. Sie atmet tief ein und wendet den Blick ab.

»Wir werden den Trip zu Nat zwecks der Abholung meiner Sachen eine Weile verschieben müssen.«

»Wir werden schon Zeit dafür finden.« Ich ziehe sie näher an mich und ihr Blick trifft meinen. »An deinem ersten langen Wochenende fliegen wir rauf. Und falls du etwas früher benötigst, schickt Nat es dir sicher zu.«

»Du hast recht.«

»Ich habe üblicherweise immer recht. Ich lag auch damit richtig, dass du den Job bekommst.«

»Sei nicht eingebildet.« Sie verdreht die Augen und ich grinse. »Wann hast du heute Dienstschluss?«

»In zirka einer Stunde. Willst du auf mich warten?«

»Ehrlich gesagt will ich aus diesen Sachen raus«, murmelt sie, und ich festige meinen Griff um sie, während ich mir detailgenau vorstelle, auf wie viele Arten ich ihr aus dem Outfit helfen könnte.

»Tu mir einen Gefallen«, bitte ich und weiß, meine Stimme klingt heiser.

»Was denn?«

»Zieh dich nicht um, wenn du nach Hause kommst.«

»Warum?« Gia runzelt ihre Stirn, dann verdunkeln sich ihre Augen und ihre Lippen öffnen sich. »Oh.«

»Ja.« Ich streiche an ihrem Rücken nach unten, bis zu ihrem Hintern.

»Ich ziehe mich nicht um«, verspricht sie atemlos.

»Gut.« Ich beuge mich vor und küsse sie erneut. Sie öffnet

den Mund und lässt mich ein. »Du solltest gehen«, sage ich voller Bedauern, als ich meinen Mund von ihrem löse. »Wenn du das nicht machst, nehme ich dich am Ende noch in meinem Büro.« Ich spüre sie erschauern und kämpfe gegen ein Stöhnen an, als mein Schwanz hinter meinem Reißverschluss zuckt.

»Ich sollte los«, murmelt sie und drückt mich von sich.

»Wir sehen uns zu Hause.«

»Bis später.«

Ich lasse sie gehen. Am Ausgang hält sie kurz inne, um mir einen bedeutungsschweren Blick über die Schulter zuzuwerfen. Dann verschwindet sie und lässt die Tür hinter sich zufallen.

»Verdammter Glückspilz«, gibt Jonas, einer unserer Stammgäste, von sich. Er sitzt mit verrenktem Oberkörper auf dem Barhocker und blickt zum Ausgang.

Offensichtlich hat er Gia und mich gerade beobachtet. Ihm dürfte mehr als bewusst sein, was mich in einer Stunde daheim erwartet. Wenn ich an seiner Stelle wäre, würde ich dasselbe denken. »Ich weiß.«

Jonas wendet sich mir zu und grinst. »Ich freue mich für dich. Du verdienst es, diese Frau in deinem Bett zu haben, nach all dem Mist, der dir zugestoßen ist.«

Ich kann nicht sagen, ob überhaupt irgendjemand Gia verdient hat, aber ich werde alles in meiner Macht Stehende tun, um es wert zu sein, sie für den Rest meines Lebens die Meine zu nennen.

»Ich freue mich für dich«, wiederholt er, bevor er sein Bier nimmt und es austrinkt.

»Willst du noch eins?«, frage ich und deute mit dem Kinn zu seinem leeren Glas.

Er schüttelt den Kopf. »Nope, muss nach Hause.« Er lässt ein paar Mäuse auf den Tresen fallen und verschwindet.

Zwischen dem Bedienen der Gäste erledige ich alles Weitere, und warte darauf, dass Mom kommt, um für mich zu übernehmen. Zum Glück taucht sie zwanzig Minuten früher auf, als erwartet.

Ich verlasse die Bar und mache mich auf den Weg nach Hause, wo ich Gia zuerst an der Wand neben der Tür nehme und dann nochmal oben im Bett, nachdem wir es endlich raufgeschafft haben.

Während ich mir eine Tasse Kaffee eingieße, schaue ich auf die Uhr und sehe, dass es fünfzehn Minuten nach sieben Uhr ist. Ich drehe mich mit dem Getränk in der Hand um, damit ich mich gegen die Anrichte lehnen kann. Die letzte Woche verlief gut, trotz der Neuigkeiten, die Chad uns überbrachte. Seit Lisas Festnahme wurden zwei weitere Feuer in der Stadt gelegt, und die Polizei sucht jetzt nach einem Brandstifter. Da die Polizei keinen Verdächten hat, machen sich alle großen Sorgen.

Aus meinen Gedanken auftauchend, nehme ich einen Schluck und sehe dabei zu, wie Gia eilig im Haus herumhuscht, während sie ihre Sachen zusammenrafft. Loki verfolgt sie und fragt sich wahrscheinlich, was los ist. Heute ist der erste Tag in ihrem neuen Job und sie ist völlig durch den Wind. Um sechs ist sie aufgestanden, damit sie um acht bereit zum Gehen ist.

»Ich habe eine Frage an dich«, sage ich, während sie ihre Tasche an den Rand der Kücheninsel stellt und anfängt, sie zu durchsuchen.

»Die da wäre?« Gia hält kurz inne und sieht mich an. Ich stelle meinen Kaffee ab und ziehe Gia zu mir, sodass sie zwischen meinen Beinen steht, und lege ihre linke Hand an meine Brust, an die Stelle direkt über meinem Herzen. Dann bedecke ich sie mit meiner eigenen, bevor ich in meine Hosentasche fasse. »Was machst du?«, fragt sie, und wirkt etwas unschlüssig.

»Erstens, wirst du heute alles super hinkriegen, also hör auf, dir Sorgen zu machen. Du liebst Kinder, das werden sie spüren. Und du bist du, also werden sie dich lieben«, versichere ich ihr, dann hebe ich ihre linke Hand von meiner Brust. »Zweitens, würde es dich stören, das hier für mich zu tragen?« Ich stecke einen schlichten vierkarätigen Tiffany-Diamantring an ihren Finger. Jenen Ring, den ich seit unserem ersten Kuss gesucht habe. Jenen Ring, den ich erst vor einer Woche gefunden habe, nachdem ich jeden Juwelier von hier bis Georgia aufgesucht hatte. Ich wollte, dass der Ring perfekt ist, und als ich ihre Hand so betrachte, weiß ich, dass er das wirklich ist. Jetzt hoffe ich nur, dass sie ja sagt.

Ich hatte nicht vor, ihr den Antrag heute Morgen zu machen. Aber als ich ihre Vorbereitungen für den ersten Tag im neuen Job verfolgt und ihre Aufregung gespürt habe ... Da wusste ich, es ist der richtige Zeitpunkt. Der richtige Moment. Ich will, dass sie mit einem Ring am Finger zur Arbeit geht, der jedem zeigt, dass sie zu jemandem gehört. Dass sie eine Familie hat, die sie liebt.

Gias stockender Atem reißt mich aus meinen Gedanken, und ich verfolge, wie sie den Diamanten mustert. »Ich ... du ... ich ...« Sie blickt zwischen dem Ring und mir hin und her.

»Ich will, dass du deinen neuen Job als meine Verlobte antrittst. Ich will, dass heute der Start in unser gemeinsames Leben ist.« Ich hebe ihre Hand und küsse ihren Finger über dem Ring. »Willst du mich heiraten, Gia?«

»Ja«, antwortet sie sofort, und ich lasse die Stirn an ihre sinken.

Ich wusste, es würde sich gut anfühlen, falls sie ja sagt, aber ich hatte keine Ahnung, wie erleichtert ich sein würde. »Das Beste, was mir je passiert ist, bist du. Du bist der beste Teil all meiner Tage, der beste Part meines Lebens, und ich freue mich schon darauf, mein Leben mit dir zu teilen.«

»Du bringst mich gleich zum Weinen«, flüstert sie, und ich sehe die Tränen, die sich in ihren grünen Augen sammeln.

»Du darfst jetzt nicht weinen. Du musst zur Arbeit«, erkläre ich, und bringe sie damit zum Lachen.

»Ich kann dir nicht mal richtig zeigen, wie glücklich ich bin.« Sie lässt ihre Hand an meiner Brust nach oben wandern.

»Am Abend.« Ich streiche mit beiden Händen an ihrem Rücken hinab und über ihren Po. Dann ziehe ich sie fest an mich.

»Am Abend«, stimmt sie mir an meinem Mund zu.

»Etwas, worauf wir uns freuen können.« Ich neige den Kopf, und als sich ihre Lippen öffnen, schiebe ich meine Zunge in ihren Mund, koste sie und schmecke den Kaffee, den sie vorhin getrunken hat. Weil ich weiß, dass sie ansonsten an ihrem ersten Tag zu spät kommen wird, verlangsame ich den Kuss und ziehe mich zurück. »Ich liebe dich, Gia.« Als ich die Augen öffne, sind ihre immer noch geschlossen.

»Ich liebe dich, Colton.« Sie streicht an meiner Kinnpartie entlang, dann sieht sie mich an. »Das Beste, das mir in meinem Leben passiert ist, bist du, und ich freue mich schon sehr darauf, deine Frau zu werden. Ich verspreche, ich werde versuchen, dich so glücklich zu machen, wie du mich«, flüstert sie, während eine einzelne Träne ihre Wange hinabläuft.

»Jeder deiner Atemzüge macht mich glücklich, Baby«, versichere ich ihr, und ihr Blick wird weich. »Ich hasse, dass du losmusst, aber du musst zur Arbeit.«

Gia blickt auf die Uhr, bevor sie sich wieder mir zuwendet. »Du schuldest mir heute Abend was«, grummelt sie, und ich grinse.

»Ich bezahle gern jegliche Schulden.« Ein letztes Mal küsse ich sie, dann gebe ich sie frei. Sie sammelt all ihre Dinge zusammen, und sobald sie fertig ist, bringe ich sie zu ihrem Jeep nach draußen. Ich helfe ihr rein und küsse sie noch einmal, bevor ich die Tür zuwerfe und ihr dabei zusehe, wie sie rückwärts aus der Einfahrt fährt.

Am Weg zurück ins Haus mit Loki dicht auf den Fersen lächle ich. Mein ganzes Leben lang hatte ich große Träume, aber das Leben, das ich jetzt habe, ist besser als jeder Traum. Und ich weiß, mit Gia an meiner Seite – in guten wie in schlechten Zeiten – wird das auch immer so sein.

Epilog

Colton

Drei Jahre später …

»Komm schon. Du schaffst das«, ruft Gia ermunternd aus, und unser elf Monate alter Sohn Gino schenkt seiner Mom ein zahnloses Lächeln, ehe er einen weiteren Schritt macht. Als er auftritt, schwankt er hin und her. »Da hast du es. Du machst das«, feuert sie ihn aufgeregt an, kommt dabei auf die Knie und sieht zu, wie er einen weiteren Schritt schafft, bevor er kichernd nach vorn an ihre Brust fällt.

Der Anblick lässt mich lächeln und ich gehe auf die beiden zu. Loki läuft mir hinterher, gefolgt von Reggie, unserem jüngsten Welpen. Ich erreiche den Rand der Decke, die Gia auf dem Gras unter einem der Bäume im Garten ausgebreitet hat, und setze mich hinter sie. Nachdem ich sie zwischen meine gespreizten Beine gezogen habe, lege ich meine Hände auf ihren runden Bauch, in dem unsere Tochter heranwächst.

»Hey.« Über ihre Schulter hinweg grinst sie mich an, und ich küsse ihren Hals. Sie kichert, während Gino über sie krabbelt, um zu mir zu gelangen. Sobald er mich erreicht hat, legt er seine winzigen Hände an meine Wangen und mustert mich, wie er es immer tut. Während ich in seine Augen sehe, die dieselbe Farbe haben wie die seiner Mom, lächle ich, und er antwortet mir, indem er meine Wangen tätschelt. Dann lässt er den Kopf auf meine Schulter plumpsen. »Wie geht es dir?«, frage ich meine Frau, die jeden Tag schöner zu werden scheint.

»Müde, aber okay.« Gia seufzt. »Wie lange noch, bis das Zimmer fertig ist?«, fragt sie und streichelt ihren Bauch.

Ich lasse meine Hand auf ihrer ruhen. »Nicht mehr lang. Es wird fertig sein, bevor sie ankommt.«

»Ich kann es nicht erwarten, es zu sehen«, gesteht sie mir,

und ich schmunzle.

»Denkst du, ich hätte nicht bemerkt, wie du dich nachts reingeschlichen hast?«

»Das habe ich gar nicht.«

»Babe, ich habe dich gesehen.«

»Wie auch immer.« Ihre Augen verdrehend lehnt sich Gia seitlich an mich, um Gino nicht zu stören. »Weißt du, falls wir nach diesem noch ein Baby bekommen, müssen wir wieder anbauen.«

Bei ihren Worten schaue ich zurück zum Haus. Vor zwei Jahren haben wir eine Wohneinheit hinzugefügt, kurz nachdem wir darüber gesprochen hatten, eine Familie zu gründen. Dabei handelte es sich um einen weiteren Raum mit einem Durchgangsbadezimmer sowie ein weiteres Elternschlafzimmer. Aus dem Loft sind wir ausgezogen und haben ein Familienzimmer daraus gemacht. Außerdem haben wir das Wohnzimmer und die Küche vergrößert und ein Esszimmer hinzugefügt. Trotz all der Extraquadratmeter hat Gia recht. Falls wir nochmal Nachwuchs bekommen, müssen wir einen weiteren Raum hinzufügen.

»Wir kümmern uns darum, wenn es soweit ist«, murmle ich, weil ich daran gerade nicht denken will. Der Umbau war beim ersten Mal schon anstrengend genug und ich kann mir nicht vorstellen, dass es beim zweiten Mal anders wäre. Eigentlich wäre es wahrscheinlich sogar schlimmer, da wir dann zwei Kinder hätten.

»Bleibt ihr noch eine Weile hier?«, frage ich nach ein paar Minuten, und Gia nickt. »Okay, dann nimm du ihn, Baby. Ich gehe wieder rein und stelle fertig, woran ich gearbeitet habe.« Ich übergebe ihr Gino, der eingeschlafen ist, und küsse sie noch einmal, bevor ich aufstehe und zu ihnen sehe. Sein kleiner Körper liegt fest an ihren Körper gedrückt. Da es beiden gut geht, kehre ich ins Haus zurück und mache mich daran, das Zimmer unserer Tochter fertigzustellen.

Was gut ist, da Gia in dieser Nacht Wehen bekommt und unsere Tochter Grace das Licht der Welt erblickt.

Während Gia neben mir in ihrem Schaukelstuhl sitzt, schaukle ich in meinem mit den beiden Babys – Gracie im einen Arm und Gino im anderen. Dabei schaue ich zu, wie die Sonne untergeht.

»Ich glaube nicht, dass ich mich je daran sattsehen kann, wie gut du mit unseren Babys aussiehst«, flüstert Gia, und ich blicke in ihre warmen Augen. Die Brust wird mir eng. »Ich liebe dich, Colton.«

Verdammt.

Ich hatte so ein Glück an dem Tag, als Gia in die Stadt zog. Und noch mehr Glück an dem Tag, an dem sie zustimmte, meine Frau zu werden. Und sogar noch mehr Glück an den Tagen, an denen sie mir erst meinen Sohn und dann unsere Tochter schenkte. Ich warte immer noch darauf, dass dieses Glück abläuft, aber mit ihr an meiner Seite bezweifle ich, dass das jemals passieren wird.

»Ich liebe dich auch, Baby«, antworte ich, und sie beugt sich zu mir, um zuerst mein Kinn, dann meinen Mund zu küssen. Ja, ich habe so ein gottverdammtes Glück.

Gia

Ein Jahr später ...

Als ich höre, wie Colton die Tür zu unserem Zimmer schließt, beobachte ich, wie er den Babymonitor auf das Nachtkästchen stellt und sein Shirt und seine Jeans auszieht. Er schlägt die Decke zurück und kommt zu mir ins Bett. Nachdem er mich an seine Brust gezogen hat, lege ich den Arm um seine Bauchmuskeln und den Kopf in den Nacken. »Schlafen sie?«

»Jepp«, antwortet er und knipst die Lampe auf seiner Seite des Bettes aus.

»Gut.« Ich lasse den Kopf auf seiner Brust ruhen und schließe die Lider.

»Bist du glücklich, Baby?«

Ich schaue Colton durch die Dunkelheit hindurch an. »Wie könnte ich nicht glücklich sein? Du hast mir alles gegeben, was ich je wollte, und sogar Dinge, von denen ich gar nicht wusste, dass ich sie mir gewünscht habe«, versichere ich ihm, und seine Muskeln spannen sich unter meinem Arm an. »Bist du glücklich?«

»Verdammt, ja.« Seine Antwort kommt sofort und ist voller Überzeugung. Sie bringt mich dazu, die Stirn an seine Brust zu legen. »Ich liebe dich.«

»Ich liebe dich auch«, flüstere ich an seiner Haut und er zieht mich unter meinen Achseln an seinem Körper hoch. Sobald er mich dort hat, wo er mich haben will, küsst er mich und beweist mir mit Händen, Mund und Körper, wie sehr er mich liebt. Und als er fertig ist, weiß ich, dass seine Liebe grenzenlos ist.

»Nein, nein, nein, nein!«, schreit Gino, und ich werfe meinem Mann einen Blick zu. Colton grinst unseren Sohn bloß an und sieht ihm dabei zu, wie er mit ausgestrecktem Zeigefinger in meine Richtung deutet.

»Wer zum Teufel hat ihm das Wort beigebracht?«, will ich wissen, und Coltons Grinsen wird noch breiter.

»Vermutlich hat er es von dir gelernt, da du ihm gegenüber die ganze Zeit *nein* sagst.«

»Ähm, ja, wenn er versucht, unerlaubte Dinge zu tun – wie zum Beispiel von der Couchlehne zu springen, alles Mögliche in Steckdosen zu stopfen, die Belüftungsabdeckungen aus dem Boden zu reißen oder, was auch immer er in die Hände kriegt, durch besagte Abdeckungen zu stecken. Oder wenn er einen Mundvoll Wasser nimmt, dieses auf den Boden spuckt und versucht, alles aufzulecken. Und sich dabei selbst als *Hundi* bezeichnet.«

»Siehst du? Er hört von dir die ganze Zeit ein Nein«, meint Colton lachend, und ich schaue seufzend zu meinem Sohn. Dann wandert mein Blick zu meiner Tochter, die ihren Bruder voller Faszination beobachtet.

Coltons Mom nennt die Kinder irische Zwillinge, weil sie so knapp hintereinander geboren wurden. Wir hatten das so nicht geplant. Gracie hat uns total überrascht. Es war eine gute Überraschung, aber trotzdem. Wir hatten nicht erwartet, direkt nach Ginos Geburt schon wieder schwanger zu werden. Nicht dass ich etwas daran ändern würde, aber es ist viel Arbeit, da beide noch so klein sind. Hinzu kommt, dass Grace all das tun will, was ihr Bruder auch tut. Was zugleich genau das ist, was sie eben nicht machen sollte.

Nochmal betrachte ich sie alle – unsere kleine Tochter, meinen Mann und zuletzt unseren Sohn. Dann schließe ich kurz die Augen und schicke ein stilles *Danke* nach oben. Wer auch immer dort auf mich aufpasst, nimmt seinen Job sehr ernst. Ich habe wirklich alles. Es mag schon sein, dass ich mich Hals über Kopf verliebt habe, aber im Grunde ist mein Leben dadurch ganz und gar perfekt.

Danksagung

Als Allererstes muss ich Gott danken, denn ohne ihn wäre all das nicht möglich. Als Zweites möchte ich meinem Ehemann danken. Ich liebe dich jetzt und für immer – danke, dass du an mich glaubst, selbst wenn ich nicht an mich glaube. Danke an meinen wundervollen Sohn, du bringst so viel Freude in mein Leben. Es ist mir eine Ehre, deine Mom sein zu dürfen.

An alle Blogger und Leser, danke, dass ihr euch die Zeit nehmt, meine Bücher zu lesen und darüber zu berichten. Es gäbe nie genug Tinte auf der ganzen Welt, um euch alle zu würdigen, aber ich werde für immer dankbar für jeden Einzelnen von euch sein.

Ich habe diese Schreibreise gestartet, nachdem ich mich ins Lesen verliebt habe, genauso wie tausende Autoren und Autorinnen vor mir. Ich wollte den Menschen einen Ort geben, an den sie flüchten können, wo die Alltagsgeschichten lustig, süß und heiß sind und einen mit einem guten Gefühl zurücklassen. Ich liebe es, meine Storys mit euch zu teilen. Ich liebe es, Menschen dabei zu helfen, die reale Welt zu vergessen, und sei es auch nur für einen Moment.

Ich habe damit begonnen, für mich zu schreiben, und werde für euch weiterschreiben.

XOXO Aurora

Weitere Titel der Autorin:

Until Love: Asher
Until Love: Trevor
Until Love: Cash
Until Love: Nico

Underground Kings: Kenton
Underground Kings: Kai
Underground Kings: Sven

Until You: July
Until You: Jax
Until You: June
Until You: Ashlyn
Until You: Sage
Until You: Harmony
Until You: Cobi
Until You: December

LOUISIANA KISSES
Vier Lovestorys und eine Hochzeit
von Laini Otis, Ewa A., Romina Gold und Annie J. Dean

ISBN-Paperback: 978-3-903278-23-3
ISBN-EPUB: 978-3-903278-24-0

Vier herzergreifende Liebesgeschichten in einem Band!

Im Sommer 1999 ließen sich vier Freundinnen ein Tattoo stechen, das ihr Versprechen besiegeln sollte: Sie werden immer füreinander da sein – komme was wolle. 20 Jahre später ist außer der verblassenden Tinte in ihrer Haut nicht mehr viel von ihrem Versprechen übrig. Bis drei Hochzeitseinladungen ins Haus flattern, mit denen Olivia ihre Freundinnen zurück nach Mardi River locken möchte.

Doch die Zeit hat ihre Spuren hinterlassen: Rebels Leben gleicht einer Baustelle, obwohl der Rocksängerin die Welt zu Füßen liegt. Estelle weiß inzwischen, dass Geld allein nicht glücklich macht. Und die geschiedene Ashley hält Männer für treulose Seelen.

Auf dem Weg nach Mardi River müssen sich die Freundinnen nicht nur ihrer Vergangenheit stellen, sondern auch ihr Herz für neue Möglichkeiten öffnen, denn das Leben hat nicht vor, nur Olivia einen Mann an die Seite zu stellen ...